La TEMPORADA de las APARICIONES

La
TEMPORADA
de las
APARICIONES

Historias
de fantasmas para
largas y oscuras
noches de invierno

Traducción de Estíbaliz Montero Iniesta

☾ UMBRIEL

Argentina • Chile • Colombia • España
Estados Unidos • México • Perú • Uruguay

Título original: *The Haunting Season*
Editor original: Sphere, un sello de Little, Brown Book Group.
Traductora: Estíbaliz Montero Iniesta

1.ª edición: septiembre 2022

ISBN: 978-84-16517-92-3
E-ISBN: 978-84-19251-29-9
Depósito legal: B-15.030-2022

Fotocomposición: Ediciones Urano, S.A.U.
Impreso por: Romanyà Valls, S.A. – Verdaguer, 1 – 08786 Capellades (Barcelona)

Impreso en España – *Printed in Spain*

ESTUDIO EN BLANCO Y NEGRO

Bridget Collins

Quizá si Morton no se hubiera detenido a secarse la frente en ese preciso lugar, es posible que jamás hubiera reparado en la casa blanca y negra. Tal como estaban las cosas, acababa de volver a colocarse la gorra y estaba balanceando el pie sobre la barra de su bicicleta cuando vio la puerta de hierro forjado encajada en el muro y, más allá, una fugaz impresión de luz y oscuridad: tan breve que apenas supo lo que había visto, solo que se sintió incitado a maniobrar de lado, medio encaramado en la silla, y a echar un vistazo entre los barrotes metálicos. A través de las nubes de vaho de su aliento vio una casa familiar, antigua y con entramado de madera, rodeada de un ralo jardín formal. Era como un boceto a plumilla: los estrechos maderos de la casa, el blanco camino invernal de escarcha, la simetría de los tejos recortados y sus largas sombras… Pero las otras casas similares que había visto estaban destartaladas, sus tejados a dos aguas inclinados hacia los lados o hacia delante, hundidos por el peso de los siglos; aquella estaba erguida, sus líneas, rectas, y sus ángulos, nivelados. Y, sin embargo, no era, según indicaban las apariencias, una casa nueva.

Morton la contempló largo rato. Disfrutaba del orden, las reglas y la disciplina; aquella casa, con su negativa a transigir y su aparente dominio sobre las fuerzas de la gravedad y del tiempo, recibió su aprobación. Se quedó ahí de pie durante mucho tiempo, mirando a través de los barrotes de la puerta. El lugar estaba particularmente tranquilo. Le recordaba a algo, pero no fue hasta que por fin se apartó y pedaleó un poco por el camino que se dio cuenta de lo que era, y eso pasó porque al mirar hacia atrás vio la casa desde otra perspectiva, una desde la que se veían más hileras de setos podados de forma artística a ambos lados de una amplia extensión de césped. Aquellos árboles habían sido recortados con la intención de darles formas elaboradas y familiares: torres, caballos, alfiles, el rey y la reina y, frente a ellos, largas filas de peones. En un día de verano, el efecto podría haber resultado divertido; en la situación actual, en medio de aquella fría quietud, resultaba sombrío, llamativo. Morton y su bicicleta se tambalearon, y él se esforzó por recuperar el equilibrio al doblar la esquina. Sí, era eso. La casa le había hecho pensar en un tablero de ajedrez: las piezas, un tablero plano, el patrón monocromático de escarcha y sombras. Era una coincidencia que lo hubiera pensado antes de ver la topiaria, a menos que el dueño de la casa hubiera tenido la misma fantasía y hubiera diseñado el jardín en consecuencia, o no, pensó Morton, tal vez había vislumbrado subconscientemente los setos a través de un hueco en el muro y había hecho la asociación sin darse cuenta. Sin duda, se trataba de eso.

Se inclinó sobre el manillar y pedaleó con más fuerza, resistiendo el impulso de dar media vuelta. Al principio, le pareció sentir que la casa se alejaba en la distancia, como si cada giro de las ruedas requiriera un esfuerzo adicional, pero después de unos minutos se encontró con una colina muy exigente y el esfuerzo requerido borró todo lo demás de su mente. El sol se elevó más alto en el cielo y sus destellos le dieron en los ojos por encima de los árboles. Sintió una agradable calidez, y luego hambre. Su itinerario lo llevó hacia atrás en forma de ocho, de regreso al pueblo donde había planeado detenerse para almorzar en una famosa posada antigua; pero volvió por otro camino, y cuando por fin desmontó ante el Cisne, no pensaba más que en una pinta de la cerveza local y en un plato de estofado de conejo o riñones a la diabla. Entró en el establecimiento, se quitó la gorra y los guantes y se sentó frente al fuego.

Solo entonces, cuando sintió que lo invadía una agradable lasitud, la casa volvió a sus pensamientos. Vio de nuevo las hileras de tejos podados, uno frente al otro, atravesando el césped pálido, y en su imaginación le dio un pequeño empujón al peón de la reina para hacerlo avanzar. Sentía debilidad por el ajedrez; tenía recuerdos felices de los triunfos alcanzados contra sus primos y su hermana, quien una vez, en pleno llanto, había arrojado el tablero al otro lado de la habitación y se había negado a jugar más. Había pocas cosas tan satisfactorias como anunciar jaque mate o ver el dedo resentido de un oponente sobre el rey para reconocer la derrota. Todavía sentía el brillo interior de su victoria en una partida que había disputado en la facultad: había jugado contra el capitán del club de ajedrez, quien le había dado un apretón de manos flojo y resentido antes de escabullirse, humillado. Morton había disfrutado de aquello.

Una voz de mujer dijo:

—¿Qué va a tomar el señor?

Morton parpadeó y pidió una pinta de cerveza y, tras algunas deliberaciones, un plato de chuletas de cordero. La comida, cuando llegó, le supo sorprendentemente buena, y media hora más tarde todavía se hallaba sentado en su sillón, sintiéndose satisfecho y contento como hacía tiempo no se sentía, ya que había abandonado su dirección anterior de forma un tanto precipitada, después de que saliera a la luz cierto asuntillo desagradable. Había más o menos unos veinticuatro kilómetros hasta su pensión en Ipswich, pero se arrellanó más en su sillón y pidió otra pinta de cerveza. Cuando la camarera la colocó frente a él, preguntó, mientras observaba cómo la luz del fuego jugaba en el líquido ámbar:

—¿Conoce esa casa que queda al este de aquí, la de las piezas de ajedrez en el jardín?

Ella vaciló. Sorprendido, levantó la mirada justo a tiempo para captar un destello de cautela en su expresión.

—¿La casa blanca y negra, señor? —preguntó ella.

—Esa misma —contestó. De alguna manera, aunque lo más seguro era que dicha descripción pudiera aplicarse a cientos de casas, estaba seguro de que ella sabía a cuál se refería.

—Sí —le contestó. Se produjo un instante de silencio, y la camarera se dio la vuelta.

Aquello era una impertinencia.

—¿A quién pertenece? —la interrogó Morton, estirando la mano; no es que fuera a agarrarla, por supuesto, pero su mano extendida fue suficiente para que ella se estremeciera y se detuviera en mitad de una zancada.

—A nadie de por aquí —contestó—. El anciano fue el último propietario.

—Pero un lugar como ese debe de tener un dueño. —Ella se encogió de hombros—. Entonces, ¿quién vive allí?

—Nadie, por el momento. —Se inclinó para limpiar la mesa junto a él, evitando su mirada.

Una extraña chispa saltó en el pecho de Morton.

—¿Está vacía, pues? —preguntó.

Ella no respondió, y él respiró hondo, reprimiendo su irritación. Quizá en aquellos lares no estuvieran acostumbrados a los hombres educados; presumiblemente atendían más a campesinos y agricultores. En voz más alta, anunció:

—Me gustaría mucho ver el jardín. Me refiero a hacer una visita.

—Supongo que las puertas estarán cerradas.

—Sí, soy muy consciente de eso. Sencillamente, me preguntaba si... Olvídelo. —Se recostó en el sillón y agitó la mano para despedirla. Ella se fue, sin una disculpa ni una mirada atrás.

—Está disponible para alquilar.

Morton dio un respingo. La voz, indolente y persuasiva, procedía de un rincón oscuro de la estancia, que hasta ahora había supuesto vacío; pero en aquel momento se fijó en que allí había una figura en una mesita.

—¿Disculpe? —dijo, inclinándose hacia delante.

—La casa blanca y negra —dijo el hombre, sin moverse, por lo que su rostro permaneció en la oscuridad. Hasta ese momento, Morton no se había dado cuenta de que el sol invernal ya no entraba en la habitación y de que la tarde estaba llegando—. Perdóneme —continuó—, pero no he podido evitar escuchar la conversación. Es una hermosa propiedad, ¿no es cierto?

—Es de lo más llamativa —corroboró Morton.

—Si quiere echar un vistazo, me imagino que el agente podrá mostrársela. Letterman, en la plaza. —El hombre hizo un gesto; su ademán fue brusco y poco natural, como si una cuerda rodeara su cuerpo—. Cerca del ayuntamiento. Será mejor que se dé prisa, en invierno cierra temprano.

—Sí. Sí, ya veo. —Morton se dio cuenta de que estaba en pie, aunque solo un momento antes se había sentido demasiado lleno y somnoliento para moverse, y la mayor parte de su cerveza seguía en el vaso. Aquella nueva información lo alegraba, por supuesto, y estaba ansioso por hacer averiguaciones en la oficina inmobiliaria; su prisa no tenía nada que ver con los ojos brillantes del hombre, o la forma en que las sombras se acurrucaban y conspiraban en la pared que quedaba a su espalda—. Gracias —dijo.

—De nada.

—Buenas tardes. —Morton buscó a tientas la gorra y los guantes y tiró uno de ellos al suelo; cuando se inclinó para recuperarlo, vio que el hombre estaba sentado frente a un tablero de ajedrez—. Ah —dijo, consciente de que su prisa por marcharse era indecorosa—, también es usted entusiasta.

—Sí-í —dijo el hombre, y sonrió—. Podría decirse así.

Se produjo un corto silencio. Morton podría, en otras circunstancias, haberse demorado un poco más para permitirse una charla erudita sobre, digamos, los méritos relativos de las aperturas peón de rey y peón de dama. En cambio, dijo:

—Bueno, gracias. —Y salió corriendo, contento de percibir que la puerta se cerraba a su espalda y el aire frío le daba de lleno en la cara.

El agente inmobiliario, un hombre menudo con gafas y el cuello raído, no pudo ocultar su sorpresa ante la petición de Morton, pero después de poner los ojos como platos la primera vez, dijo:

—Sí, sí, por supuesto, sí. —Y sacó una llave con gran entusiasmo—. La casa blanca y negra —dijo—, dios mío, sí. Tiene un alquiler muy razonable. Muy razonable. ¿Ha mirado otras propiedades en la zona?

Morton le explicó que había alquilado una habitación en una pensión de Ipswich, y que hasta ese día no había querido —ni siquiera se le había ocurrido— alquilar una casa. Esperaba más preguntas, ya que, después de todo, a duras penas era una postura racional, pero tras un simple arqueamiento de cejas, el agente dijo:

—Ah, sí, sí, por supuesto. —Y alcanzó su sombrero—. Asumo que desea verla.

Estaba más cerca de lo que Morton creía, justo a las afueras del pueblo, pero para cuando el agente abrió la puerta, el sol se había hundido debajo de los árboles y el jardín estaba en sombras. En la creciente penumbra, la topiaria parecía maciza y sólida, como piedra negra. Hizo una pausa y giró lentamente para observar las filas a cada lado. Negro contra negro, pensó, y se le erizó el vello de la nuca.

—¿Señor Morton? —dijo el agente desde la puerta—. ¿Entramos?

Morton sacudió la cabeza.

—Disculpe —dijo, y se apresuró a apoyar su bicicleta contra la pared.

—Como ve, está completamente amueblada —dijo el agente—. Entiendo que al propietario actual no le interesa, por lo que la casa está exactamente igual a como estaba cuando el anciano… Sí, bueno. Quizás esté un poco anticuada, pero podría mudarse de inmediato. ¡Esta misma noche, si lo desea! —Soltó una risita que parecía más un rebuzno—. Por aquí, por favor…

Dentro estaba oscuro; los techos eran bajos y los muebles, que eran más que un poco anticuados, ocupaban tanto espacio que Morton tuvo que sortearlos mientras seguía al agente. Las habitaciones eran alargadas, con amplias ventanas con parteluz que brillaban azuladas en la oscuridad. Recorrieron un estrecho corredor y luego subieron las escaleras.

—Aquí están los dormitorios —explicó el agente, pero ahora se movía con rapidez, sin dar tiempo a Morton para que lo examinara todo en condiciones—. Se está haciendo tarde —dijo—, y está bastante oscuro. No quiero apurarlo, pero…

—¿Tiene instalación de gas?

—No, todavía depende de las lámparas, me temo. O de velas, por supuesto. Pero tener gas echaría a perder el encanto, ¿no cree? —Su tono desmentía sus palabras; se dio la vuelta, pasó junto a Morton y bajó las escaleras a toda prisa—. ¿Ha visto suficiente?

Morton vaciló y miró a través de la puerta abierta del dormitorio, donde había una cama con dosel, un espejo, una mesa con patas salomónicas y un candelabro cuyas velas cubiertas de cera estaban consumidas hasta la mitad. Pero lo que atrajo su atención fue la vista exterior, las hileras de piezas de ajedrez esperando en el césped. Fue difícil apartar la mirada.

—Sí —dijo—. Suficiente.

—Vaya. Bueno, entonces, ¿vamos…? —El agente hizo un gesto, con un brazo flácido—. No es adecuada para todo el mundo. Lo entiendo. Estos lugares históricos pueden resultar opresivos en invierno.

—Me la quedo.

—Y, por supuesto... —Se detuvo—. ¿Disculpe?

—Me la quedo —repitió Morton. ¿Por qué a los locales les costaba tanto entender la expresión más simple?—. Haré que traigan mis cosas mañana. ¿Volvemos a su oficina? Supongo que debo firmar algunos papeles.

—Uy, no, no, hay tiempo de sobra, una vez que se haya instalado —dijo el agente, tartamudeando—. Esto es... bueno... Me alegro de que sea lo que buscaba. Arreglaremos los detalles del contrato de arrendamiento a su conveniencia.

Morton asintió. Se produjo un breve silencio; entonces, con una leve incredulidad, se dio cuenta de que el agente lo estaba esperando, para que pudieran partir juntos.

—Me quedaré aquí —dijo—. Es tarde para volver en bicicleta a mi alojamiento. Me imagino que puedo cenar en el Cisne.

—Sin duda, pero…

—Ha dicho que podía mudarme esta noche, si así lo deseaba.

—Eso he dicho, sí. —El agente se aclaró la garganta—. Depende de usted, naturalmente. De lo ansioso que esté por tomar posesión.

—Le tendió la llave—. Mañana por la mañana, entonces. Ya sabe dónde encontrarme. Y... —Trasladó el peso de un pie a otro; luego agregó—: Si cambia de opinión de la noche a la mañana, no diremos nada al respecto.

—Estoy seguro de que me las arreglaré —dijo Morton—. Puedo encender un buen fuego en el salón.

—Sí. Bueno, buenas noches, entonces. —El agente lo saludó con la cabeza y desapareció. Morton oyó cómo aceleraba el paso por el pasillo y el pesado cierre de la puerta principal. Esperó hasta que le pareció que el agente habría tenido tiempo de recorrer el camino de entrada y salir a la carretera. Luego respiró hondo, satisfecho, y avanzó a grandes zancadas por el pasillo, sintiendo la emoción de la posesión. ¡Qué inesperado, qué milagroso! Casi le provocaba risa el recuerdo —¿había sido esa misma mañana?— de ver la casa desde la carretera; ahora era suya para explorar, conquistar...

En los últimos minutos, casi había caído la noche, así que fue en busca del candelabro de la mesa del dormitorio y encendió las velas. Luego levantó el candelabro y fue de habitación en habitación, sorteando sillas con patas que acababan en garras y cortinas polvorientas para sacar libros de los estantes y abrir armarios y cajones. El agente había dicho que la casa estaba «amueblada», pero era más que eso; daba la impresión de que la habían dejado intacta, de que había sido abandonada entre una campanada del reloj y la siguiente. Solo una habitación estaba en perfecto estado: el dormitorio de un niño, en la parte trasera de la casa, con un estante lleno de juguetes bien ordenados, un bate de cricket en miniatura apoyado en un rincón y, en el asiento junto a la ventana, un tablero de ajedrez de tamaño infantil y una pila de libros. Morton se detuvo en el umbral; luego cerró la puerta con más fuerza de la necesaria y siguió adelante.

En todas las demás habitaciones había rastros del anciano: nada tan evidente como alimentos a medio comer o una pipa a medio fumar sobre una mesita auxiliar, pero las velas, el jabón que había en el lavabo, la toalla colgada en un riel... Encontró una copia de la *Crónica del jugador de ajedrez* en el salón, extendida sobre el brazo del sofá, como si el lector hubiera querido señalar la página por la que se había quedado. Enfrente, en la esquina de la habitación, donde se reunían las sombras, había un tablero de ajedrez, dispuesto para el comienzo de una partida. Estaba hecho de piedra, ¿o era de azabache y marfil? Morton levantó un peón, sintió su peso ligero como el aceite y luego lo volvió a colocar con cuidado frente a la reina. Puede que más tarde buscara algún problema de ajedrez en la *Crónica* y lo estudiara hasta que sintiera el sueño suficiente como para retirarse a la cama; siempre le había resultado más fácil cuando podía contemplar las piezas en un tablero real. Enderezó el peón con la punta del dedo, asegurándose de que estuviera exactamente en el centro de su cuadrado, y luego se dio la vuelta. Al salir de la habitación tuvo la súbita e irracional sensación de que había olvidado algo, o cometido algún error, como dejar un vaso donde una manga descuidada lo tiraría casi seguro o una ventana abierta antes de una tormenta. Pero solo cuando estuvo en la cocina, haciendo inventario de los productos secos que aún quedaban en los armarios, se dio cuenta, con una sonrisa irónica por su propia extravagancia: debería, como cualquier jugador educado, haber murmurado *J'adoube**.

Estaba helado. Lo primero que había que hacer era amortiguar el filo cortante del frío; y mientras contemplaba la enorme chimenea apagada, Morton tuvo que admitir que, en realidad, no era el lugar más conveniente en el que pasar la noche. Pero le pareció recordar que, de camino hacia allí, el agente había mencionado una asistenta —sin duda eso explicaba la ausencia de polvo y telarañas— y por la mañana podría hacer los arreglos necesarios para que ella se encargara; mientras tanto, había algo bastante emocionante en el hecho de estar allí solo, buscando en los armarios todo lo que necesitaba. Una vez, cuando era niño —después de alguna falta u otra—, se había escondido durante horas y había escuchado con creciente placer la voz de su madre preocupada y luego, al final, asustada. Había

---

* En ajedrez, hay una regla que dice que, si tocas una pieza, debes hacer un movimiento con ella, a menos que primero digas *J'adoube* (que significa «compongo»).

dejado que lo llamara durante mucho rato antes de emerger por fin, saboreando su poder. Desconocía por qué aquello había acudido a su memoria en aquel momento, pero detectó una especie de sonrisa seca e inusual en su rostro mientras examinaba en busca de periódicos viejos y leña y luego se arrodillaba para encender un fuego en la gran chimenea del salón. Una vez que hubo encendido la lumbre, se sentó sobre las rodillas y soltó un suspiro profundo y satisfecho. Tenía intención de ir a cenar a la posada, pero no tenía hambre, y ahora que el fuego estaba encendido, no tenía ganas de aventurarse en la noche glacial. Se levantó, se sacudió la ceniza de las rodillas de los pantalones y se acercó a la ventana para correr las cortinas. Mientras lo hacía, se detuvo, asombrado por la vista del jardín. La luna había salido, tiñendo el césped de plata y los árboles y sus sombras de un denso negro; bajo su resplandor invernal, el mundo entero se había transformado en perla y ébano. Era de otro mundo, extraño, y Morton pensó que nunca había visto nada tan hermoso.

Pero él no era el tipo de hombre que se deja seducir por algo tan intangible como la belleza. Cerró las cortinas con un tirón tan decidido que una nube de polvo lo hizo toser y dar la espalda a la ventana. Una botella de brandy en el aparador llamó su atención. Lo olisqueó, primero con cautela y luego con júbilo, y vertió una generosa cantidad en uno de los vasos que estaban al lado. Luego se acomodó junto a la chimenea, se recostó en el sofá y presentó las suelas de sus zapatos ante el fuego. Se felicitó: una casa así, por un alquiler mínimo… El brandy era excelente, el fuego estaba eliminando el frío del aire y después del ejercicio de aquella mañana y de los acontecimientos inesperados de la tarde, se sentía casi mareado. Podía sentir el calor lamiéndole los tobillos, extendiéndose por el resto de la habitación; el crepitar de las llamas iba acompañado del rugido del aire en la chimenea y de los gemidos de los viejos muros al asentarse. Las vigas por encima de su cabeza murmuraron un poco cuando el aire cálido las alcanzó. Cuando a Morton empezaron a cerrársele los ojos, oyó una larga cadena de golpes en el suelo, acercándose a él, y se incorporó de un salto, con el corazón en la garganta, medio esperando ver a alguien allí. Sus ojos tardaron un momento en acostumbrarse a la penumbra, y por un instante creyó ver pasar una mancha oscura que se disolvió en la nada antes de que pudiera parpadear. El corazón le dio un vuelco. Pero, por supuesto, no había nadie. Debía de haber sido el movimiento de las juntas de la madera entre las tablas; había oído que otras casas antiguas hacían ruidos que se parecían extrañamente a voces o pasos. Se relajó, trató de reírse y dejó caer la cabeza contra la esquina del sofá. Al mismo tiempo, el sillón de cuero frente a él, al otro lado del tablero de ajedrez, soltó un pequeño suspiro, como si alguien se hubiera acomodado en él.

Aquello era fácil de explicar, incluso más que el asunto de las tablas del suelo: el aire del interior del cojín debía de haberse expandido y contraído, algún remolino de aire calentado por el fuego. Pero no pudo evitar mirar el sillón con los ojos entrecerrados y un martilleo muy tonto en el corazón. No se produjo ningún movimiento. El cuero tenía la forma de un cuerpo —un hombre, pensó, huesudo y de caderas estrechas, con la costumbre de apoyar los codos en los reposabrazos acolchados— y, durante una fracción de segundo, Morton casi lo vio allí, entre las sombras creadas por el fuego. Parpadeó para alejar la imagen y tomó otro sorbo de brandy. Su feroz dulzura calmó el escalofrío que empezó en su nuca. Tomó un trago más largo para que le diera buena suerte y reacomodó las nalgas, tratando de encontrar el consuelo de hacía unos momentos. Desvió la mirada hacia el tablero de ajedrez.

El peón blanco no estaba donde le correspondía.

Morton se quedó helado. En lugar de esperar en su sitio, el peón había avanzado y se había alejado de los demás: la apertura del peón de dama. Era imposible. Lo había recolocado, ¿acaso no había dicho *J'adoube* para sí mismo?

Pero… no. Seguro lo había movido. Lo había levantado para sentir su peso y lo había vuelto a dejar. Había recordado mal su posición, eso era todo. Era lo más natural del mundo, colocar ese peón en una nueva posición: comenzar una partida, automáticamente, tan automáticamente que apenas lo había procesado, y luego olvidarlo, de modo que en ese momento, de forma absurda, al clavar la vista en él, se sentía atorado, sin aliento... Extendió la mano, pero esta se detuvo sobre el tablero como si se hubiera topado con un panel de cristal. No quería tocarlo. Rememoró su peso en la palma de la mano y la leve sensación oleosa que le había hecho preguntarse si se trataba de marfil y no de piedra.

Retrocedió. Algún instinto lo impulsó a volver a levantar la mirada hacia el sillón en sombras: pero estaba vacío, y los contornos del cuero eran impersonales, después de todo, solo mantenía la forma de una butaca vieja, marcada por años de uso. La electricidad que había hecho hormiguear la columna vertebral de Morton murió, dejando solo cansancio. Este era producto del esfuerzo, de la excitación y —miró su copa y se percató de que se había bebido casi todo el brandy— de la embriaguez. Se tragó las últimas gotas y dejó la copa junto al tablero de ajedrez. Era hora de irse a la cama.

Durmió intranquilo. El dormitorio estaba helado, y él había sido demasiado aprensivo como para meterse debajo de las mantas, de modo que había elegido tenderse completamente vestido sobre el edredón y cubrirse con su abrigo; así que tal vez no fuera sorprendente que en sus sueños se hallara de regreso en el dormitorio del internado, en parte recordando, en parte reinventando las interminables travesuras y trucos de los que había hecho víctimas a otros chicos. Cuando se despertó, tan pronto como asimiló dónde estaba, porque las vívidas secuelas de su sueño flotaron como niebla frente a sus ojos por unos momentos, pensó en café, en agua caliente para afeitarse y en el alegre fuego en el comedor del desayuno de su pensión. Maldijo. ¿Qué lo había poseído para quedarse allí? Peor aún, ¿por qué había accedido a alquilar aquel lugar? Se levantó de la cama con rigidez y salió cojeando al pasillo para bajar las escaleras mientras profería quejidos en voz alta.

Pero cuando pasó junto a la ventana que había en lo alto de la escalera, recobró el ánimo. El día era tan claro como un diamante; el jardín relucía de un verde plateado al amanecer, la topiaria, un milagro de simetría. Después de todo, se necesitaría muy poco para hacer habitable aquel lugar. Unos buenos fuegos, sábanas limpias, provisiones y los servicios de una viejecita respetable, y luego él sería —Morton sonrió— el amo de todo cuanto contemplaba… Bajó corriendo las escaleras y salió al aire limpio y tonificante; un minuto más tarde, recorría el camino en su bicicleta, entrando y saliendo de las sombras de los árboles, y luego siguió la carretera que conducía al pueblo.

Y tuvo una mañana de lo más satisfactoria. Si al agente le sorprendió que Morton siguiera tan ansioso como antes por alquilar la casa blanca y negra, lo ocultó de un modo admirable y se ocupó de los papeles con tanta rapidez que Morton abandonó su oficina al cabo de un cuarto de hora. Incluso dio a Morton la dirección de la asistenta que tenía la costumbre de limpiar las habitaciones una vez por semana más o menos; y ella, con el brillo de la avaricia en los ojos, accedió a proporcionar a Morton comida para que la calentara y a encargarse de la colada, la plancha y cualquier otro detalle doméstico que pudiera resultar necesario. Morton salió de su casita de campo y pedaleó por la calle mayor con el corazón alegre, silbando. Solo había previsto una estancia temporal en la zona, unos meses como máximo, hasta que ese desafortunado enredo en su hogar hubiera quedado atrás, pero podía quedarse allí más tiempo, incluso de forma permanente… Se detuvo en la oficina de correos para enviar instrucciones a su pensión para que le llevaran sus cosas; luego fue a desayunar a la posada. Esa vez, se sentó expresamente al otro lado de la habitación, tras sentir una misteriosa reticencia a encontrarse con el caballero que le había hablado el día anterior; pero, al ser día de mercado, la estancia estaba repleta de granjeros y comerciantes, y cuando la multitud se separó lo suficiente como para que Morton viera el rincón en sombras de enfrente, se percató de que estaba vacío y de que incluso la silla y el tablero de ajedrez habían sido retirados, presumiblemente para albergar a una mayor aglomeración de personas.

En su viaje de vuelta a casa tomó un largo desvío, disfrutando del ejercicio y la brisa límpida en su rostro, y regresó para encontrarse con que, tal como habían acordado, el hijo de la asistenta había dejado en la puerta un pastel de carne y una olla de algo que olía a budín dulce. Morton lo llevó todo a la cocina y, después de una larga batalla, encendió la estufa con un siseo de triunfo cuando la vieja bestia tiznada por fin se doblegó a su voluntad. Un poco más tarde, tenía agua caliente. Llevó a cabo sus abluciones atrasadas lo mejor que pudo —aunque usó una pastilla de jabón medio petrificada, se contuvo a la hora de usar la navaja de otro hombre— y luego, con la agradable sensación de que había realizado todas sus tareas, se dirigió a la biblioteca, encendió otro fuego allí y comenzó a examinar las estanterías. A todas luces, el anterior residente no había sido un gran lector, ya que Morton tomó libro tras libro, todos ellos hermosas ediciones de las obras clásicas, solo para descubrir que las páginas no estaban cortadas. Volvió a guardarlos y siguió adelante, hasta que encontró un pequeño volumen encuadernado en tela sobre la historia local, más un folleto que un libro. Pasó las páginas, que estaban salpicadas de bocetos nítidos de edificios notables: el ayuntamiento, la iglesia y... ¡ajá! La mismísima casa blanca y negra.

Construida a finales del siglo XVII por *sir* Jeremiah Hope, de quien se sabe poco, excepto que sus vecinos lo conocían, puesto que su apellido significa «esperanza», y «bandona»... En tiempos más recientes, la casa ha adquirido notoriedad por su jardín y su elaborada topiaria, creada por el actual residente, el señor E. E. Hope (quien estudió en Cambridge), en memoria de su hijo, que heredó la pasión por el ajedrez de su padre y se convirtió en un prodigio antes de que su trágica muerte a la temprana edad de...

Morton bostezó y pasó las páginas hacia delante, pero poco más se decía sobre la casa y nada le resultó de interés. Se acomodó en un diván y dejó que el libro se deslizara hasta el suelo. Después de una mala noche de sueño, su paseo en bicicleta y los logros del día, se sentía somnoliento; durmió, se despertó y adormeció, y volvió a dormirse. Al cabo de un rato despertó por completo, con la cabeza despejada y un saludable apetito. Mientras se levantaba, su mente vagó hacia el pastel de carne y apenas notó el folleto bajo los pies; salió al pasillo, cerró la puerta de la biblioteca y se olvidó por completo.

Tras la cena, que fue sustanciosa, si no especialmente agradable, se retiró al salón. Limpió la chimenea con torpeza y se manchó de ceniza los pantalones, y resolvió decirle a la asistenta, cuando acudiera, que encendiera todos los fuegos de la casa; luego se sirvió otro brandy, encendió las velas contra la creciente oscuridad y se sentó en el lugar donde se había sentado la noche anterior. Fue entonces cuando recordó el librito y se preguntó si no se molestaría en desafiar el corredor inundado de corrientes de aire para ir a buscarlo; pero no, allí estaban la *Crónica del jugador de ajedrez* y el tablero listo. Si iba a quedarse allí mucho tiempo, tal vez debía preparar un programa de lectura o correspondencia con el que pasar las horas solitarias. Mientras tanto, seguro de que había varios problemas enjundiosos en la *Crónica* con los que entretenerse hasta que se sintiera lo bastante cansado como para ir a la cama, la abrió y por casualidad dio con una página de problemas, repleta de jeroglíficos pulcros y cuadrados. *Del licenciado R. B.* Wormald, Londres. *Juegan las blancas y mate en tres movimientos.* Con un simple vistazo, pudo ver un primer ataque prometedor: el alfil tomaba la torre, pero había un peón tentador en la última fila del tablero que solo necesitaría un movimiento para transformarse en una reina. Acercó el tablero de ajedrez para colocar las piezas. Su corazón se saltó un latido.

Había otra pieza movida.

Morton registró, de forma automática, que se trataba de la defensa holandesa: el alfil había avanzado dos casillas, desequilibrando el tablero, un movimiento agresivo pero peligroso que debilitaba al rey... Pero eso era anecdótico. No existía la posibilidad de que él mismo hubiera movido el peón negro. La noche anterior había podido culpar al olvido o incluso a la embriaguez, pero ahora estaba seguro, enfermiza y glacialmente seguro, de que no había tocado la pieza negra. Y, sin embargo, ahí estaba. Los dos peones enfrentados sobre el tablero. Un contraataque. Como si un oponente invisible hubiera…

Levantó los ojos hacia el sillón. Tenía rígidos los músculos del cuello y de la cabeza, como si se estuviera preparando para un susto: pero el sillón estaba vacío. Por supuesto que lo estaba. Solo era cuero viejo, con sus grietas y valles, el recuerdo de extremidades y dedos. Ausencia. Clavó la vista en él, reacio a parpadear. La luz del fuego titiló y jugó, y las sombras se deslizaron sobre las paredes; la madera brillaba, en calma como el agua, sin polvo…

Morton exhaló con brusquedad. La asistenta debía de haber estado allí. Tenía que haber sido ella quien había movido la pieza negra, o tal vez su hijo, que había ido a dejar la comida. Sí, lo más probable era que se tratara del hijo —la mujer de la limpieza era vieja e ignorante, difícilmente del tipo que juega al ajedrez—, pero fuera quien fuera, había sido una insolencia, una maldita insolencia, pensó Morton. Se preguntó fugazmente si la mujer podría haber derribado el peón con un plumero. Pero el movimiento estaba calculado, una verdadera respuesta a su apertura, y le costaba creer que pudiera ser una coincidencia. Estaba claro que era intencional, así que definitivamente tenía que ser cosa del hijo. Debía de poseer cierta educación rudimentaria. Morton tensó la mandíbula. No creyó ni por un segundo que el chico quisiera una partida de ajedrez honesta; los jóvenes eran bestezuelas desagradables. No, lo había hecho para sacarlo de quicio. ¿Cómo se atrevía? Morton recordó una campaña similar en la escuela, que había tenido éxito, demasiado éxito. Bueno, no pensaba caer en la trampa.

Consideró el tablero de ajedrez durante otro instante. Luego, con un gesto rápido, empujó a su rey hacia la casilla que quedaba al lado de su semejante. El gambito de Staunton: ofrecer un peón como sacrificio para luego lanzar un ataque sobre el rey negro. Eso le enseñaría al pequeño cabrón que no estaba asustado. Se recostó y se frotó los muslos con las manos mientras imaginaba la mirada de decepción en el rostro del chico cuando se diera cuenta de que Morton había descubierto su farol.

Pero ese destello de satisfacción murió casi tan pronto como Morton lo sintió, y unos segundos después se levantó y caminó, primero hacia el aparador y luego hacia la ventana. Apartó la cortina, pero el jardín estaba a oscuras, las nubes ocultaban la luna y las estrellas y no vio nada más que manchas indistintas de un negro más intenso donde los árboles destacaban contra el cielo oscuro. Mover su propio peón solo animaría al niño, y aquello era lo último que quería. Golpeó el cristal con las uñas, considerando el asunto, pero el ruido resonaba de forma extraña en la silenciosa habitación y después de un momento, dejó caer la mano. El curso de acción más digno sería volver a colocar las piezas en su sitio. O, mejor aún, guardarlas, fuera de la vista. Sería difícil que el chico preguntara qué había pasado con ellas, ¿o no? Y el propio apetito de Morton por los problemas de ajedrez había disminuido de forma notable; de hecho, la presencia del tablero a su espalda hizo que un escalofrío le recorriera las vértebras, como si este le lanzara una mirada hostil. Se dio la vuelta para contemplarlo. Era absurdo, pero deseó, de todo corazón, no haber hecho ese contraataque.

Las llamas de las velas ardían bajas. En aquel instante, la más pequeña destelló y lamió, sedienta, hacia arriba. Mientras Morton observaba, las sombras del rincón se inclinaron hacia delante, ávidas; luego, la llama de la vela se redujo a una diminuta burbuja azul y se desvaneció. Por un segundo, mientras sus ojos se acostumbraban, las manchas del sillón parecieron solidificarse, como un recipiente que se llena de humo, por lo que, tras una mirada superficial, tuvo la impresión de que había alguien allí. Algo en el interior de Morton se tensó y, con una resolución repentina, se acercó al tablero de ajedrez, alcanzó la caja y arrojó las piezas en su interior sin preocuparse por ordenarlas. Había dos compartimentos, para las blancas y las negras, pero los ignoró; hizo fuerza y más fuerza para cerrar la tapa hasta que por fin algo cedió —¿se había partido la cabeza de un peón?— y quedó cerrada. El sonido rebotó en las paredes. Nunca antes había abandonado en mitad de una partida, nunca había suplicado piedad, nunca había admitido su debilidad. En aquel momento lo sintió, aunque estaba solo: una curiosa mezcla de vergüenza y desafío y, por debajo, una creciente inquietud. Otra vela parpadeó, amenazando con apagarse. Se estremeció. De alguna manera, la idea de quedarse allí, solo con la luz danzarina del fuego, era insoportable. Agarró el pie del candelabro con un ademán brusco y salió al pasillo; y aunque la piel entre los omóplatos se le erizó, no se permitió mirar atrás.

Morton tardó mucho en quedarse dormido. Despreciaba a aquellos que se obcecaban de forma innecesaria con el pasado, pero por alguna razón se encontró con varios recuerdos de sus días escolares correteando por su mente, una y otra vez. Veía al chico al que tanto había aterrorizado con sus bromas: Simms Minor, ¿verdad?, ¿o Simmons?, y sus ojos abiertos como platos, la noche en la que le había pedido ayuda a Morton... De todos modos, había sido un debilucho. Tendría que haber afrontado el trato que le daban como Morton había hecho con el ajedrez: barriéndolo del mapa con desdén. Era la opción más varonil. Y el accidente... bueno, aquello no había sido culpa de Morton. Sin embargo, se sentía sudoroso e incómodo, y dio vueltas y vueltas sobre el edredón, envolviéndose aún más en su abrigo.

Pero debió de adormilarse, porque se despertó. Sintió una quietud peculiar en el aire, la misma quietud que había percibido al ver la casa por primera vez a través de la verja, como si el mundo mismo estuviera escuchando. Tenía la impresión de que lo había despertado algún sonido en particular, ahora extinguido: eso, o un movimiento dentro de la habitación, como de una persona acercándose a unos metros de su cama. No se trataba de eso último, ya que cuando se incorporó vio claramente que estaba solo. Claramente, porque la luna había salido de detrás de las nubes y brillaba a través de los cristales de las ventanas en cuadrados blancos y negros.

Se subió el abrigo hasta los hombros y dejó las piernas colgando al borde de la cama. El suelo estaba helado bajo sus pies descalzos, pero se levantó y caminó en silencio hasta la ventana. Se quedó allí, a la espera de que el sonido se repitiera. No oyó nada, ni siquiera el ulular de una lechuza o el traqueteo de una corriente de aire silbando a través de los huecos del marco de la ventana. ¿Era posible que hubiera sido la misma profundidad del silencio lo que lo había arrancado del sueño? Pero no, estaba seguro, casi seguro, de que había oído algo. Trató de describírselo a sí mismo: un chirrido bajo, un crujido profundo y resonante, a medio camino entre el ruido de la madera y la piedra. Miró hacia los árboles mientras experimentaba una especie de vértigo que no era exactamente miedo. La luz sobrenatural, las formas oscuras contra el cielo bañado por la luna, la nitidez de los contornos, la densidad de las sombras... Sintió que el espacio se contraía, de modo que durante un enfermizo segundo las piezas de ajedrez eran a la vez enromes y lo bastante pequeñas como para caberle en la mano. Cerró los ojos, pero se mareó y los volvió a abrir a toda prisa. Las sombras parpadearon contra el pálido resplandor de la luna, dando así la impresión de que se movían.

Se agarró al marco de la ventana. Le había parecido... —solo por un instante, había visto...—. No. No, nada había cambiado, nada se había movido. Debería haber resultado tranquilizador ver todos los árboles alineados, ordenados, exactamente como debían estar, pero una presión se le acumuló en los oídos, que le empezaron a zumbar. Si hubiera visto moverse a uno de los árboles —el peón, por ejemplo, avanzando sobre la extensión de hierba plateada—, entonces habría sabido que estaba alucinando y casi se hubiera sentido aliviado. Pero esa sensación de espera —y ese peso en el aire, los árboles inmóviles, la partida en marcha— era insoportable, aterradora, algo peor; y era incapaz de moverse, de alejarse.

No supo cuánto tiempo estuvo allí, mirando las piezas, esperando algo que nunca llegó. Por fin se dio cuenta de que la luna se había puesto detrás de la casa, de que una suave brisa murmuraba en la chimenea y de que tenía los pies entumecidos por el frío.

Volvió cojeando a la cama, e inesperadamente no tardó nada en dormirse, exhausto como si hubiera librado una gran pelea.

Se despertó cuando llamaron a la puerta. Adormilado, recorrió la escalera y el pasillo mientras se frotaba los ojos, y abrió la puerta principal. Allí había un niño pequeño, con una fuente de budín y un paquete en papel marrón. Se los tendió a Morton.

— … vacíos —murmuró.

—¿Qué?

—Mi mamá me ha dicho que recogiera los recipientes vacíos.

—Te los puedes llevar mañana —dijo Morton, y empezó a cerrar la puerta.

—Mañana la nieve no me dejará venir.

Morton hizo una pausa. En su prisa adormilada por abrir la puerta apenas se había dado cuenta, pero era cierto que había una nueva aspereza en el viento y unas nubes bajas, planas y monótonas.

—Está bien —dijo—. Espera aquí. —Momentos después, volvió con la olla y el plato vacíos y se los tendió. El chico saltaba de un pie a otro como si necesitara ir al baño; agarró los cacharros sucios, los metió en una mochila y se dio la vuelta para irse sin decir una palabra más. Su prisa, aunque no del todo insolente, irritó sobremanera a Morton: pagaba el salario de la madre del niño, ¿no?

—Espera —dijo Morton—, no tan rápido. Has estado jugando en el salón, ¿no es así? Bueno, no se te ocurra volver a hacerlo.

El chico lo miró fijamente.

—No he *estao* dentro —dijo, después de una pausa.

—Entonces ha sido tu madre. No soy idiota. —Morton lo fulminó con los ojos, pero el chico le sostuvo la mirada, su expresión en blanco—. Dile que no toquetee nada. Como hizo ayer. Solo dile que tenga las manos quietas, ¿de acuerdo?

—Ella tampoco estuvo ayer —dijo el chico—. Solo limpia los domingos. Los domingos no se menea nada.

—¿Qué? —Pero el niño no respondió. Se encogió de hombros y los dejó caer de nuevo. Morton respiró hondo—. El jardinero, entonces. Hay un jardinero, ¿no?

—No tiene llave de la casa. Solo toca los árboles.

—Bueno, sea quien sea —dijo Morton—, como le pille…

El chico siguió mirándolo mientras se mordía el labio. Al final, como si Morton hubiera perdido alguna oportunidad, se dio la vuelta. Recorrió el caminito de la entrada con los ojos apuntando al suelo, y cuando hubo llegado a la última hilera de setos, echó a correr.

Morton observó al niño hasta que hubo cerrado la verja y desaparecido más allá del camino. Luego se giró hacia la casa, temblando. Ahora que podía tomarse un momento, detectó el olor metálico de la nieve. Quizás, después de todo, fuera una locura quedarse allí; tal vez una habitación en el Cisne podría resultar más alegre… Pero eso significaría admitir la derrota. Entró en el salón, frotándose el cuerpo con los brazos para calentarse, y se arrodilló para atender el fuego. Tenía las manos rígidas y le dolía la cabeza. Trasteó durante mucho rato con cerillas y hojas de periódico antes de que el fuego acabara por prender. Luego se derrumbó en el sofá. A lo mejor se estaba poniendo enfermo; no tenía hambre ni sed, aunque al consultar su reloj descubrió que había dormido hasta muy tarde y que hacía rato que el mediodía había quedado atrás.

Un solitario copo de nieve pasó junto a la ventana, pálido contra el cielo gris. Parpadeó, preguntándose si los ojos lo habían engañado, pero luego cayó otro y otro más, hasta que un velo arremolinado ocultó las nubes bajas. Lentamente, Morton se relajó. Era reconfortante estar dentro, junto al fuego crepitante, mientras la silenciosa tormenta se arremolinaba alrededor de la casa. Se hundió en una especie de trance mientras contemplaba el blanco danzar de la ventisca, las casi formas que volaban y chocaban contra los cristales de las ventanas. Esa vez, quizás porque fuera hacía más frío que antes, los gemidos y los murmullos del calor extendiéndose por la habitación sonaron más fuertes y claros: el crujido de las bisagras, el patrón de golpes en las tablas del suelo que sonaban como pasos, el suspiro de la silla… Giró la cabeza, por instinto, aunque sabía que allí no habría nadie.

El tablero de ajedrez estaba sobre la mesa.

La sangre le rugió en los oídos. Respiró de forma temblorosa. Lo más seguro era que estuviera viendo cosas: pero no, ahí estaba, perfectamente sólido, un alfil astillado en el cuello por haber intentado cerrar la caja con demasiada brusquedad. Cuatro peones fuera de lugar, dos blancos, dos negros. Alguien lo había dispuesto todo, concienzudamente, y había hecho otro movimiento. Alguien que había estado en la casa; alguien que no era la asistenta, ni el jardinero ni el niño.

Y no había estado ahí al arrodillarse Morton para encargarse del fuego.

Se sentó muy quieto. Le hubiera gustado gritar, o salir corriendo de la habitación, pero no pudo hacer ninguna de las dos cosas. Durante un largo y horrible instante pensó que nunca podría moverse de nuevo. Entonces, por fin, una oleada de ira se apoderó de él, lo bastante potente como para desterrar el terror que lo había paralizado. Se impulsó hacia delante y con manos temblorosas metió las piezas en su caja y se agachó para recoger un peón que había rodado hasta el suelo. Luego se arrodilló ante el fuego y arrojó la caja y su contenido a las llamas. El fuego se hundió bajo el nuevo peso y, horrorizado, tomó el atizador; pero luego las llamas chisporrotearon y saltaron alrededor de la caja, aferrándose a sus esquinas y tragándose las piezas que sobresalían de la parte superior. Las oscuras coronas, las torres y las cabezas de los caballos quedaron recortadas contra el resplandor rojo y dorado. Luego desaparecieron, envueltas en llamas, y la habitación se llenó de la cambiante luz del fuego. Morton sintió que lo inundaba un sentimiento de triunfo. Se sentó, respirando con dificultad. Luego echó un vistazo a la esquina y el aire se le atascó en la garganta.

Había un hombre en la silla.

Un anciano malévolo, ansioso y hambriento, hecho de sombras y vacíos: estaba allí y a la vez no estaba, marchito y muy flaco, pero terrible, un hombre cuyo único deseo era *ganar*…

Morton no supo cómo se puso de pie, cómo se tambaleó hasta la puerta y salió al pasillo, cómo se encaminó a ciegas hacia la puerta de casa y salió al exterior… Nunca supo cómo tropezó en la nieve, si gritó pidiendo ayuda o si ese terrible hombre-sombra lo siguió, solo fue consciente de su propia impotencia y de un pánico espantoso y desesperado. No tuvo tiempo de preguntarse quién era el hombre o de preocuparse por ello. Lo único que conocía era la terrible carga de sus errores y la imposibilidad, a esas alturas, de corregirlos.

No causó sorpresa alguna que Morton no se quedara en la casa blanca y negra; nadie lo hacía nunca. Desde que el anciano había muerto allí, solo unos pocos extraños habían permanecido más de unas horas bajo ese techo, y todos ellos se habían ido sin previo aviso y no habían regresado jamás. En general, se asumía que Morton, como los demás, había encontrado el ambiente poco acogedor, había hecho las maletas y vuelto al lugar del que se había marchado, y los lugareños, que estaban encantados de no preocuparse por la casa, se sintieron igualmente contentos de no tener que preocuparse por Morton. Si no hubiera sido por la nieve, nadie, ni siquiera el agente inmobiliario, habría pensado en él dos veces. Tan solo Robbie, el hijo de la asistenta, se cuestionó qué había sido de él, y contó una historia tan extravagante que su madre le ordenó con severidad que se callara.

Al parecer, a la mañana siguiente, cuando la tormenta había pasado y el sol había salido, el pequeño Robbie se había aventurado en el exterior para jugar. El mundo era de un blanco resplandeciente, el cielo azul y dorado a causa del sol invernal, y él había vagado largo rato, arrojando alguna bola de nieve ocasional y vadeando montones de nieve. Cuando por fin emprendió el camino de vuelta a casa, la ruta lo llevó más allá de la puerta trasera de la casa blanca y negra. Se detuvo, temblando, para mirar a través de los barrotes, y vio… algo. Al final, su curiosidad superó a su habitual cautela acerca de aquel lugar y se arrastró hacia el espacio cegador para mirar más de cerca.

Lo que vio fueron las huellas de un hombre que salían de la puerta principal: borrosas por el viento y más nieve, pero aún inconfundibles. Había caminado, tal vez corrido, en línea recta durante un rato, hasta llegar a las hileras de setos, y luego... Luego, dijo Robbie, las huellas cambiaban. Eran irregulares, avanzaban en zigzag, en líneas quebradas, como si hubiera ido de un lado a otro, como un hombre en un laberinto, y de vez en cuando se hubiera caído y hubiera tenido problemas para ponerse en pie de nuevo. Si había estado huyendo de algo, ese algo no había dejado rastro en la nieve blanca. Pero lo más extraño, dijo Robbie, era que las huellas terminaban muy de golpe, al pie de uno de los árboles más altos, como si Morton hubiera desaparecido por completo, comido por el rey negro.

EL INQUILINO DE LA CASA THWAITE

THWAITE

Imogen Hermes Gowar

*L*legamos bajo una lluvia torrencial, una auténtica furia de tormenta que asustó a los caballos. La noche era negra, y mientras el agua se filtraba a través de las ventanas del carruaje, pensé: *La inundación ha llegado para llevarnos a todos*, y apreté al pequeño Stanley contra mi pecho con más fuerza, pero estaba profundamente dormido y no se dio cuenta. *Me están juzgando a mí*, pensé, pero no lloré, porque si mi padre se daba cuenta, solo comentaría: «¿Sientes lástima por ti misma?».

Al principio habíamos avanzado a buen ritmo, pero a medida que caía la lluvia, el carruaje redujo la velocidad, en medio de tambaleos y resbalones. Con una regularidad que fue en aumento, mi padre asomaba la cabeza por la ventana para hablar con el conductor y volvía a meterla con el agua de lluvia corriéndole por la nariz y la barba. El conductor maldecía a los caballos un instante y los arrullaba al siguiente, y yo sentí miedo mientras el carruaje se balanceaba, las bestias tiraban y la cabeza de Stanley rodaba contra mi hombro. Por fin, nos detuvimos en una bifurcación del camino, y no volvimos a movernos.

—¿Todo bien? —gritó mi padre, y el conductor respondió algo que no entendí—. Maldita sea —dijo mi padre, y bajó de un salto. Sus botas se hundieron en el barro. El agua susurraba bajo las ruedas del carruaje, el camino convertido en río, y me quedé a solas con la única compañía de mi pequeño, acunando su mejilla en mi mano.

Cuando mi padre volvió, dijo:

—El pronóstico no es bueno. Tendremos que continuar a pie.

—¿Qué? ¿Cuánto queda?

Consultó con el conductor.

—Dos kilómetros y medio. Un poco más.

—Somos una mujer y un niño —exclamé—. No se puede esperar que...

—¡Estúpida! Los caballos resbalarán si seguimos; el carruaje volcará. Supongo que prefieres estar en peligro que sentirte incómoda.

Si fuera así, podría haber dicho, *seguiría en casa*. Pero me mordí la lengua y, en cambio, me centré en despertar a Stanley, quien hundió aún más su rostro en mi capa y entrelazó sus dedos con los míos.

—Tenemos que caminar —le dije—. ¿Puedes hacerlo?

—¡Mamá, no!

—Yo lo llevaré —dijo mi padre—. Ocúpate de tu bolsa de viaje. El baúl tendrá que quedarse. —Estaba amarrado al techo del carruaje y me retorcí las manos al pensar en todo su contenido (mis vestidos, mis alfileres, mis pañuelos, los juguetes y libros de Stanley) deslizándose de un lado a otro, mientras el agua de lluvia se colaba por las esquinas y huecos del baúl, ensuciando todo lo que era bueno y agradable.

Arranqué a Stanley de mi regazo y lo puse en los brazos de mi padre: el pequeñín gritó de miedo, pero no logré encontrar palabras para consolarlo. No había ninguna mano que me ayudara a bajar del carruaje, y salté como si se tratara del vacío. Tropecé al caer en el camino. Me pareció que quedaba empapada casi de inmediato, pero cuando el carruaje se desvaneció bajo la lluvia y tomamos uno de los caminos de la bifurcación, angosto, sin pavimentar y cuesta arriba, comprendí lo realmente mojada que podía llegar a estar una persona. El agua se colaba bajo mi sombrero y entre mi cabello; corría entre mis omóplatos y se acumulaba entre las varillas de mi corsé, donde las burbujas de aire se deslizaban por mi cuerpo. Arrastraba las faldas alrededor de las piernas y cada paso me producía ansiedad, porque no podía estar segura de que el suelo bajo mis pies fuera a aguantar. El agua se precipitó al interior de mis botas y pensé: *Bueno, ya está todo arruinado.*

Ciega, sorda y muda, seguí la silueta oscura de mi padre mientras avanzaba a trompicones arrastrando las pequeñas extremidades de Stanley. Entonces lloré, no por mí, sino por mi pequeño, que no había pedido nada de aquello, que había sido feliz donde estaba, con sus juguetes y su árbol favorito al que trepar, su perro Dash, su niñera e incluso, ¡que Dios me perdonara!, su padre. ¿Qué derecho tenía yo a arrastrarlo hasta allí, cuando él no tenía nada que ver con nuestra pelea? ¿Era tan egoísta como decía mi padre?

Estaba temblando para cuando llegamos a la casa. Había un sendero angosto entre dos altos muros, y luego unos escalones de piedra de diferentes alturas, de modo que me confundía con cada uno y acababa resbalando y tambaleándome. Mi padre había colocado su capa impermeable sobre Stanley, pero vi las diminutas manos pálidas entrelazadas con fuerza alrededor de su cuello, la cabeza rubia colgando sobre su hombro. *¿Qué he hecho?*

La antigua casa Thwaite había adquirido cierta notoriedad entre mi hermana y yo. Nunca habíamos visitado el lugar, pero nuestro padre sí, más a menudo de lo que creíamos necesario. En ocasiones pasaba un año o más sin ir, pero cada vez que mencionaba que tenía «un compromiso en Skipton» o «negocios que atender en Bradford», Mariana y yo compartíamos una mirada, porque sabíamos que en esa dirección también estaba la casa Thwaite. Había sido un hombre apuesto en su juventud, todavía lo era, y parecía obvio lo que iba a hacer a aquel lugar. Siempre había supuesto que era un sitio opulento y de mal gusto, con alfombras tupidas y cortinas gruesas, armarios llenos de licores exóticos y batas susurrantes apenas usadas, así que el atisbo de curiosidad que sentí cuando mi padre abrió la puerta podrá ser perdonado.

No era en absoluto como lo había imaginado. Una única vela ardía en el angosto vestíbulo, cuyas paredes grises desteñidas desprendían un olor agrio, como si no se hubiera vivido mucho entre ellas; al lado había un salón oscuro, escasamente amueblado de forma anticuada y fea. No era posible que ninguna amante se sintiera encantada de que la llevaran allí. Mi padre acostó a Stanley en el sofá mientras yo permanecía de pie en el pasillo, consternada. El agua goteaba por mi tocado, mi nariz, mis muñecas. Me quité la capa y la dejé sobre una vieja silla ennegrecida, tallada siguiendo ese estilo torcido y desagradable de hacía doscientos años.

—Pues bien, señorita —dijo mi padre. Pronunció «señorita» de un modo rígido y perentorio, como si yo fuera una extraña a la que se hubiera encontrado en su compartimiento de tren favorito—. Te dejaré en paz.

—No salgas con este tiempo —supliqué. Sentía un miedo mortal ante la perspectiva de estar a solas con Stanley en un lugar tan inhóspito—. Quédate. Por favor. Tiene que haber sitio para ti.

—Me reuniré con el conductor del carruaje en la posada, si es que ha llegado tan lejos. Si no, necesitará mi ayuda. —Suspiró, y el suspiro dijo: por supuesto, *tú* puedes descansar ahora, Lucinda. Por supuesto que *tu* día ha terminado.

—Ay, papá —dije. Eché un vistazo a los suelos de piedra, el pasillo adusto, vacío y sin flores que me dieran la bienvenida. Había una reproducción enmohecida de «La balsa de la Medusa» en un marco negro, y eso era todo—. ¿De verdad vas a dejarnos aquí? ¿Solos?

Él no dijo nada.

—Pa —repetí, deshaciéndome en lágrimas. Nunca había podido soportar verme llorar, y no conocía otra forma de conmoverlo. Apelar a mi impotencia era mi única retórica—. ¿No puedes ayudarme?

—Mi niña —dijo—, esta *es* la ayuda.

Stanley estaba temblando cuando lo alcé del sofá. Tenía el pelo pegado a la cabeza y emitía un patético olor a cachorrillo que me recordó a su infancia. No dijo ni una palabra, no expresó curiosidad por explorar las habitaciones como lo había hecho en el bonito hotel de Scarborough al que lo había llevado la primera vez, diciéndole que eran unas vacaciones, o en casa de Mariana, a la que habíamos huido al acabárseme el dinero. Había supuesto que la euforia era su estado natural, que podía llevarlo a cualquier parte y sería bastante feliz, pero ahora toda la alegría lo había abandonado. Nos aventuramos arriba y encontramos dos dormitorios. Uno era grande pero extraño, con paneles oscuros, y al principio pensé que no tenía ventana, hasta que comprobé que lo que una vez se había considerado una ventana ahora estaba casi tapiada excepto por una estrecha grieta en la parte superior. El otro, en lo alto de la escalera, era más pequeño y acogedor.

—Esta será tu habitación —le dije. Se llevó el pulgar a la boca.

El agua de la palangana me heló hasta los huesos, pero no había nada que hacer. Desnudé a Stanley y se estremeció y gimió mientras lo limpiaba con una esponja, cruzando los brazos sobre su diminuto pecho blanco.

—No, mamá —gritó mientras me apartaba de un empujón, pero yo insistí (con demasiada brusquedad, tal vez, para poder terminar de una vez por todas) y me empujó con fuerza—. ¡No!

—¿Cómo te atreves? —grité. Me escocían los ojos, al igual que las zonas de los hombros donde había presionado las palmas.

—¡Quiero irme a casa! —Se le quebró la voz. A duras penas podía soportarlo—. ¿Por qué estamos aquí?

Lo agarré por el hombro, pero él chilló y se apartó de mí.

—¡Compórtate! —dije, pero volvió a gritar, golpeó con sus piececitos las tablas del suelo y se quedó medio agachado, con los brazos y las piernas abiertos, mirándome furioso y desafiante, como un pequeño salvaje blanco y desnudo. No por primera vez desde su nacimiento, me pregunté: *¿Qué he criado? ¿Cómo ha pasado todo esto?* Al menos, había pensado en llevarme su cálido camisón de franela, y no estaba demasiado húmedo, pero cuando se lo ofrecí no se lo puso, y lo perseguí por la habitación hasta que chilló a base de temperamento puramente afilado y la vela se apagó.

—Bueno, entonces dormirás como estás —grité, y cerré la puerta de un portazo. Tenía el cerrojo por fuera y me apresuré a correrlo. Sus puños martillearon contra la puerta y me quedé en el rellano escuchando cómo su rabia se convertía en miedo.

—¡Mamá! —gritó, luego—: ¡Mamá! —y esa vez lo hizo temblando. Podría haberme ablandado, pero volvió a rugir con furia y me alejé.

Una vez abajo, tuve problemas para quitarme el vestido y las enaguas, que acabaron en charcos pantanosos en el suelo del salón: me quité el corsé con cuidado, ya que no tenía otro más que el que estaba en mi baúl y, por lo tanto, tal vez estuviera perdido para siempre. Lo dejé en el sofá, pero la camisola que llevaba debajo también estaba empapada. Tenía los zapatos llenos de barro, que había esparcido por todas las escaleras; la falda me había desteñido las medias. Me acurruqué junto a la chimenea temblando de frío; la mandíbula me resonaba dentro del cráneo y mis manos buscaron a tientas las cerillas.

—Vamos —murmuré a las chispas que se desvanecían en la leña húmeda—, vamos, vamos. —Pero había pasado demasiado tiempo desde la última vez que se había encendido aquella chimenea, y las llamas que conseguí engatusar para que aparecieran eran unas cosas débiles y enfermizas que se enroscaban, echaban humo y morían. Solté un juramento.

En mitad de la oscuridad, me llevé las rodillas al pecho. Mi cuerpo resultaba desagradable sin su corsé: aquella parte demasiado huesuda, la otra demasiado blanda, senos fríos y flácidos que colgaban demasiado bajos sobre mi torso y cuyos bordes inferiores húmedos se aferraban a mi piel. El frío sacudió mi cuerpo y se me erizó el vello de las pantorrillas: eché un vistazo a la habitación y me pregunté si aquello era el comienzo de la locura o si en realidad ya llevaba algún tiempo invadiéndome. No hacía mucho, había sido un adorno para la casa de mi esposo. Nada ostentoso, no, pero sí *refinado*, y yo había considerado que ese refinamiento era una cualidad personal innata mía, al igual que la felicidad era la de Stanley. ¡Y, sin embargo, en pocas semanas había quedado reducida a ser una itinerante demacrada y avejentada! La bonita Lucinda Lisle, sin un centavo y sin amigos, maldiciendo a solas en una pequeña habitación descolorida mientras su hijo lloraba arriba.

Me apropié de una manta que descansaba en el respaldo de una silla y me la arrojé sobre los hombros, a la espera de entrar en calor. En mi cabeza comencé a redactar una carta para mi hermana Mariana, pero cada vez que pensaba en ella, veía la cara que había puesto cuando le dije que había abandonado a mi marido. Primero había parecido alarmada, luego sospechosa y luego, de repente, bastante inexpresiva, como si me hubiera cerrado una puerta en las narices. *¿Por qué me echaste?* quería escribir. *¿Cómo pudiste, cuando sabías lo que he soportado?*

Pum, pum, pum.

Me quedé petrificada. Oí el ruido de nuevo. Pum, pum, pum. ¡Pasos, arriba! Pesados, de hombre, cruzando el descansillo.

Aunque sabía que no era posible, pensé: *Lisle nos ha encontrado. ¡Ha venido hasta aquí!*

Entonces, pum, pum, pum. Me puse de pie. Dios mío, si no era mi esposo, ¿quién podía ser? Alguien (*alguien*) estaba arriba, donde estaba mi hijo pequeño y yo no. Subí corriendo las escaleras con la manta sobre los hombros como un escocés de las Tierras Altas, pero en cuanto llegué al rellano supe que allí no había nadie. Una sabe cuándo comparte el espacio con otro cuerpo. Y supe que estaba sola.

El pavor que me recorrió fue tal que no puedo describirlo. Me picaba el cuero cabelludo y tuve que juntar las manos para evitar que temblaran. *Bueno*, pensé, *esto lo confirma. Me estoy volviendo loca.*

Ningún ruido salió de la puerta de Stanley. Puede que estuviera dormido. Descorrí el cerrojo y pregunté:

—¿Has estado corriendo?

—No, mamá. Estaba acurrucado en el suelo frente a la puerta, con el pulgar en la boca.

—Espero que no me estés mintiendo.

—No. Estaba aquí. Estaba asustado. —Extendió los brazos y me acerqué a él sin dudarlo. Tenía la cara caliente y mojada por las lágrimas, y pronto también lo estuvo la mía. Cuando era un bebé solía pasarme todo el día tendida con él en brazos, cantando canciones y besándole la carita. Entonces comprendí que, como madre, debía abarcarlo todo, que él y yo éramos una pequeña república benévola de dos en la que nadie podía entrometerse. La distancia llegó cuando le pusieron pantalones, le cortaron hasta el último de sus bonitos rizos y se convirtió, como debían hacer los niños, en una criatura que pertenecía más a su padre.

—De acuerdo —dije—. Ahora, a la cama.

Se aferró a mí.

—No me gusta estar aquí.

¿Qué habría dicho Lisle? *¡Sé un hombre, Stanley!* En algún momento de mi vida, podría haber dicho lo mismo, pero en ese instante, susurré:

—Por la mañana no parecerá tan malo.

—Por favor, mamá. No te vayas.

—No lo haré. —Estaba exhausta, después de todo, y desconcertada por lo que había sucedido. *No puedo volverme loca*, pensé. *Simplemente, no puedo.*

Me puse el camisón y lo ayudé a ponerse el suyo. En esa ocasión, me obedeció, dócil. Nos metimos juntos en el estrecho catre y, aunque dudé al cubrirnos con las húmedas mantas, temiendo las alimañas que pudieran albergar, el frío se impuso. Primero, Stanley lloró, luego se estremeció, pero se calmó al acurrucarse contra mí y yo me quedé escuchando su respiración, pensando en que, dormido, era un niño mucho menos molesto y más fácil de amar.

Pero a veces, los niños dormidos crean problemas.

Soñé que estaba de nuevo en Scarborough, sentada en la terraza mientras Stanley corría por la arena. El sol estaba bajo e iluminaba el mar de un tono rosa dorado que se extendía hasta el horizonte. A pesar de lo hermoso que era el conjunto de esa visión, lo que conjuré con más fuerza no fue el lugar sino el sentimiento: optimismo por el mañana, que había supuesto que se desvanecería de forma natural tras la niñez y nunca persistiría más allá del matrimonio. Lo más glorioso para mí ese día en Scarborough había sido la sensación de que mi futuro era completamente desconocido: por primera vez en mi vida, había una página en blanco ante mí, y eso me resultaba estimulante. Durante aquellas dos primeras semanas lejos de Lisle, había creído que lo peor ya había pasado, y que ahora que habíamos escapado de él, todos nuestros días podrían ser días en Scarborough, largos y despreocupados, sonrojados por el brillo de la puesta de sol. Pero en aquel sueño, tenía en la mano una hoja de papel rosa y en ella leía las palabras de mi hermana:

No puedes afirmar que tú estás libre de culpa.
Podrías haberte esforzado más.
Me lavo las manos de esto.

Al levantar la mirada, vi que el mar se había vuelto gris y corría hacia la orilla. Miré a mi alrededor, pero no vi a Stanley por ninguna parte, y antes de que pudiera correr para encontrarlo, el agua me había alcanzado, arremolinándose alrededor de mis tobillos, terriblemente fría, y trepaba mientras yo me tambaleaba y tropezaba, y mis faldas se retorcían alrededor de las piernas, calándome hasta la médula mientras gritaba sin voz, buscando esa adorada cabecita rubia pero sabiendo que ya la había perdido.

Me desperté entre jadeos. Las sábanas estaban mojadas e inundadas de un olor espeso y dulce que me subió por la nariz. Todavía estaba bastante oscuro y me quedé un rato aturdida, moviendo las piernas con ese horror naciente que recordaba de la infancia, sintiendo cómo las mantas se aferraban a mí y el edredón yacía sobre mi cuerpo con una extraña pesadez, como muerto, pensando al principio que era cosa mía. Entonces me di cuenta de que había sido Stanley, por supuesto, y me impulsé para bajar de la cama. Tenía el camisón empapado de su orina.

—¡Stanley! —Lo sacudí—. ¡Stanley! ¡Despierta! Ven, ven, debes levantarte de la cama.

Se desperezó despacio, luego de repente, y gritó consternado cuando comprendió lo que había sucedido.

—¡Mamá, yo no quería!

—No importa. —Estaba demasiado ocupada arrancando las sábanas de la cama como para pensar en él, y luego tuve que ocuparme
de la gruesa bajera de lana, esperando contra todo pronóstico que
aquel desastre no hubiera calado el colchón. No hubo tal suerte: se
había echado a perder—. Ay, Stanley, ¿cómo se te ha escapado tanto?
—grité, y él se puso a sollozar mientras retiraba la funda del colchón.
Estaba rellena, me pareció, de crin de caballo, densa e incómoda, y
mientras colgaba en mis brazos recordé una imagen que había visto
en el *Illustrated News*, «Entierro en el mar», en la que los marineros
luchaban con una carga tan anodina.

—¿Por qué no has usado la bacinilla? —jadeé cuando la funda
cayó al suelo con un ruido sordo.

El pobre niño se tapó la cara con las manos y sus hombros sufrie-
ron una convulsión. A la poca luz que nos brindaba la luna, sus piernas relucían.

—Tenía miedo —sollozó.

—Ven aquí, ven aquí. No pasa nada —dije—. Dormiremos en la
otra habitación.

—¡No quiero salir, mamá!

—¿Por qué? —pregunté con brusquedad. ¿Había oído lo mismo
que yo? ¿Qué sería peor? ¿Que lo hubiera oído o que no? ¡Pobre
niño! O había un intruso al otro lado de la puerta del dormitorio o
una madre trastornada dentro; no tendría muchas oportunidades.

—Está oscuro —dijo.

—Eso no debe darte miedo. Ven conmigo.

Encendí la vela y lo conduje hasta el rellano, aunque mi mano
vaciló en el pomo de la puerta. Los breves momentos que tardé en
cruzar a la otra habitación fueron tensos: con cada paso, esperaba
que unos dedos invisibles se cerraran alrededor de mi brazo o que
un cuerpo se abalanzara sobre el mío, pero permanecí delante de
Stanley y no permití que percibiera mi miedo.

Durante aquella segunda inspección, la habitación no me gustó
más que antes. El revestimiento de madera antigua absorbía toda la
luz del lugar, sus rincones eran tan oscuros que entorpecían la

vista, y esa zona estrecha de la ventana, demasiado alta para permitir ver nada, también resultaba inquietante. Decidí de inmediato que dejaría que la vela ardiera toda la noche. Aun así, me complació encontrar en la prensa una pila de camisones de mujer doblados que, aunque llevaran allí algún tiempo, habían conocido un cuidadoso lavado. Eran el primer rastro de las mujeres de mi padre que había hallado en la casa, y me sentí un poco asqueada cuando ayudé a Stanley a pasarse uno por la cabeza, pero al menos ambos teníamos algo que ponernos.

—¿Ves? —le susurré a Stanley una vez que estuvimos en la cama—. Todo ha salido bien, ¿verdad? Estamos a salvo y bastante calentitos. Y estás conmigo, así que no te puede pasar nada malo.

Lo dije con más convicción de la que sentía, pero pareció satisfecho. Lo rodeé con el brazo y lo atraje hacia mí, su espalda contra mi vientre, su muñeca en mi mano para poder sentir el aleteo de su pulso mientras se volvía a dormir. Sentí mucho dolor por él en ese instante, puesto que lo había arrancado de un hogar donde se había sentido feliz y seguro. Porque, para ser clara, aunque Lisle hubiera sido cruel conmigo, nuestro hijo nunca había estado en peligro. Su vida había sido una de comodidad y disfrute; era el favorito de todos. Mi objeción era que, aunque el tejido de su vida era agradable, no era *bueno*: poco a poco se vería contaminado por Lisle, aprendería a fanfarronear, intimidar y regañar, a burlarse, menospreciar y vejar. ¿Y qué podía objetar yo? Solo era su madre; no tenía ningún derecho a dictar qué clase de hombre podía ser. Porque en realidad existía un único tipo de hombre, ¿no era cierto?

Pum, pum, pum.

Me senté muy erguida, con las manos cruzadas contra el pecho. ¡Esos pasos otra vez! Pum, pum, pum, al otro lado de la puerta, en un lado y otro del rellano, y ahora tal vez el golpeteo de un bastón contra la barandilla. Eran los pasos de un hombre furioso lleno de bravuconería, un hombre que quería asustarme y a quien yo sabía temer. Me incorporé y me quedé inmóvil.

Ay, lo que fue darse cuenta de que lo único peor que el hecho de que pudiera haber *alguien allí* era que no hubiera *nadie allí*. Y *no* había nadie, nadie de carne y hueso, nadie a quien pudiera ver o cuyos golpes pudiera esquivar. No había nadie allí, y estaba segura de que pretendía hacerme un daño terrible.

Los pasos continuaron con urgencia, esas pesadas botas furiosas patrullaron el rellano frente a mi puerta, luego subieron y bajaron las escaleras como si buscaran algo, irrumpieron en la casa con el aire de quien desea que reparen en su presencia, que no tiene miedo de dar a conocer su mal humor. Entraban y salían del salón, por la puerta trasera y por la delantera y volvían siempre a mi habitación.

—¿Lisle? —susurré como una estúpida cuando se detuvieron frente a mi puerta.

Pum, pum, pum.

—Largo de aquí—siseé.

Stanley emitía un silbido por la nariz. No lo habría despertado por nada del mundo: coloqué una mano en su espalda y me consolé con su tranquilidad. Los pasos continuaron, arriba y abajo, arriba y abajo. A veces, cuando se retiraba al pie de la escalera, me atrevía a esperar que mi visitante se marchara; a veces los pasos se detenían y yo pensaba: *¡Ya está! ¡Se ha terminado!* Pero él siempre regresaba.

Lisle solía andar por la casa de esa manera. Cuando escuchaba que sus pasos se volvían rápidos y decididos, me escondía, pero él iba de una habitación a otra hasta que me encontraba, con la chaqueta ondeando, la camisa a medio abrochar, abriendo las puertas de un tirón y apartando las cortinas. Me agarraba por las muñecas y acercaba su rostro al mío para escupirme su rabia. Si me estremecía, era peor para mí.

Así que me quedé en mi cama, escuchando los paseos de mi extraño nuevo compañero. ¿Cómo podía haber huido de un hombre enfadado y encontrado a otro esperando? Me pregunté si habría alguna penitencia con la que debiera cumplir mientras observaba que la pequeña rendija de la ventana se volvía más pálida a medida que avanzaba el amanecer. ¿Sería aquello la soga alrededor de mi cuello?

Poco a poco escuché el balido de una oveja en la ladera de una colina y el ulular de despedida de un búho. Luego, como si una enfermera junto a mi cama calmara mis terrores, dejé que mi mente se inundara de escenas tranquilas del amanecer: cenizas blancas retiradas de una rejilla, la leche calentándose en un cazo, una cabeza inclinada sobre un desgastado libro de oraciones. Pertenecían al mundo gentil y ordinario al que confiaba que aún podría regresar, y cuando la mañana se hizo más brillante, por fin caí en un sueño irregular. Cuando Stanley se movió y me rodeó el cuello con los brazos, ya no se oía ningún paso.

Recé para que hubiera comida en la casa, porque no estaba presentable y no podían verme con mi camisón prestado, y el de Stanley era demasiado grande, con mangas tan largas que para encontrarse las manos tenía que agitar los brazos como un hipnotizador mientras cruzábamos el pasillo. La cabeza me zumbaba por la falta de sueño, pero a la luz del día la casa apenas parecía malévola: solo estaba destartalada y deslucida, no era ninguna ruina gótica, y la peor parte de su abandono podría haberse remediado con unos cuantos rollos de papel pintado. Al bajar las escaleras, miré hacia la pequeña silla negra del pasillo en la que había dejado mi capa. Las tablas del suelo que tenía debajo estaban oscurecidas por el agua que había goteado de ella, pero la capa en sí no estaba allí.

Agarré la mano de Stanley, como para evitar que tropezara.

—Alguien ha estado aquí —dije, y traté de sonar complacida, aunque el corazón se me había acelerado y la sangre me rugía en los oídos.

Al pie de las escaleras, me asomé al salón y vi de nuevo las manchas oscuras donde habían estado mis prendas, pero de nuevo, las prendas en sí mismas habían desaparecido. Una sensación de lo más peculiar recorrió todo mi cuerpo, un rubor seguido de un escalofrío, así que sentí calor y frío a la vez, estaba sudando y, sin embargo, también temblaba. Alguien había estado allí. Alguien se había movido por aquellas habitaciones sin que yo lo supiera. Una mano ajena había escurrido mis medias empapadas. ¡Un extraño había dado la vuelta a la ropa interior de franela que un rato antes habían estado sobre mi piel desnuda! ¡Esas reliquias de la noche más oscura de mi vida, las pocas pertenencias que me quedaban! ¡Recogidas, inspeccionadas, desechadas!

Me había olvidado de respirar y estaba casi a punto de desplomarme cuando la puerta trasera se abrió y entró una mujer de mediana edad cargando un balde, su cara redonda era una máscara de disgusto tan cansado que no me cupo ninguna duda de que ella era la que había recogido mis últimas pertenencias. Cuando me vio allí parada su expresión no cambió, aunque miró a mi niño con sorpresa.

—Buenos días —dije. Sostuve a Stanley delante de mí, agarrándolo por los hombros, mientras ella observaba sin pasar por alto la poca ropa que llevaba, lo poco compuesto que estaba mi cuerpo debajo del camisón. Pero no dijo nada, solo dejó el balde en el suelo y se quedó mirándome expectante, como si hubiera algo que yo debería decir.

Al cabo de un rato, gruñó:

—Así que *usted* es la culpable de este lío.

—Soy la señora Lisle —insistí, acentuando más la sonrisa—, y este es mi hijo Stanley.

Ella le lanzó una mirada rápida y astuta al escuchar que llevaba el nombre de mi padre, y nos dedicó un breve asentimiento.

—¿Ha estado usted arriba? —le pregunté.

—Sí, y también he visto lo que ha hecho ahí.

Agarré los hombros de Stanley con más fuerza.

—No volverá a suceder —dije. Lisle me había dicho que cuando tenía la edad de nuestro hijo y ensuciaba la cama, lo azotaban y se burlaban de él. Había empezado a pensar que había mejores formas de controlar a un niño que con la vergüenza, si es que uno buscaba controlarlo.

—Bueno —dijo ella—, soy la señora Farrar. Alquilo este lugar. No la molestaré mucho.

—¿Qué? —balbuceé—. ¿No va a haber ama de llaves? ¿Ni doncella, ni institutriz?

La señora Farrar parecía estar a punto de reírse.

—¿Con todo este espacio para ellas?

Me desconcertó hasta el punto de dejarme sin palabras. ¡En toda mi vida, jamás me había rebajado a realizar las tareas del servicio! Eran cosa de las esposas de los hombres trabajadores, mujeres pobres con muebles alquilados y pretensiones. ¿En qué estaría pensando mi padre? Antes de que pudiera evitarlo, unas lágrimas se deslizaron por mis ojos, impactantes en su volumen. Se quedaron ahí temblando, amenazando con derramarse, y no pude ocultar el rubor que subió por mi cuello, ni el músculo que se me contrajo en la mejilla mientras luchaba por recobrar la compostura.

—El señor Stanley le ha mandado ropa seca —dijo después de un momento, en un tono más amable—. Hay pan y leche para el chico, y puede tomar todo el té que desee. Eso ha dicho él.

Asentí como una tonta y las lágrimas cayeron en picado. Una salpicó el dorso de mi mano junto a la oreja de Stanley, pero él no se dio cuenta.

—Adelante —dijo la señora Farrar—. Tengo trabajo que hacer. Dele de comer al muchacho.

La cocina estaba en la parte trasera de la casa, otra estancia pequeña y rústica y, sin embargo, de una forma imperceptible, muy diferente de las demás. Mientras que el descansillo me había erizado el vello del cuerpo, la cocina rebosaba una hospitalidad acogedora, y sentí que me invadía la misma paz que me había aliviado al amanecer. Aquel debería haber sido el dominio de una amiga solícita, para quien todas las ollas, sartenes y libros fueran compañeros queridos, que ofreciera bebidas calientes y consejos amables en la gran mesa plagada de cicatrices. Stanley se comió su pan con leche y yo me senté a su lado en silencio, mirando mi taza de té, tratando de recordar lo que sabía sobre los Thwaite. Eran la familia de mi abuela, pensé, y había algo sospechoso en ellos, no del todo impropio sino vergonzoso, ya que, de algún modo, no habían sido lo que debían. Aquel recuerdo me eludió. Fui en busca de la señora Farrar.

La encontré en la parte trasera de la casa, inclinada sobre el colchón estropeado. Tenía las mangas arremangadas hasta los codos y sacudía la crin de caballo con una serie de golpes contundentes. Una nube envolvía la colina, de modo que no podía ver ningún paisaje, ni casas, ni cielo, como si ella estuviera frente al telón de fondo de un teatro.

—Tenía un baúl —dije—. ¿Sabe algo al respecto?

—Está en la posada. —Se apartó del colchón y se presionó la parte baja de la espalda con la mano. El patio estaba sembrado de mechones cortos de pelo canoso—. Pero el vado está inundado. Es bastante fácil pasar por encima de montículo en montículo, como hago yo, pero un carro no podría.

—¿Cuánto tiempo pasará hasta que sea posible?

Entrecerró los ojos hacia el cielo, no se podía ver mucho de él.

—Si hace buen tiempo, unos días. Si vuelve a llover, bueno —infló las mejillas—, ¿quién sabe?

Eso me molestó, porque necesitaba con urgencia mis artículos de tocador, pero ella rebuscó en su bolsillo y sacó una lata no más grande que una caja de rapé.

—Supongo que querrá esto —dijo.

La acepté sin pensar. Tintineó cuando la dejó caer en mi palma.

—¿Qué es? —pregunté.

Miró furtivamente a su alrededor como si estuviéramos en una calle llena de gente.

—Pastillas femeninas. Poleo. Si no funcionan, el señor Stanley conoce a un médico. Todavía no ha empezado a moverse, ¿verdad?

Una vez más, todas mis palabras me abandonaron. Casi me tambaleé y dejé caer la caja de pastillas, que repiqueteó contra las losas del suelo. ¡Qué ingenua había sido al pensar que mi padre se quedaba en aquella casa para sus aventuras! Allí no había habido abandono, ningún placer ilícito: aquel era un lugar cruel, frío y solitario para terminar una aventura, no para comenzar una.

—¡No! —grazné—. Señora Farrar, lo ha malinterpretado. Esto no es lo que he venido a buscar. Soy una dama respetable en un pequeño apuro, eso es todo.

—Ay, señora —dijo con lástima—. Todas dicen *eso*.

Pasaron los días. Stanley y yo, vestidos decentemente aunque con prendas prestadas y desagradables que nunca habría elegido, pasamos gran parte de nuestro tiempo en esa magnífica cocina, donde la lumbre era de fiar y la tetera estaba llena. Gracias a nuestras breves incursiones hasta el final de la calle, había comprendido mejor dónde estábamos, y lo cierto era que se trataba de una localización muy remota. La casa se erguía sobre la cresta del páramo, rodeada de maleza por tres lados, y asentada, la mayoría de las veces directamente, sobre una nube. Hacia el este se desplegaba un valle que revelaba, en función del clima, una vista que se extendía desde la chimenea de una mina de plomo en la parte superior hasta un pequeño molino en el valle del río, con un pueblo alrededor. Allí, los campos estaban medio sumergidos, convertidos en lagos grises que brotaban de la orilla del río, y reparé en lo traicionero que debía de ser el camino a medida que descendía hacia los campos inundados.

Merodeé por el porche mientras Stanley corría de un lado a otro por el camino o por el pequeño jardín, persuadiéndome en voz alta y quejumbrosa para que viera lo que había encontrado, probara su nuevo juego, su brújula apuntándome hasta que nos sentábamos uno al lado del otro en nuestro banco improvisado para ver caer la lluvia.

Era en el porche donde nos encontrábamos una tarde una semana después de nuestra llegada, mientras oscurecía y Stanley casi trepaba a mi regazo, aunque yo inclinaba la cabeza sobre un libro.

—¡Mamá! Mamá, ¿qué hacemos ahora?

—Sentémonos en silencio un rato. —Las novelas de la casa eran baratas y sensacionalistas, y no podía concentrarme en ellas, ni siquiera cuando Stanley no me molestaba. Me hacía demasiadas preguntas sobre quién las había llevado allí y en qué circunstancias. ¿Se habían aburrido tanto como yo? ¿Habían estado tan aburridas y tan asustadas? ¿También ellas habían oído esos pasos?

Porque regresaban cada noche.

El golpeteo del bastón, las huellas de los pies, el crujido de la barandilla. A esas alturas, reconocía aquellas perturbaciones con desaliento. Lo había llamado señor Thwaite. A base de pisotones y golpes, me robaba toda la paz, y cada noche apoyaba la cabeza en la almohada no con alivio sino con temor, alimentando la certeza de que no hallaría descanso. Me picaban los ojos; sentía la cabeza pesada. Estaba nerviosa, asustadiza, demasiado tensa para ofrecer ningún tipo de compañía para mi hijo, quien en aquel momento tomó mi barbilla entre las manos y la levantó para mirarme a la cara mientras me clavaba los dedos en las mejillas. Sus ojos eran de un azul intenso y brillante. Sentí su aliento en mi piel.

—Déjame en paz, Stanley —le dije.

—¡Juega conmigo! —Me agarró las comisuras de la boca y las arrastró hacia arriba en una sonrisa.

—Detente. —Le aparté las manos y saltó de mi regazo.

—¡Eres una mamá horrible!

Yo también me levanté y exclamé:

—¡No pienso tolerar esto!

Él echó los brazos hacia atrás y me lanzó un chillido de pura rabia a la cara. No vi a un niñito rebelde, sino a su padre, cuya ira podía herirme, alguien en quien la ternura podía disolverse en tiranía en cualquier momento. Sentí las mejillas calientes. El libro seguía en mi mano, y antes de darme cuenta de lo que estaba haciendo, lo agarré por el cuello y lo usé para golpearle una, dos veces, en la parte trasera de los pantalones. Se produjo un silencio espantoso por un momento. Stanley y yo nos quedamos bastante estupefactos. Luego se echó a llorar, y yo jadeé:

—¡Stanley, Stanley! No quería…

La voz de un hombre me interrumpió.

—¿A esto ha llegado tu experimento?

Grité y agarré a Stanley en brazos, buscando al dueño de la voz. ¿Estaba allí el señor Thwaite? ¿Podría ahora perseguirme más allá del dormitorio?

Pero, por supuesto, era mi padre, esperando al pie de los escalones, mirándonos desde debajo del ala de su sombrero. Solté a mi hijo y me quedé allí de pie, nerviosa y con la cara roja, retorciéndome la falda con las manos. Stanley también dejó de llorar: se limpió la nariz con la manga y vi que se frotaba la pantorrilla con la punta del zapato.

La vergüenza me dejó paralizada cuando mi padre subió los escalones. Cogió el libro de donde estaba tirado en el suelo y se lo entregó a Stanley.

—Entra y devuelve esto a su estante, jovencito. Quédate con la señora Farrar. Lucinda, ven a dar un paseo conmigo.

Ver a mi hijo desaparecer en el interior de la casa fue doloroso. No estaba bien mandarlo lejos cuando se sentía miserable: ansiaba tenerlo en brazos de nuevo, pero en cambio, me di la vuelta y seguí a mi padre por el camino. Debía de tener noticias, un plan para ayudarnos a continuación.

El camino estaba lleno de barro y salpicado aquí y allá de rocas dentadas, en ninguna parte se extendía ninguna superficie cómoda para un carruaje. Era mucho mejor hacer lo que estábamos haciendo nosotros, atravesar una puerta y llegar al sendero que bordeaba el páramo, con sus losas de piedra caliza colocadas en un esfuerzo heroico y solitario, donde el viento se mecía en el borde de mi sombrero como una mosca atrapada. Me tapé con el chal y apresuré el paso para alcanzar a mi padre.

—Nunca le pego —balbuceé cuando habíamos recorrido una buena distancia—. Ha sido la primera vez.

—Le tienes demasiado cariño —dijo.

No respondí. Una nube se colocó sobre nosotros, espesa como lana húmeda, pero sus gotas eran agujas afiladas y frías que se me clavaban en la cara.

—Eres celosa y demasiado apegada —continuó mi padre—. ¿En qué clase de hombre puede aspirar a convertirse Stanley, si tú te aferras a él de esa manera?

—En alguien mejor que su padre.

Me estudió con gravedad.

—Te perdono eso, porque estás molesta. Pero sirve para ilustrar lo inadecuada que eres, lo inadecuada que es cualquier mujer, para guiar a un niño hasta la edad adulta. Eres emocional, eres impulsiva, eres infantil. Piensa en cómo te he encontrado hoy.

—¡Nunca antes había estado a solas con él! Aquí se aburre y es infeliz. Aprenderé, estoy aprendiendo. Lo haré mejor...

—No, Lucinda. Su lugar está con Lisle, y también el tuyo.

—No permitiré que ese hombre se acerque a mi hijo.

—*Su* hijo. No puedes tratar el pacto matrimonial como un mero capricho: no te crie de esa forma.

Mi padre pronunció esas palabras cuando teníamos a la vista la misma casa en la que había ocultado sus propias indiscreciones. El disgusto me creció en el pecho, pero lo suprimí y dije en voz baja:

—Lisle rompió el pacto. *Él* era el adúltero; él era el libertino; él era el... —No pude decir esa última palabra. Mi corazón temblaba solo de pensar en ello; me sentía enferma. Agarré la mano enguantada de mi padre y me recompuse—. Me trataba mal —siseé—. *Hizo* cosas...

Mi padre miró mi mano sobre la suya, y luego a mí.

—Estaba en su derecho —dijo con frialdad.

Las lágrimas se precipitaron a acudir a mis ojos y me quedé de nuevo cegada, como me había pasado ante la señora Farrar, con la vergüenza ardiendo en mis mejillas. Mi padre siguió caminando como si no me hubiera marcado en absoluto. Pensé que tal vez me quedaría allí para siempre, siendo todavía la esposa de Lot, como Myrrha cuando las raíces brotaron de los dedos de sus pies y arraigaron en el suelo, y la vergüenza y el dolor curtieron su piel y tensaron sus miembros hasta que gimieron en la brisa. Sería agradable darse por vencida. Podría quedarme allí en el páramo hasta que el viento soplara y se llevara todo lo que quedaba de humano en mí, y adquirir la forma de un tocón insensible para siempre.

—Te he dado un respiro —dijo mi padre por encima del hombro—. Ahora debes volver a casa.

Eso me incitó a reaccionar.

—Quiero el divorcio —dije con valentía, persiguiéndolo contra el viento—. Se *puede* hacer. Su adulterio es de sobra conocido.

Sacudió la cabeza.

—No es suficiente.

—Entonces diré lo que me hace.

—¡Todos los hombres les hacen eso a sus esposas! ¿Arrastrarías a tu familia al Tribunal Superior porque no puedes tolerar lo que otras mujeres aguantan diez veces peor? Te alimenta, ¿no es así? Aunque te golpee, no es a menudo, si es adúltero, difícilmente te perjudica, ya que no agradeces sus atenciones. Disfrutas de las actividades de ocio, te diviertes, llevas ropa fina. —Sacudió la cabeza con lástima—. Tu caso no se sostendrá.

—Pero yo...

—¿Y te das cuenta de que ya lo has perdido todo? Podrías haberte quedado con Stanley hasta los siete años, pero después de esto... —Se detuvo para pellizcarse el puente de la nariz y cerró los ojos con fuerza. Cuando los abrió de nuevo, estaban tristes—. Esto es un secuestro, Lucinda. Ningún tribunal te consideraría una madre adecuada.

Me sentí como un borracho, tambaleante y melodramática. Mi terror giraba a mi alrededor. Busqué a tientas los hechos, la racionalidad, pero solo me sabía capaz de un estallido incipiente de sentimiento que no sería más que agua para su molino. Me desanimé y me mordí la lengua.

—Las inundaciones están remitiendo —dijo mi padre—. Es seguro viajar a casa, y no hay necesidad de mencionar nunca este lamentable episodio. Alargaste tu estancia en Scarborough, eso es todo.

La luz se estaba atenuando, y nuestra ruta, que había trazado un amplio arco por detrás de la casa, ahora se acercaba a ella una vez más. Mis ojos se apresuraron a examinar las ventanas, con la esperanza de ver a Stanley, pero mi mirada fue atraída a la ventana superior, tapiada desde el interior. Había algo raro. Al principio no supe qué, pero luego lo vi: una mano blanca, con la palma y los dedos apretados contra el cristal.

El frío me recorrió, pero no dejé que mi paso flaqueara; seguí caminando, mirando, sin poder creer lo que veía. ¿Quién estaba en mi habitación? ¿Y cómo era posible? *No* era posible: no se podía llegar al cristal de la ventana. Ni siquiera una persona del tamaño de Stanley cabría entre las tablas y los cristales. Y, sin embargo, allí seguía, una mano pálida, los dedos extendidos contra el cristal como si estuviera suplicando. Mi padre siguió hablando: Mariana no diría ni una palabra; Lisle ya había perdonado mis tonterías, y yo no dije nada. Era una locura hablar de fantasmas y supersticiones, tanto como de divorcio y amor maternal. Me dolían los ojos: me apreté las cuencas con los dedos fríos para disipar el dolor. Había pasado mucho tiempo desde la última vez que había dormido.

—Pa —le dije—, ¿cómo llegaste a ser dueño de este lugar?

—Los Thwaite eran la familia de mi madre. Emily Thwaite, la última señora Thwaite, era su hermana mayor. Dejó a su marido.

Ah, eso era.

—Puede que tuviera una buena razón —dije.

—Abandonó a sus hijos —replicó—, y los mandaron fuera; su padre difícilmente podía criarlos solo. No llegó a la vejez y me temo que ellos tampoco. Quizá te imagines que las esposas son insignificantes, pero un castillo de naipes puede derribarse tan fácilmente con un corazón como con un as.

—Pero ¿qué fue de *ella*? —exigí saber.

—¿Quién sabe? París, tal vez, o Londres: el tipo de lugar en el que acaban esas desafortunadas. No me extrañaría que tumbada de espaldas bajo los arcos de Adelphi.

Llegamos al alto muro del jardín y entramos por una portezuela. Miré una vez más hacia esa ventana, pero allí no había ninguna mano, y donde había estado vi claramente los paneles enrejados, negros como siempre.

—Sé lo que sucede aquí —dije en voz baja—. Lo de esas mujeres.

Se quedó quieto y me miró durante un largo rato.

—¿Y?

—Si saliera a la luz…

Se rio.

—No te avergüences a ti misma. Hay una diferencia entre los secretos y la información que nadie quiere: si montas una escenita sobre esto, terminará peor para ti que para mí.

El crepúsculo fue sigiloso esa tarde. No había sombras alargadas ni rayos de sol dorados, solo una luz sofocante y la oscuridad filtrándose como la humedad. Cuando llegamos al porche, mi padre me apretó la mano.

—Sé que eres una buena chica. Mañana vendré a por ti y a por Stanley.

Esa noche, como todas las noches, Stanley se durmió en el sofá mientras yo leía. No había ninguna posibilidad de que durmiera solo arriba: la idea de que alguna entidad espantosa me obstruyera el camino hacia él era intolerable. En lo que se refería a mí, me sentía enferma de tristeza. Creía que mi padre me estaba protegiendo al llevarnos allí, pero ahora entendía que su lealtad estaba con Lisle. El divorcio que había buscado con ahínco era imposible, e incluso si mi padre me hubiera permitido quedarme allí, el señor Thwaite no me dejaría en paz. Miré a Stanley, desplomado en el sofá a mi lado, y supe que, si él debía volver con Lisle, entonces yo debía ir con él. Incluso si eso significaba ser testigo de mi miseria; aunque me despreciara; incluso si se convertía en un hombre al que temerle. Mi lugar estaba con él.

Me levanté en silencio y fui a recoger nuestras pocas pertenencias para hacer el equipaje. Entonces lo tomé en brazos. Pesaba, y se agitó cuando lo levanté, pero cuando supo que era yo, apoyó la cabeza en mi hombro y sus miembros se relajaron una vez más. Podría haberlo retenido allí para siempre, respirando el calor de detrás de su oreja y la confianza perfecta que expresaban sus dedos medio enroscados. En lugar de eso, lo llevé arriba, a la cama.

El señor Thwaite llegó tarde aquella noche, haciendo zozobrar la vela. Me senté en la cama, con la paciencia completamente agotada: ahora que estaba decidida a irme, sus zancadas intimidatorias hicieron que me hirviera la sangre.

—Déjame en paz —le dije—. ¡Váyase!

Empezó a correr con furia de un lado a otro del rellano, las barandillas vibraban, las tablas del suelo crujían. Escuché un crujido y el sonido de un cristal al romperse. Un cuadro cayendo de la pared, sin duda.

—Deseo concedido —le dije—. Voy a volver. Ahora déjeme dormir, se lo ruego.

Abajo sonó otro estruendo: «La balsa de la Medusa» golpeando el suelo. Sus movimientos nunca habían resultado tan febriles. Sus pasos hicieron vibrar las tablas del suelo: las cortinas de la cama se estremecieron y los vasos de agua que había sobre la cómoda tintinearon.

Me levanté de la cama y fui a agacharme junto a la puerta, con la vela a mis pies. Creí sentirlo allí, al otro lado, una presencia crepitante y ennegrecida, impaciente conmigo. Pensé: *Mañana, donde quiera que esté, dormiré*, y sentí una alegría desolada y tonta.

—Señor Thwaite —dije.

Hubo una especie de gruñido.

—Su problema no es conmigo. No soy su esposa. La señora Thwaite se fue y usted también debe irse.

Hubo un silencio. Un largo silencio. Lo único que oía era el inspirar y expirar de Stanley desde la cama, como la marea en una noche tranquila: suave, imperturbable, duradera. No había sido una buena madre, pero sería mejor. Ya había aceptado que no podría liberarnos de la forma que había imaginado: si no era Lisle, habría otros hombres, porque eran todos para uno y uno para todos, una hidra a la que no podía vencer. ¡Pero si hasta los hombres muertos cumplían con su parte! Me arrodillé y presioné la frente contra la puerta. El alivio que sentí ante la perspectiva de la comodidad física, el descanso, el sueño reparador después de una estancia así, se vio mitigado por el dolor de la pérdida de la esperanza breve y rosada que había florecido en mí en Scarborough al ver a Stanley correr por la arena. Pero la esperanza había desaparecido. No podía ganar. Me di por vencida.

Y entonces, como para confirmarlo, escuché cómo se deslizaba el cerrojo.

¿Cómo? Me senté en cuclillas y comprobé la puerta una vez con suavidad, luego con más desesperación. Estaba cerrada, eso era seguro: cerrada por fuera. Me levanté y sacudí el picaporte, pero no me atreví a aplicar más fuerza mientras Stanley siguiera durmiendo. Por espantosa que fuera mi situación, ¡mucho más espantosa sería si mi hijo supiera algo de ella!

—No hay salida —dijo una voz profunda y chirriante. Mi vela se apagó como si la hubieran aprisionado entre el índice y el pulgar: medio ahogué mi grito. Sobre la cómoda todavía ardía una, pero al cabo de un momento también se extinguió. La habitación estaba oscura como una tumba, tan desprovista de luz que mis ojos buscaban inventarla, y en mi visión surgieron y se dispersaron unas manchas rojas y verdes. Comprobé la puerta de nuevo, sin éxito. Avancé a tientas siguiendo las paredes revestidas de paneles hasta la ventana, una mano tras la otra, tropezando con objetos que ya no me eran familiares. Tenía la esperanza de dejar entrar un poco de luz de luna, si es que había luz de luna, pero no pude deslizar los dedos debajo de las tablas para agarrarlas, y además estaban bien clavadas. El corazón me latía con fuerza: me apoyé en el borde de la cama y junté las manos en el regazo, torciendo y retorciéndome los dedos.

Más ruidos abajo, ahora en la cocina, tarros rompiéndose contra las losas de piedra, sartenes estrellándose.

—¡No te irás!

Continuó, caminando de un lado a otro a lo largo del rellano como si estuviera enjaulado, sus pasos interrumpidos de vez en cuando por otro estallido de actividad en la planta baja. Los libros cayeron de sus estantes, las sillas de madera golpeaban el suelo ahora con una pata, ahora con la otra. Aquello ya no era una campaña para amenazarme, sino una vuelta de la victoria. Era el deportista que, al ver postrado a su contrincante, aprovechaba para golpearlo con más fuerza, pues no era suficiente con vencerme. Debía romperme.

Me tendí junto a Stanley, encima de las sábanas, y dejé que la ira del señor Thwaite agitara el aire alrededor de mi cabeza una vez más. Una lágrima rodó por un lado de mi cara y cayó en mi pelo, caliente y luego fría en los pliegues de mi oreja. Me sequé los ojos, pero las lágrimas seguían brotando. Pensé en que debía volver con Lisle, y en cuanta crueldad añadiría él ahora que yo lo había intentado y había fallado. Antes, como mínimo había sido irreprochable; no hubiera sido correcto tratarme *tan* mal. Pero ahora, bueno, lo había provocado. Este viaje mío justificaría cualquier cosa que me hiciera.

Algo me llamó la atención. Algo amable e incierto, en nada parecido al señor Thwaite y, sin embargo, igualmente innegable. No podría asegurar si vi algo, o si lo escuché, o si fue un roce físico. Pero percibí de inmediato otra presencia en la habitación.

Emily.

No fue una palabra pronunciada. Pensé que el aire se limitaba a saludarme.

Emily, Emily, ¡qué insustancialidad!

Estaba de pie junto a la ventana tapiada que no dejaba pasar la luz de la luna, junto a la vela cuya llama se había extinguido. Y, sin embargo, la vi, del color de las polillas, difuminada, vacilante mientras la oscuridad nadaba. Llevaba un vestido claro que había estado de moda sesenta años atrás, en el que había manchas, y el dobladillo y las enaguas colgaban a diferentes alturas donde la tela había sido rasgada para alguna clase de propósito que no me atrevía a suponer. Tenía el pelo largo y desgreñado, y era delgada, delgada como alguien que se ha ido hace mucho, por lo que sus articulaciones eran protuberantes, sus labios mermados se esforzaban por juntarse sobre los dientes y sus ojos estaban hundidos en dos profundos huecos.

Fuera, el señor Thwaite seguía furioso y murmurando:

—¡Nunca se irá! ¡Nunca se irá! *Ella* nunca se irá.

Me apreté la mano contra la boca. La señora Thwaite no se había escapado. Quizás había amenazado con hacerlo, quizás lo había intentado, pero no lo había logrado. Se había acurrucado allí a escuchar la furia de su esposo, y las voces apagadas de sus hijos al partir, y luego el silencio que habían dejado tras de sí. Debió de haber contemplado cómo la luz que entraba por la rendija de la ventana cambiaba de color, debió de haber sentido que la hora y la estación se alargaban y encogían, y había esperado allí, impotente. Y nadie había acudido a por ella, salvo la Muerte.

Ella giró la cabeza sobre aquel cuello de ave desplumada y me miró.

Me tambaleé hacia atrás, pero algo me hizo detenerme. A pesar de su horrible apariencia, emanaba dulzura. Y aunque no se movió, parecía que había venido a sentarse a mi lado, como lo había hecho Mariana en tiempos pasados, como lo haría cualquier amiga querida, para soportar conmigo mi desdicha. Hacía mucho tiempo que no sentía tanta solidaridad y lloré más fuerte. Se había sentado en la oscuridad con las otras mujeres que mi padre había llevado allí mientras esperaban a que su dosis hiciera efecto, o después de que el médico hubiera recibido su pago. Quizás una o dos se hubieran quedado allí mucho tiempo, cargando con un niño al que no podían criar. Ella las había apoyado. Y había estado allí conmigo todo aquel tiempo, impregnando la cocina de calidez e inundando mis pensamientos con seguridad y dulzura mientras su esposo me impedía dormir.

Stanley suspiró y se dio la vuelta. Puse la mano en su hombro para sentir su amado calor, su carne, sus huesos, subiendo y bajando. Y me llegó una tranquila insinuación:

Puedes irte.

Yo dudé.

Debes irte.

—Mi padre me lleva a casa mañana —le dije.

Emily Thwaite negó con la cabeza. *¡No! ¡No! No vayas con él.* Con cierto esfuerzo, se alejó de la ventana y caminó hacia el centro de la habitación, con los miembros demasiado rígidos y los tendones demasiado flojos, así que dio tumbos y se bamboleó como una marioneta. Sentí la brisa que levantaron sus prendas cuando pasó junto a mí. Llevaba el cabello dividido y recogido en dos secciones; sus uñas estaban largas y amarillas. Señaló la puerta.

Thwaite es tu advertencia, me dijo. *Yo soy tu advertencia.*

Vi Scarborough. La luz rosada y el brillo dorado en la arena. Las manos de mi hijo rojas por el frío y sus ojos entrecerrados por la alegría. Al caer la oscuridad, subíamos la colina juntos contando los pasos, y no me quejaba de que él nos estuviera retrasando, sino que volvía la cara hacia las estrellas y deseaba que aquello nunca acabase.

Me desperté con el ruido de la puerta. Me hallaba demasiado aturdida para discernir, al principio, si estaba soñando o despierta, y grité cuando el cerrojo se abrió y la puerta se abrió. La luz diurna y gris del descansillo se coló en la habitación, no mucha, pero suficiente para mostrar a mi padre de pie allí.

—¿Qué es esto? —preguntó, perplejo—. ¿Qué ha pasado abajo? ¿Cómo te has quedado encerrada?

Me froté los ojos. Todavía estaba tumbada sobre las sábanas, completamente vestida con la ropa de la noche anterior, con Stanley acurrucado como un lirón entre las sábanas a mi lado. Mi último recuerdo era de la señora Thwaite, de su rostro demacrado, su mano extendida.

—¿Cómo ha sucedido esto? —insistió mi padre—. ¿Quién ha hecho esto?

—Stanley debe de haber cerrado la puerta —dije—. Me he fijado a menudo en que ese cerrojo no es fiable. —El corazón aún me latía con fuerza: si me hubiera estudiado, habría visto el pulso alterado en las alforzas de la tela de mi escote y haciendo aletear los puños de mis mangas. Me puse de pie, me alisé la falda y me acerqué al tocador—. Qué suerte que estuvieras aquí —comenté a la ligera.

—Al menos estás vestida y lista —dijo, entrando en la habitación con una vacilación inusual. Lo miré en el espejo, pero no a los ojos, y él prefirió darse la vuelta y reflexionar junto a Stanley, que seguía en la cama. Lo hizo con suma concentración mientras yo me cepillaba y me separaba el cabello, luego se acercó a la ventana donde Emily Thwaite había estado la noche anterior e inspeccionó los listones.

—No me ha gustado mucho estar encerrada aquí —dije, alisándome el pelo. En la imagen del espejo vi otra figura unirse a él, pálida y angulosa, una mancha en el cristal o un haz de luz refractado. *Puedes irte*, me dijo.

Vacilé. Apoyé las manos sobre la mesa y apreté para calmar mis temblores, pero no se detuvieron y mis codos golpearon los tiradores de los cajones.

—¿Está aquí la señora Farrar? —pregunté—. Debo despedirme.

—Le dije que hoy no había necesidad de que viniera. Pero veo que tendrá un tema que aclarar el martes.

Asentí. Me recogí con unos alfileres el último mechón de pelo y miré hacia la cama, donde Stanley se incorporó y miró a su alrededor.

—¡Estás despierto! Ven, dulzura. ¿Estás listo para emprender una aventura?

Negó con la cabeza y se recostó.

—Mamá, no.

—Esta será la última vez —dije—. No más carreras por el país después de esto. —Me acerqué a él, lo aupé en brazos, lo mecí en mi regazo y presioné la nariz en su nuca sin vergüenza, aunque sabía cómo me miraba mi padre. Emily Thwaite lo miró a *él*, y mientras el reproche y la pena se mezclaban en su expresión, elegí también otra emoción: la determinación. Vestí a Stanley a toda prisa mientras él se aferraba a mí aturdido y con las mejillas rojas, y la voz de la señora Thwaite volvió a mí: *Puedes irte. Puedes irte. Debes irte.*

Se mantuvo pegada a la pared y se desplazó en cuclillas, despacio, con los ojos fijos en mi padre, como una pantera cautiva en la que, aunque marchita y demacrada, todavía arde el instinto. Empecé a sentir miedo.

Seré su advertencia, susurró Emily Thwaite. *Sabrá lo que ha hecho.* Mi padre hojeaba los libros del alféizar de la ventana, novelas de mal gusto que le hicieron torcer la boca.

—Vamos a viajar en el carruaje del abuelo —le dije en tono alegre a Stanley.

—No me gustó la última vez —dijo, escondiendo la cara en mi falda.

—Será diferente.

Había una atmósfera en la habitación que se extendió como un perfume: el de la pena dulce y paciente. Emily Thwaite estaba sentada en la esquina, con la frente apoyada en sus manos entrelazadas, y pensé por un momento que mi padre la había visto, porque se demoró en el espejo un momento, entrecerrando los ojos para ver el reflejo de la habitación. Pero había muchas cosas que podría haber visto, y muchas cosas que podrían haberlo preocupado.

—¿Vienes? —le pregunté mientras tomaba mi bolso y sacaba a Stanley de la habitación delante de mí.

Parecía pensativo, como si algo se estuviera apoderando de él como nunca antes.

—Ahora mismo —dijo.

Stanley ya estaba bajando las escaleras, haciendo mucho ruido. Esperé hasta que mi padre me dio la espalda antes de cerrar la puerta del dormitorio. Despacio, en silencio, eché el cerrojo.

El vestíbulo estaba sembrado de cristales rotos y libros abiertos, la cocina saqueada. El abrigo de mi padre descansaba sobre la silla del recibidor y rebusqué en sus bolsillos hasta que encontré una bolsa con dinero, y luego, en el forro, un fajo de billetes, suficiente para mantenernos durante algún tiempo.

Stanley se quedó mirándome, frunciendo el ceño.

—No pasa nada —dije—. El abuelo se reunirá con nosotros más tarde. Ponte el sombrero.

Le di la mano y salimos. El carruaje esperaba escaleras abajo, los caballos sacudían la cabeza, y cuando salió el sol, por fin quedó revelada la vista del valle, una niebla madreperla; destellos en las ventanas de granjas y casas de campo; la chimenea del molino surgiendo entre la neblina como un espejismo. Los campos, los arroyos, los muros torcidos y los setos de espinos estaban todos bañados por la neblina rosada. Envolví a Stanley con los brazos y lo apreté con fuerza. Después de ayudarlo a subir al carruaje, me giré para mirar hacia la casa. En las ventanas no se veía nada.

—Póngase en marcha —dije—. Llévenos a Scarborough.

LAS ANGUILAS CANTORAS

Natasha Pulley

*K*eita Mori podía recordar el futuro, y para ser sincero, algo que no sucedía con frecuencia, no lo disfrutaba.

Por fortuna, era un mal actor, de modo que no existía ninguna necesidad especial de honestidad. Thaniel llevaba alquilando la habitación libre el tiempo suficiente como para saber cuándo no estaba de humor.

Esa noche, estaban dando un paseo por el mercado navideño de la comunidad japonesa de Knightsbridge. Un par de años atrás, cuando Thaniel se había mudado allí, el mercado era pequeño y se montaba en una amplia sala de exposición; pero había demostrado ser tan popular que, después de que se incendiara, los propietarios lo habían reconstruido mucho mejor, con puentes preciosos en el exterior, pagodas y santuarios brillantes con campanas de oración. La gente que vivía allí, artesanos todos, había sacado la mercancía fuera para las fiestas. Había puestecitos y luces por todas partes, que hacían relucir las joyas esmaltadas, las sombrillas y los rollos de seda para kimonos. La propietaria de la tienda de té había contratado personal adicional para pasearse entre los compradores con bandejas de té matcha caliente, que era de un verde tan brillante que hacía que Thaniel pensara en ese magnífico musgo que crecía solo en las maderas más ricas. Podía comprarse aderezado con sake o whisky y, junto con el humo de las pipas, el vapor se enroscaba dulce y caliente en el aire nocturno, teñido de naranja por los farolillos. El murmullo de la multitud era una mezcla de inglés y japonés. En el aire flotaba un burbujeo feliz que hacía que uno se sintiera como si colocara las yemas de los dedos sobre una copa de champán recién servida.

Mori tenía un aspecto tan frágil que parecía que las voces de los niños a su alrededor podrían destrozarlo en cualquier momento.

—¿En qué estás pensando? —aventuró Thaniel, levantándose el cuello del abrigo para protegerse del frío.

Justo delante de ellos, Seis estaba negociando con el fabricante de fuegos artificiales, que parecía preocupado de estar saliéndose de su terreno.

—En que deberíamos rescatarlo —dijo Mori, haciendo un gesto con la cabeza en esa dirección—. Antes de que le suelte más estadísticas.

—¿En nada más? —dijo Thaniel, que estaba acostumbrado a las tácticas de distracción.

—Yo... no, estoy bien —dijo Mori, pero empezaron a acercarse al puesto del fabricante de fuegos artificiales, donde el crepitante resplandor de las bengalas lo iluminó con intensidad e hizo que su cabello y sus ojos parecieran cristal negro. Se estremeció y colocó la mano plana debajo de la bandeja de matcha y whisky de un niño un segundo antes de que dicho niño la dejara caer, después de haber sido golpeado por un perro que pasaba por allí. Mori se la devolvió.

Thaniel pensó en la bandeja con cierta culpabilidad. Lo más probable era que no fuera muy honorable pensar en ello, pero Mori pertenecía a una de las casas de samuráis más antiguas de Japón, una que había pasado mil años criando delicadas damas de menos de metro y medio de altura y caballeros cristalinos. Una sola taza podría transformar a Mori en un borracho sincero bastante rápido.

Los ojos de Mori se desviaron a un lado y hacia abajo justo antes de que Seis corriera hacia ellos con una bolsa de papel llena de lo que probablemente eran muchos más fuegos artificiales de los que el fabricante estaba acostumbrado a vender a una niña de ocho años. Como siempre, no les dio la mano a ninguno. En cambio, robó el reloj de bolsillo de Mori y luego el de Thaniel, para poder caminar entre ellos a la corta distancia de las cadenas*.

Thaniel le dio un codazo.

—¿Para qué quieres tantos fuegos artificiales, pétalo?

—Para que podamos celebrar un espectáculo de fuegos artificiales el día de Navidad y que así Mori lo sienta más como Año Nuevo y menos como un festival pagano sobre un allanamiento de morada y un pervertido preocupante —explicó.

---

* Eran una especie de familia accidental. Ella solía trabajar para Mori, contratada por el asilo para pobres local, pero un día, él simplemente no la había llevado de vuelta y ahora vivía en su ático. Ella había dicho que se sentía feliz de adoptarlos a ambos de forma permanente, si actuaban con educación y se quedaban callados.

—Claro —dijo Thaniel—. A ver, por decimocuarta vez, atended *ambos*, la historia de la natividad no va sobre un allanamiento de morada y un pervertido preocupante. El ángel Gabriel se le aparece a la Virgen María para anunciarle la buena nueva sobre la visita del Espíritu Santo, ¡eso es todo!

—Pero hazme un favor —murmuró Mori—, y huye si algún demente desconocido trata de acercarse a ti con su espíritu santo.

Thaniel le enseñó el puño.

Estaban saliendo del mercado y Thaniel por poco no se dio cuenta de que Mori se había detenido en seco al borde de la acera. Estaban a punto de cruzar la calzada, que estaba a rebosar de coches, caballos y gente que cruzaba desde y hacia el mercado. Un autobús con un anuncio de té Lipton en el costado patinó sobre el hielo y se bamboleó sobre dos ruedas un momento antes de volver a estrellar las otras dos contra los adoquines. Algunas chicas aplaudieron al conductor.

—¿Kei? —dijo Thaniel.

Mori sonrió un poco.

—Lo siento —se disculpó—. Hay mucha gente, ¿no?

Thaniel tardó un momento en comprenderlo. Cuando lo hizo, se sintió molesto consigo mismo por no haberlo pensado antes. Por supuesto, si eras clarividente, entonces una carretera helada y concurrida debía de constituir un revoltijo de horribles recuerdos potenciales de ser aplastado por ruedas o cascos*.

---

* Lo que Mori recordaba eran futuros *posibles*. Al principio, Thaniel creía que eso debía de ser tranquilizador, porque la existencia misma de los futuros posibles significaba que nada estaba escrito en piedra. Si Mori recordaba haber sido atropellado por una berlina, eso no significaba que lo sería sin ninguna duda; solo que había una gran posibilidad de que ocurriera. Pero la perspectiva de Mori era que, si tenías que pasar por la vida recordando lo que se siente al caer por las escaleras en ese instante, ser asesinado o sufrir algún otro inconveniente grave, sería un milagro que tus nervios no acabaran destrozados para el final de la semana. Mori no era propenso a quedar destrozado y, por lo general, era imposible saber si algo terrible acababa de asaltar su memoria; poseía una de esas almas acorazadas que tenían mucho más en común con un lujoso transatlántico imposible de hundir que con las frágiles goletas en las que la mayoría de la gente estaba atrapada, pero decía en tono sombrío que, aun así, siempre había icebergs.

Uno no podía preguntarle a Mori si quería parar un minuto hasta que se sintiera mejor; le preocupaba la forma en que la mayoría de la gente se tomaba que la maldijeran.

—Seis —dijo Thaniel en cambio—, ¿compramos un poco de chocolate caliente en ese puesto de allí? —Había cola, y eso daría tiempo a calmarse a la multitud que había en la carretera.

Seis echó un vistazo, en absoluto presa de un entusiasmo instantáneo. Un puesto de chocolate caliente no entraba en la rutina habitual de la caminata de vuelta a casa, y la variación repentina no era algo que ella alentara. Si hubiera podido ponerlos en las vías del tren con horarios claros y sin paradas solicitadas, lo habría hecho.

Thaniel le apretó el hombro en un intento de comunicar que no se lo había pedido solo para irritarla. La vio estudiar a Mori.

—Creo —dijo con gravedad— que eso sería magnífico.

En la casa de la calle Filigree, el taller de Mori estaba cerrado por Navidad. Cuando entraron, Thaniel sintió una oleada de alivio culpable. Le encantaba el taller y todos los relucientes mecanismos de relojería que había allí, pero le alegraba saber que nadie iba a entrar y tocar el timbre del escritorio. Hasta Año Nuevo, la casa era solo de ellos, con fuegos en todas las chimeneas y bombillas encendidas entre los acebos que bajaban por la barandilla de las escaleras. Mori había hecho las luces él mismo, y en el interior de cada bombilla los filamentos estaban enrollados de tal modo que imitaban diferentes formas: árboles, estrellas, un castillo japonés. La luz era de color miel y rebosaba la calidez de un hogar.

Cuando Thaniel se metió en la cama alrededor de la medianoche, después de que Mori le diera a Seis un poco de vino caliente, se durmió casi de inmediato. Le dolían las costillas de tanto reír. Por lo general, Seis era una persona tranquila, pero tras emborracharse un poco, le había dado una idea de por qué le molestaba tanto que usara un abrigo diferente de forma inesperada, y de si le importaba anotarlo con su *terrible* caligrafía en la lista de cosas significativas que podían suceder ese día en la cocina*.

No estaba seguro de qué hora era cuando algo lo despertó. Se sentó en la cama y escuchó. Tuvo la vaga sensación de que había sido una explosión, pero el recuerdo estaba empañado por el sueño. Se sobresaltó cuando alguien llamó a la puerta.

—Seis, ¿estás bien? —dijo en la oscuridad. Debía de haber oído la escalera caer desde el ático—. Está abierta, pétalo.

—Soy yo —dijo la voz de brandy de Mori. Parecía conmocionado—. ¿Puedo...?

—Sí —graznó Thaniel.

Llevaban tres años viviendo juntos y Mori nunca había llamado a la puerta de Thaniel. Siempre era al revés, y Thaniel sufría antes de hacerlo. Nunca estaba seguro de ser bienvenido. Mori lo dejaba entrar, siempre, pero Mori era Mori; no era inglés, no era cristiano, se había criado en un lugar donde un golpe en la puerta entre amigos no tenía nada de especial. No significaba que estuviera enamorado, solo que estaba siendo educado. Thaniel no se atrevía a preguntarle cuál de las dos opciones era la correcta. Era cobarde, pero si no lo sabía, podía albergar esperanza. Mori entró en silencio, cerró la puerta de nuevo y luego se acomodó en el espacio libre más cercano de la cama, con la espalda contra la pared y los brazos alrededor de las rodillas.

—Gracias. Lo siento. Pesadillas vívidas.

---

* La lista de cosas significativas era una de las ventajas de vivir con un clarividente. Mori anotaba las cosas tal como las recordaba: un posible suicidio en el metro a la mañana siguiente, bajo una lluvia torrencial. Había una columna separada para preocupaciones que concernían a Seis en exclusiva. Martes: la señora Jenkins podría anunciar un viaje escolar espontáneo al vivero.

Seis había opinado que la señora Jenkins debía morir en aquel viaje espontáneo. A Mori le llevó un tiempo negociar con ella hasta que se decantó por una broma vengativa con un poco de azúcar glas. Probablemente Thaniel debería haber intervenido y señalado que la fabricación de bombas primitivas no era algo que la gente normal enseñara a sus hijos, pero había disfrutado demasiado con los experimentos en el jardín.

—¿Sobre la carretera? —preguntó Thaniel en voz baja. Movió la manta para que pudieran compartirla más equitativamente. La luz de la luna y el frío entraban por la ventana que había junto a ellos y proyectaban sombras romboidales sobre la cama.

Mori asintió.

—Es esta época del año. Hay agitación por todas partes. Nunca puedo sentirme cómodo. —Se pasó las manos por el pelo—. La situación empeora cada año. Ni siquiera quiero salir. Es solo que... No dejo de recordar que me atropellan o me caigo, o que Seis acaba debajo de un taxi, o tú, y luego el hospital y los funerales y...

—Entonces, no salgas. Para eso estoy yo —dijo Thaniel, que se sentía agradecido cuando podía estar *para* cualquier cosa. En general, no lo estaba. Trabajaba en el Ministerio de Asuntos Exteriores—. Puedo hacer la compra y demás cosas.

Mori le dirigió una mirada arrepentida.

—Pero eso sería ceder.

—Cállate. Si yo me empeñara en hacer algo que me provocase daño, serías el primero en darme una bofetada y decirme que me sentara.

Mori se rio.

—Es verdad.

Inseguro, Thaniel lo rodeó con un brazo y lo acercó a su cuerpo. Experimentó un estúpido estremecimiento de alegría cuando Mori se lo permitió.

—¿No hay nada que pueda ayudar? ¿Algún lugar al que podamos ir que sea más tranquilo?

—No podemos llevarnos a Seis a unas vacaciones inesperadas, explotaría.

—Sin embargo, tiene que vivir en el mundo real —dijo Thaniel—. Y, llámame cabrón, pero no creo que la gente deba sacrificar su salud por la de sus hijos. Si no, termina odiándolos.

Mori se quedó en silencio durante unos segundos. Cuando volvió a hablar, lo hizo con cuidado, como si estuviera poniendo a prueba el hielo al borde de un lago.

—Hay un lugar donde no funciona.

—¿No funciona?

—Todo esto —dijo Mori. Se tocó la sien—. No sé por qué.

—¿Cómo sabes que allí no funciona? —dijo Thaniel, que tenía problemas para concebir la idea.

—Porque puedo recordar que fuimos allí, y luego nada más. —Mori vaciló—. No puedo recordar nada al respecto. Por lo general, lo sé todo. Es como… una brecha en el tejido.

—¿Dónde?

—Los Fens. Cerca de… Peterborough.

—Creía que ibas a decir Mongolia —dijo Thaniel con incredulidad—. Peterborough está a solo unas pocas horas en tren. ¿Por qué no estamos allí ya? Yo persuadiré a Seis.

Mori le lanzó una mirada que mezclaba alegría y vergüenza, una que hizo que Thaniel se sintiera feliz de haber hecho algo útil, pero también insoportablemente joven e inútil.

El pantano se extendía, gris y brillante, en todas direcciones. El cielo se estaba oscureciendo, y era el más grande que Thaniel había visto jamás, malva y peltre de horizonte a horizonte sobre las ondulantes siluetas de los juncos. Aquella estación no tenía nombre; era solo un andén de madera, sin oficina ni guarda, solo un camino que se alejaba por un extremo, hacia el pantano.

A Thaniel no le importaba. Agradecía demasiado poder bajarse del tren.

El andén era la cosa más alta en lo que debían de ser kilómetros a la redonda. No veía ni un solo edificio, excepto tal vez algo medio en ruinas a la distancia. Tenían que haberse equivocado de sitio. Era imposible que allí hubiera habido gente en los últimos mil años.

—No, esto es todo —dijo Mori. Parecía que estaba escuchando.

Habían previsto reunirse allí con la gente del hostal, pero no había señales de nadie. Thaniel estaba a punto de preguntarle a Mori qué debían hacer a continuación cuando vio una lámpara, medio escondida entre unos juncos mucho más altos de lo que había pensado, y detrás de ella, una mujer y un hombre envueltos en bufandas y sombreros. Saludaron.

—¡Buenas noches! —gritaron ambos.

—Buenas noches —respondió Thaniel, agradecido.

Seis, que nunca había sido de las que gustaban de conocer gente nueva, tomó el reloj de Mori y le pasó la cadena alrededor de la mano una vez para que no pudiera alejarse más de quince centímetros. Thaniel se apresuró a bajar los escalones primero para asegurarse de que aquella gente no pensara que estaban siendo groseros. Tuvo que parpadear dos veces, porque estaban mucho más cerca de lo que había creído. Algo en aquella llanura infinita hacía difícil saber cómo de cerca o lejos estaba algo.

—Hola, ¿alguno de ustedes se encarga de la casa de huéspedes?

—Así es —dijo la mujer—. ¿Y ustedes son el señor Steepleton y el señor Mori? Es por aquí.

—Por aquí —repitió el hombre con alegría—. ¿Algo que llevar?

—No, no se preocupe —dijo Thaniel, que había trabajado de mozo. Odiaba a la gente que entregaba todas sus maletas en un abrir y cerrar de ojos.

—Está un poco lejos —le advirtió el hombre.

—Un poco —acabó coreando la mujer.

—Podemos llevarlas nosotros —dijo Mori—. Necesitamos algo de ejercicio. Han sido cinco horas desde Londres.

Ambos lo miraron con una repentina e intensa atención que inquietó a Thaniel. En un lugar tan aislado, era imposible que nadie estuviera acostumbrado a los extranjeros. Pero luego, ambos sonrieron.

—¡Bienvenidos a Hreodwater!

—¿Qué significa eso? —preguntó Thaniel, curioso y aliviado. Él era de Lincolnshire, no muy lejos de allí, pero Los Fens era un lugar único y allí la gente era diferente. Incluso tenían un aspecto diferente, con cabello oscuro acuoso y ojos azules acuosos. Nadie podría haberse mudado lejos de casa desde Danelaw. El pantano los mantenía acorralados. Probablemente había acorralado también el idioma.

—Oh... —Se miraron y luego se rieron. Debían de conocerse de hacía muchos años, porque lo hicieron exactamente al mismo tiempo y de la misma manera—. ¡Solo es este lugar!

Thaniel miró instintivamente a Mori, que era un diccionario internacional ambulante. Pero Mori estaba negando con la cabeza. Thaniel nunca lo había visto tan feliz. Al verlo así, cualquiera hubiera pensado que estaba frente a un hombre que había tenido migraña durante años y en ese instante sentía que se desvanecía.

—No tengo ni idea —dijo Mori. Comenzó a reírse, y la mujer y su esposo se le unieron. Thaniel también sonrió, feliz de que estuviera funcionando. Seis, sin embargo, los miraba a todos de forma extraña. Sin decir una palabra, tiró de la etiqueta de papel de una de las bengalas de larga duración que se encendían solas del señor Tanaka y avanzó por el pequeño sendero delante de todos ellos, con su sombra dando saltos.

Durante un cuarto de kilómetro, no vieron nada más que ciénagas y juncos. Después de Londres, el aire tenía un sabor dulce. Thaniel siempre había pensado que era algo que la gente decía, pero era cierto, y con los ojos vendados habría dicho que alguien acababa de esparcir azúcar glas. Dulce, terroso y frío. A veces, veía puntos blancos brillantes en el pantano y no pudo distinguir lo que eran hasta que uno levantó un cuello largo. Cisnes, docenas de ellos. Su sentido de la perspectiva cambió. Había pensado que eran mucho más pequeños y que estaban mucho más cerca. Era una sensación extraña, pero vino acompañada de un estremecimiento de emoción.

Y luego cambió el equilibrio entre el agua y la tierra. El camino se interrumpió y se convirtió en una carretera elevada de madera cuyos puntales se hundían en una extensión de agua negra.

Había una isla, y en esa isla, repentina y austera, estaba la casa. Sus luces parecían incorpóreas desde allí, de un modo que hizo pensar a Thaniel en la alquimia. Miró a Mori y sonrió. Nunca antes había visto ni se había alojado en un lugar como aquel. Era como si esperara un fantasma.

La mujer lideró la marcha hacia la carretera elevada. El pantano desplegó más trucos y el camino resultó ser mucho, mucho más largo de lo que parecía al principio. Sus pasos resonaron en las profundidades por debajo de la madera, que era tan vieja que la superficie tenía una especie de textura esponjosa. El musgo crecía a lo largo de los postes. La oscuridad se había vuelto más densa a aquellas alturas, y la lámpara de la mujer apenas alumbraba un poco más adelante, arrojando líneas negras a lo largo del dobladillo de su falda.

Debían de haberse producido varias inundaciones en el pantano, porque un alto tramo de escalones de madera conducía a la puerta principal de la casa. A ambos lados había un jardín diseñado para verduras y hierbas, pero por el momento se encontraba, en su mayoría, inundado y ahogado por las cañas. Incluso bajo la calidez de la luz del farol, la casa era un lugar desolado de paredes altas y escarpadas, esquinas afiladas y ventanas estrechas que parecían troneras. Pero cuando la mujer abrió la puerta principal, salió calor del interior. Dentro, sobre la generosa mesa de la cocina, había un canasto con comida e instrucciones sobre cómo usar el horno (los caballeros no siempre saben). La estufa ya estaba encendida, y todas las lámparas.

—El canasto debería servirles, pero el pueblo está a dos kilómetros por allí —los informó. Con la luz adecuada, era tan acuosa que parecía que se iba a evaporar en cualquier momento. Ella y su esposo señalaron a través de la chimenea al mismo tiempo, todavía extrañamente sincronizados—. Hay mapas a un lado.

—A un lado —coreó su esposo.

—Bueno —dijo ella, y una vez más ambos sonrieron a Mori—. ¡Les dejamos!

Thaniel les dio las gracias y los despidió. Seis todavía estaba en el jardín, escribiendo su nombre en el aire con la bengala. La casera y su esposo pronto no fueron más que el orbe de su farol desvaneciéndose hacia el embarcadero. Una vez que estuvieron en el bote, empezaron a cantar; era una canción extraña y espeluznante, y empezaron justo a la vez. En algún recoveco en lo más profundo de su ser, reconoció el idioma, aunque no lo entendió. Sonaba antiguo.

Thaniel miró a Mori.

—Han sido amables. De un modo que indica que probablemente lleven años encerrados en el sótano.

Mori se echó a reír y a Thaniel le dolió el corazón, porque, por lo general, Mori no se reía con tanta facilidad.

—Pero eran alegres.

Thaniel salió para guiar a Seis al interior, porque el frío estaba apretando y empezaba a caer una capa de nieve cenicienta. Cuando la llevó de regreso a la cocina, encontró a Mori de pie junto a la estufa abierta, observando cómo las llamas jugaban sobre el carbón, como si estuviera en trance.

—¿Todo bien? —preguntó Thaniel, ansioso.

—Mira cómo no me pongo histérico, mira. —Acercó la mano al fuego—. Tal vez salte una chispa, tal vez no, ¿me importa? Ni un poco. Por eso la gente se arriesga en el mar, ¿no? No pueden recordar ahogarse si todo sale mal. Jesús, de verdad habría que tocarlo para sentirlo, ¿no es así? ¿Te sientes inmortal *todo el tiempo*?

Thaniel se rio y puso la tetera al fuego.

—¿Sabes por qué no funciona aquí? —preguntó.

—No. Me siento como... —Mori inclinó la cabeza—. Es como si este lugar estuviera aislado. Hay otros sitios como este. Siempre son pequeños, solo unos pocos kilómetros cuadrados aquí y allá. Hay uno en Rusia. Unos pocos en el Himalaya. No sé por qué.

Thaniel miró hacia atrás, encantado, porque sin ningún recuerdo futuro, Mori tenía acento. Como era obvio; llevaba poco tiempo en Inglaterra y desde el japonés no se podía aprender inglés con fluidez y viceversa en mucho menos de diez años. Lamentablemente, Thaniel lo sabía muy bien. Siempre creía que estaba mejorando bastante, pero entonces alguien le hablaba de política y lo único que se le ocurría a su cerebro era que le gustaban los pulpos.

Seis había estado mirando dentro de la chimenea. Puesto que la estufa estaba tan caliente, el hogar no estaba encendido. La nieve ya bajaba por la chimenea y caía sobre él.

—Aquí hay un gato muerto —informó—. ¿Puedo pincharlo?

Thaniel se esperaba algo horrible, pero no era más que un esqueleto acurrucado entre las cenizas en la hoguera.

—No lo toques, pétalo. Lo han puesto ahí por una razón. La gente de por aquí solía hacerlo para mantener alejadas a las brujas.

—¿Solían hacerlo hace un par de semanas? —dijo Seis.

—No, no, hace cientos de años.

—El calor ya lo habría deformado si llevara aquí cientos de años.

Tenía razón. Pensó en la casera y en el aire antiguo de su canción. Quizás otras cosas antiguas también siguieran vivas por allí.

—Tal vez sea solo una costumbre cortés.

La nieve persistió toda la noche. Thaniel lo sabía porque se despertó sobresaltado a las dos de la mañana en el jardín.

Estaba de pie junta a la puerta, mirando hacia el lago negro, descalzo sobre la nieve.

Debía de haber sido el frío lo que lo había despertado de golpe. No llevaba abrigo, solo su ropa de dormir, y el viento que silbaba entre los juncos era penetrante. Miró al suelo, sus propias manos, el brillo del agua, tratando de saber si se trataba de un sueño especialmente realista o si de verdad estaba sucediendo. Se dio una torta en la muñeca, con fuerza.

Le dolió. Despierto.

En los pocos segundos que tardó en darse cuenta de que de verdad estaba fuera, que debía de haber andado sonámbulo, que la casa estaba justo detrás de él, algo por debajo de su corazón se enroscó con más y más fuerza, y de repente se desenroscó y se convirtió en pánico, y se encontró temblando.

Corrió de regreso a la casa, abrió la puerta con fuerza, recordó que todos los demás estaban dormidos y la cerró con mucha más suavidad. Tuvo que detenerse un instante con la frente apoyada contra la puerta, tratando de averiguar por qué estaba tan asustado. El sonambulismo no significaba que a uno le pasara algo horrible, solo que estaba inquieto.

Después de la nieve, el suelo de pizarra le resultó cálido.

—¿Estás bien? —Mori estaba en las escaleras. Se hizo con la gruesa manta que reposaba doblada sobre la barandilla y se la tendió, desconcertado. Llevaba un kimono negro con una faja blanca sobre su ropa de dormir. Tenía el aspecto de alguien que había tomado los hábitos.

Thaniel pretendía reírse y decir que sí, que estaba bien; que le acababa de suceder una cosa divertida. Dijo:

—No, me acabo de despertar en la puerta y ahora siento que estoy teniendo un ataque al corazón.

Mori se acercó a él, le puso una mano en el pecho y esperó.

—No es eso. Solía pasarme cuando mis hermanos iban a la guerra. Te pondrás bien. —Le frotó el brazo a Thaniel—. Sonambulismo; eso es nuevo, ¿no?

—Nunca me había pasado.

—Deberíamos tomar una copa de vino —dijo Mori, resplandeciente—. Si tienes problemas para dormir, entonces es que ya eres mayor. Por fin. Esto es trascendental.

—Porque tú eres un viejo amargado —dijo Thaniel, débil por la gratitud.

—Y ahora tú también lo eres. Vamos. Vino. —Mori lo llevó a la cocina, donde colocó a Thaniel en una silla cerca de la estufa. Tomó la pala de carbón y raspó algunas de las brasas aún encendidas para meterlas en una taza, que le dio a Thaniel para que la sostuviera, luego una copa de vino tinto del canasto de la casera. Cuando lo hizo, lo estudió en silencio—. Se te ve medio tono mejor. ¿Lo estás?

Thaniel asintió.

—Gracias —dijo con suavidad. Sostuvo la taza con brasas contra su corazón. La sangre le aguijoneaba los dedos.

Mori lo besó en la frente. Thaniel dio un brinco contra su pecho y volvió a sentirse seguro, pero también avergonzado. Era el tipo de beso que uno le da a un niño que se ha puesto nervioso al ver una araña.

Por la mañana, todo estaba blanco. Seis bajó corriendo las escaleras con el abrigo y las botas puestos y no dejó de vibrar hasta que Mori le abrió la puerta.

Thaniel no había dejado de sentir frío en ningún momento, por lo que no se había levantado de la silla en la que estaba, cerca de la estufa y con una taza de té, sintiéndose agradecido de estar *dentro*, sin intención de salir, pero Mori lo miraba todo como si fuera magia.

A Thaniel se le ocurrió que hubiera podido ganar una pelea de bolas de nieve si Mori no hubiera sabido cuándo llegarían dichas bolas.

—Sería una pena que nosotros no diéramos un paseo también —dijo en tono alegre.

El pantano era diferente a la luz del día. Se extendía hasta el infinito, mudo bajo una gasa de niebla.

El agua del lago era tan clara que se podía ver su mismo fondo. Daba la impresión de que allí abajo había olas, que podrían haber sido provocadas por campos de algas oscuras. Pero también había otras cosas que brillaban alrededor de los puntales de la calzada. Monedas y formas más grandes que podrían haber sido cuchillos o joyas, y huesos. Incluso podía distinguir los dientes de lo que estaba casi seguro de que era la mandíbula de un caballo.

Lo odió al instante. Ni siquiera le gustaba caminar por la calzada, encima de esos objetos. Mori le estaba contando a Seis que a veces, en lugares antiguos, la gente dejaba ofrendas en el agua (nadie recordaba a qué, pero lo hacían). Sin embargo, Thaniel apenas oía lo que decían. Por muy hermoso que fuera el conjunto, el agua parecía muerta. Le dolía el esqueleto entero de la necesidad de alejarse de allí. Lo cual era una idiotez. Su alma nunca antes había decidido que un lugar era malo; hasta ese día habría dicho que el tipo de persona que decidía cosas así probablemente también fuera propensa a los disfraces de lentejuelas y a los concursos de ortografía con el Otro Lado. Debía de ser cosa de la noche tan agitada que había vivido.

Tan pronto como estuvieron en tierra, Seis salió disparada sola, pero era fácil verla; su abrigo era de un rojo brillante. No había árboles, ni setos, nada; solo la hierba y los juncos cubiertos de nieve, los estanques negros y los jirones de niebla atrapados en la hierba puntiaguda del pantano. Thaniel había creído que se sentiría mejor al salir del agua, pero no fue así. Él era lo más alto de por allí. Estaba más expuesto que ninguna otra cosa.

La nieve estaba inmaculada y crujió bajo sus botas. Thaniel siguió mirando a Seis y pronto descubrió que no podía discernir a qué distancia estaba. La inquietud volvió a hacerle un nudo en el estómago. Le gritó para que tuviera cuidado, porque no todo el terreno que parecía sólido lo era, pero ella ya había encontrado un palo para poner a prueba el camino. Saltó con pértiga sobre un estanque.

Mori le tocó el brazo, lo miró con inocencia, le arrojó una bola de nieve y salió corriendo. Con el corazón animado de nuevo, Thaniel lo persiguió, lo cual fue mucho más difícil de lo que había imaginado, porque Mori era rápido como un zorro y carecía de escrúpulos cuando se trataba de tender emboscadas detrás de los juncales.

Disminuyeron la velocidad cuando escucharon la canción.

Había una estación de pesca, gris en mitad de la niebla.

La estación estaba formada por unos cuantos botes y unas cuantas personas instaladas en un embarcadero de madera, del que colgaban viejas ruedas de carreta forradas para proteger los botes cuando golpearan contra las amarras. Había unos altos marcos de madera dentro de un cobertizo medio cubierto, donde estaban ahumando o salando el pescado, o ambas cosas, y una fila de niños y niñas más jóvenes cortaban en rodajas las capturas recientes. Los cuchillos hacían un ruido resbaladizo. Eran los niños los que cantaban; la misma canción que la casera y su marido.

Todos se fijaron en Thaniel y Mori al mismo tiempo, y todos miraron a la vez. Thaniel sintió que la presión del pánico de la noche anterior volvía a presionarle la caja torácica. Había estado presente en dos ocasiones en las que la gente había gritado a Mori por la calle. Nunca había parecido molestar a Mori*, pero aquello se le hundía en el esternón a Thaniel.

Todos sonrieron.

—¡Buenos días! —saludaron en un coro perfecto.

—¿Se alojan en la casa de huéspedes? —preguntó alguien.

—Solo durante una semana —dijo Thaniel, sorprendido consigo mismo, porque por primera vez entendía la desconfianza de Mori hacia las personas demasiado amables. Sentía como si quisieran algo. Se ordenó a sí mismo controlarse—. Feliz Navidad.

—Feliz Navidad —dijeron todos a la vez. Quizás era la niebla, pero igual que le sucedía a la casera, sus colores se habían desvanecido. Tenían el pelo negro, pero era un negro diluido, en absoluto como el de Mori.

Seis apareció a su lado. Un poco por delante de él, se dio cuenta. La sostuvo del hombro para intentar prometerle que todo iba bien.

—Ven y prueba nuestra famosa agua —dijo una de las mujeres, todavía sonriendo. Cuando la niña se acercó, había algo hambriento en la sonrisa—. Es buena para la salud.

—No… voy a hacer eso en la vida —dijo Seis, y se alejó por donde había venido.

Thaniel hizo una mueca.

—Seis, no seas maleducada, vuelve —dijo, solo porque había público. Seis no se ofendía por las mismas cosas que otras personas, por lo que sin ese marco de referencia todo era un juego de adivinanzas,

---

* Quien organizaba el futuro del delincuente de tal forma que implicaba caer inmediatamente al Támesis.

y personalmente no sentía que tratar de resolverlo fuera la principal empresa de su vida. Thaniel estaba de acuerdo.

La señora se limitó a reírse.

—Aunque a nosotros nos gustaría —dijo Mori, y de nuevo, todos parecieron cautivados.

Mientras la señora los conducía al embarcadero, Mori estudió los barriles de sal y pescado, tan fascinado por ellos como por la nieve. Los cuchillos destellaron cuando los demás comenzaron a trabajar de nuevo. Todos eran zurdos. Thaniel tragó saliva. El chasquido de los cuchillos empezaba a hacer que le escocieran las raíces de los dientes, al igual que el chasquido húmedo de los nuevos despojos al golpear los montones que ya había en los cubos. Y la forma en que todos miraban a Mori: como si estuvieran hambrientos.

No solo estaban pescando, ahora lo veía. Las redes estaban repletas de anguilas. Una estaba trepando por el brazo de una niña.

La señora hundió una jarra en el agua y les sirvió en dos tazas de té astilladas.

—Aquí tenéis, muchachos. Por vuestras vacaciones.

Todo el cuerpo de Thaniel reaccionó como si le hubiera entregado una taza llena de gusanos. No se lo esperaba, y debió de quedar patente, porque Mori lo miró con curiosidad. Sacudió la cabeza. Era increíble lo que una noche de dormir mal podía provocar.

El agua estaba helada y dejaba un regusto amargo. No tenía nada de malo, pero Thaniel casi se ahogó al sentir que se deslizaba hacia abajo.

Ambos prometieron que era excelente, dieron las gracias a la señora y se disculparon para no perder de vista a Seis.

Thaniel tomó el brazo de Mori una vez que se adentraron en la niebla, queriendo estar cerca de alguien que no tuviera esa mirada hambrienta.

—Hay algo raro en ellos. El hecho de que todos... todos eran zurdos, ¿te has fijado?

Mori asintió.

—Quizás sea un rasgo familiar. En un sitio como este, todos estarán emparentados.

Thaniel trató de dilucidar por qué se había sentido —aún se sentía— tan miedoso. Quería decirle a Mori que no le gustaba el pantano, que lo sentía muerto o enfermo, pero no tenía nada que explicara por qué se sentía así, y aunque lo hubiera tenido, Mori se lo tomaría como una petición para volver a casa. Y luego, con independencia de lo que Thaniel intentara decir, al día siguiente tomarían el tren de vuelta. No iba a dejar que Mori volviera a Londres solo por una sensación.

Llevaba demasiado rato callado. Mori lo estaba observando.

Se apresuró a soltar el primer pensamiento que se le presentó.

—O tal vez no esté acostumbrado a que me sonrían de forma tan maniática.

—Me alegro de que hayas dicho eso —dijo Mori—. No quería decir nada; todos los blancos parecen un poco un trol albino y lunático, así que es difícil saber cuándo es el caso.

Thaniel lo empujó, consciente de que Mori se burlaba de él para que dejara de pensar en esas cosas, y se alegró porque estaba funcionando. A su alrededor, la nieve caía con la ligereza de una pluma.

Se despertó en la costa de la isla en mitad de la noche.

Cuando se giró para ver, la puerta del jardín estaba unos cincuenta metros por detrás y, de nuevo, estuvo casi seguro de que era el frío lo que lo había despertado. La nieve era espesa y la oscuridad profunda; apenas podía ver la barca que tenía justo al lado. En Londres siempre había luz; las farolas, las luces eléctricas a lo largo de Knightsbridge, los faroles y las velas en las ventanas, y en esos extraños días densos que llegaban antes de la temporada de niebla, por la noche, toda la ciudad teñía de naranja la parte inferior de las nubes. Allí no pasaba nada de eso. Aquel parecía un lugar salvaje. Las estrellas eran enormes y brillantes, más claras de lo que jamás las había visto; tan claras como las monedas y huesos que había descubierto en el agua.

No tenía abrigo, pero esa vez llevaba zapatos. Se las arregló para reír. Al menos su subconsciente, o lo que fuera que quisiera dar paseos nocturnos, había adquirido algo de sentido común. Presionó un puño contra su corazón y apretó con fuerza mientras regresaba a la casa, tratando de persuadirse para calmar el pánico que sentía.

No funcionó.

Se encontró preguntándose dónde habría terminado, si su mente dormida se hubiera salido con la suya. Tal vez intentaba irse.

Se pasó la mano por la cara. Tuvo que preguntarse si todo aquello no serían solo años de inquietud constante saliendo a la superficie ahora que se había relajado. Amaba su hogar, amaba la calle Filigree, Londres, pero en su cabeza siempre estaba esa voz podrida que le decía con voz áspera que tuviera cuidado, que nunca tocara a Mori cuando alguien pudiera verlo, que nunca lo mirara demasiado o hablara con demasiada suavidad. Nunca había visto el interior de un asilo, y nunca había querido hacerlo, pero el asilo aguardaba al final de aquel camino, con las puertas de hierro abiertas.

Y ahora, por primera vez en años, a pesar de todo aquel vasto espacio abierto, no había nadie que mirara.

Todo aquello, el sonambulismo y la estúpida ansiedad causada por el lago, era como tener dolor de cabeza una vez que llegas a casa después de un día difícil en el trabajo.

En algún lugar del pantano, alguien estaba cantando la misma canción que la casera.

Al día siguiente era Nochebuena. Había un piano en la sala de estar, por lo que Thaniel se instaló allí por la mañana y tocó villancicos mientras Mori y Seis preparaban un pequeño pastel de Navidad. Estaban discutiendo si los humanos de verdad debían o no ingerir una moneda (él le había preguntado si quería meter seis peniques).

Thaniel se encontraba en un nuevo estado mental medio meditativo en el que podía escucharlos y tocar música al mismo tiempo. Entre esas dos cosas, sus pensamientos por fin parecían estar equilibrándose. No había vuelto a hablarle a Mori sobre el sonambulismo y se alegraba. Tal como estaban las cosas, ya pasaba suficiente tiempo entrando en pánico inútilmente ante Mori, quien debía sentirse más como su padre que como su amigo.

Hubo una pausa. Luego:

—Papá —dijo Seis, su voz plana y extraña.

—Te escucho, pétalo —dijo Thaniel.

—¿Qué es eso que estás tocando?

—Es un villancico.

—No, no lo es.

Él no entendió, pero luego, como si estuviera despertando, escuchó; estaba tocando la canción que habían cantado la casera y el recolector por la noche. En su cabeza, también sonaban las palabras. Iba de una niña cuya hermana se había convertido en una anguila. Desconocía cómo sabía eso. El lenguaje era demasiado diferente para adivinarlo.

—Debo de haberla oído en algún sitio —dijo, pero eso era una mentira. No podía haberla oído tan bien.

Seis lo miró durante mucho tiempo, sin ninguna expresión, y luego se fue sin dar ninguna explicación. Mori se inclinó hacia un lado para ver a dónde iba. La puerta principal se abrió y se cerró.

—¿La he molestado? —preguntó Thaniel, impotente.

—Creo que no quería que la canción se le quedara en la cabeza —dijo Mori. Esbozó una pequeña sonrisa—. Tiene que tener cuidado con lo que pone en ella, ¿no es así? Todo se vuelve muy ruidoso, una vez que está ahí.

Tras decidir que Seis regresaría cuando quisiera volver a verlos, fueron a meter el pastel en el horno y a lavarse. Mori mantuvo la mano debajo del grifo mientras el agua caliente comenzaba a salir de la estufa, esperando sentir la diferencia, como si fuera una especie de magia. Por supuesto, por lo general, él acostumbraba a saber cuándo saldría caliente. Thaniel lo observó y pensó, de nuevo, que se lo veía mucho más feliz y mucho menos frágil.

Incluso estaba tarareando. Era de nuevo la canción de la casera.

—¿Qué crees que significa? —preguntó Thaniel después de un rato—. Yo diría que trata de una niña y una anguila, pero no sé por qué lo creo.

—¿Mmm?

—La letra de la canción.

—¿Qué canción?

—La que estabas cantando hace un momento.

Mori parecía inquieto.

—No estaba… Sé que sí. Lo siento. —Parpadeó dos veces ante el agua jabonosa, luego se apartó del fregadero y los huesos de sus hombros se afilaron. Luego volvió a ser el mismo de siempre, quebradizo como el cristal—. ¿Cuánto tiempo llevas ahí parado?

Thaniel lo miró fijamente durante demasiado tiempo y se dio cuenta demasiado tarde.

—Un rato. ¿Estás…?

—Lo siento. Lo siento. Solo estoy… confuso. —Mori se tapó los ojos con la manga como si tuviera una venda sobre ellos—. Debe de ser por estar aquí con este calor, me está convirtiendo en un vegetal.

Los escalofríos seguían recorriendo la espalda de Thaniel.

—Bueno, salgamos fuera un minuto.

Mori debió de ver que estaba inquieto porque, por desgracia, selló su propia inquietud y resplandeció. Thaniel nunca había sabido que se le diera tan bien mentir.

—Creo que es hora de hacer un muñeco de nieve.

Hicieron uno, justo al lado del huerto, donde la nieve se acumulaba contra el muro del jardín. Más allá, las huellas de las botas de Seis conducían hacia la calzada. Mori vio que miraba hacia allí y le rozó el hombro.

—Está bien.

—Lo sé —dijo Thaniel. Sacudió la cabeza. Quería, una vez más, decir que había algo malo en el lago, que no quería dejar que Seis jugara cerca de él y, de nuevo, supo que Mori simplemente lo llevaría directo a casa, y él se sentiría avergonzado y estúpido.

—Yo, eh… No he dormido, he vuelto a acabar fuera.

Mori le dedicó un leve asentimiento. No era algo enfermizo como la lástima, solo reconocimiento. Dejó que el silencio permaneciera abierto. Descansó un hombro contra el muñeco de nieve en actitud amigable.

—Creo que soy más casero de lo que pensaba —dijo Thaniel, haciendo todo lo posible por reírse—. Parece que he entrado en una profunda conmoción psíquica ahora que nos hemos ido de casa. Es vergonzoso. —Puso otro puñado de nieve sobre el muñeco para rellenar una zona hundida.

Mori le dio una patada en el tobillo con mucha suavidad.

—Thaniel. Aquí debe de haber algo extraño, eso lo sabemos. No tengo ni idea de qué es. Lo único que sé es que apaga la mitad superior de mi cerebro. Tal vez también te esté haciendo algo a ti. Algo lo bastante serio como para volverte sonámbulo. Si ese es el caso, entonces al infierno con todo. ¿Quieres volver a Londres?

—¡No! No, no te atrevas. Estoy nervioso. De todos modos, no habrá más trenes. Mañana es Navidad.

—Seis ha vuelto —dijo Mori, mirando más allá del muñeco de nieve.

Igual que un cachorro, su ritmo natural era un trote rápido. En vez de abrir la cancela, la saltó y luego se detuvo cuando los vio.

—Buen salto —dijo Thaniel, por si le preocupaba que no lo aprobaran*.

---

* En la escuela, la maestra Jenkins parecía creer que cualquier tipo de actividad física era impropia de una dama. Eso desconcertaba a Mori, cuya abuela había cabalgado a la batalla con sus hermanas y decapitado a una de ellas antes de dejar que el enemigo la tomara. Thaniel sospechaba que Mori se habría sentido secretamente orgulloso si Seis hubiera decapitado a la señora Jenkins.

—¿Por qué habéis hecho eso? —preguntó ella. Miraba a su espalda, al muñeco de nieve.

—La gente… hace muñecos de nieve, pétalo. —¿De verdad nunca había hecho uno con ella?

—Sí —acordó—, pero eso no es un muñeco.

Thaniel miró hacia atrás.

Tenía razón. No era un muñeco. Era algo que nunca había visto antes. Una gran araña se inclinaba sobre ellos, una forma que desconocía pero que también conocía, en la misma parte de su mente que conocía la canción de la casera.

No era un cobarde, lo sabía. Pero nunca había visto algo que no pudiera entender en absoluto, y un terror como nunca antes había sentido serpenteaba alrededor de todos sus órganos y apretaba con más fuerza de la que sabía que podría ejercer.

Mori le cortó el brazo y la pierna más cercanos y se derrumbó. Pero algunas partes de él todavía tenían esa horrible forma. La nieve hizo un ruido sibilante al asentarse, chasqueante y viva.

Seis los empujó a ambos adentro.

Encontró un folleto con los horarios de los trenes en el estudio, pero solo había un tren al día y había salido a las nueve de la mañana. Seguro de que no quería pasar otra noche allí, encontró el mapa y buscó la próxima casa. ¿Cómo de lejos había dicho Mori que se extendía el efecto de aquel lugar? Unos pocos kilómetros cuadrados: no tendrían que ir muy lejos para tomar distancia.

Había un pueblo marcado, justo un poco más allá de donde habían encontrado la estación de pesca, pero eso quedaba definitivamente dentro de los pocos kilómetros cuadrados.

La única otra casa del mapa era un lugar diminuto en el pantano; la casa de un cazador, o la de un carbonero. Pero estaba a seis kilómetros de distancia, y la capa de nieve cada vez era más gruesa, y no había carreteras ni puntos de referencia. El mapa no

marcaba los estanques pantanosos. No debían de ser lo suficientemente permanentes.

Despacio, se dio cuenta de que alguien estaba tarareando; y luego, de que era él. Era la canción de la anguila de nuevo. Ahora sabía
qué palabra significaba anguila, qué palabra significaba bosque, aunque nunca había escuchado el idioma hasta que llegaron allí. También sabía cuál era el idioma. Era inglés, igual que a la llegada de los
vikingos.

Llevó el mapa a la cocina, donde Mori y Seis estaban cerca de la
estufa.

—Creo que deberíamos intentarlo —dijo una vez que les mostró
la casa del mapa—. Está lejos, pero todavía hay luz del día.

Mori estaba negando con la cabeza.

—Hay que atravesar el pantano nevado sin ningún camino; ¿cómo
vamos a encontrarla? No recordaré cómo llegar allí hasta que estemos
bien lejos de aquí.

—Pero algo va mal. *Muy* mal.

—Estoy de acuerdo. Pero aquí, nada nos ha hecho daño. Incluso
si no nos perdemos, recorrer seis kilómetros con este clima no será
seguro. No sé hasta dónde puede llegar Seis, y si rebasamos esa
casa… Oscurecerá en menos de cuatro horas. Ya es la una. Creo que
sería más seguro quedarse aquí esta noche y luego irnos por la mañana. Eso nos da mucho más tiempo de luz. —Miró a Thaniel—. A menos que creas…

Thaniel se hundió en una silla.

—No. No, tienes razón. Aquí nada nos ha hecho daño.

Esa noche, se quedaron todos en la misma habitación. Jugaron a las
cartas hasta bien entrada la noche, con las lámparas encendidas y el
fuego también, todos sentados en la cama de Thaniel, Seis envuelta
en una manta. A ella le encantó; por lo general, no podían jugar a juegos de cartas con Mori, porque él siempre sabía qué cartas saldrían,

así que se aburría soberanamente. Thaniel se encontró relajándose también. Mori tenía razón; no había pasado nada peligroso y, a pesar de esos lapsus, la canción y la araña de nieve, seguía pareciéndole maravilloso verlo reír con las cartas y perder ante una Seis triunfante.

Se quedó dormido con una mano cerrada sobre la de Mori. La noche había sido tranquila y todos habían puesto las alarmas de sus relojes a las siete de la mañana. Mientras se alejaba del pensamiento consciente, una parte avispada de él exigió saber por qué no se había atado la muñeca a algo para evitar el sonambulismo, pero la lógica del sueño ya se había hecho cargo y no podía recordar por qué le había preocupado aquello.

Amaneció con el agua del lago congelada a la altura de los hombros.

Estaba tan fría que quemaba, el aire que flotaba sobre el agua parecía caliente como una sauna, y cada átomo de su cuerpo se puso rígido por la conmoción. Había una capa de agua congelada de un centímetro de grosor en la superficie; estaba en un estanque irregular. Se agarró a los bordes y se arrastró hacia fuera, lo cual fue mucho más difícil de lo que había anticipado porque la fuerza de sus brazos había muerto. Tuvo que tenderse sobre el hielo e intentar respirar. De alguna manera, el hielo parecía tibio. Cuando se puso a cuatro patas, el corazón le latía con fuerza.

Estaba intentando ahogarlo. Fuera lo que fuera, había estado a quince centímetros de hundirse.

Se levantó y tropezó, y tuvo que detenerse porque el hielo crujió. Le llevó mucho tiempo alcanzar la orilla, y más aún volver a la casa en plena oscuridad. Su ropa empezó a congelarse por el camino, las arrugas de la tela se solidificaron sobre sus codos.

La puerta principal estaba entreabierta.

Entró corriendo y casi chocó de frente con Mori, que era rápido incluso cuando no podía recordar lo que iba a pasar, y dio un paso brusco hacia un lado. Su farol se balanceó.

—¡Thaniel! Estábamos a punto de ir a buscarte —dijo, encorván-
dose—. Jesús, estás empapado... ¿qué...?

—El lago, me he despertado en el maldito... Hola —agregó Thaniel con rigidez, porque la casera acababa de llegar de la cocina, con
otro farol.

—Ha venido a comprobar que estábamos bien —dijo Mori—. Ha
sido muy oportuna.

—¿En mitad de la noche? —preguntó Thaniel, que oyó cómo su
propia voz se convertía en vapor.

—Es cuando el sonambulismo puede afectar un poco —dijo ella
con suavidad—. Habría venido ayer, pero se me olvidó. Debería entrar en calor.

Thaniel bajó para encontrarse con ellos una vez que se hubo lavado
y cambiado de ropa. Seguía congelado, pero quería saber lo que ella
tenía que decir más de lo que quería entrar en calor. Mori, sin embargo, había colgado una manta junto a la estufa y se la entregó cuando
Thaniel ocupó la silla libre que quedaba en la mesa.

—Siempre es así —dijo la casera, como si no le molestara en absoluto. Sostenía una taza de té. Mori también puso una en las manos
de Thaniel—. Este lugar afecta a la gente de forma extraña. Debería
haber dejado una nota, pero no quería asustarles. No hay nada de lo
que preocuparse. Es solo algo que hay en el agua, ¿saben?

Thaniel miró su té.

—No es solo el sonambulismo —dijo—. Nosotros, esto... —Miró
a Mori, sin saber cómo continuar.

—Parece que estamos olvidando muchas cosas —lo ayudó Mori.

—Ah, sí. ¿Pero acaso no han venido por eso? —dijo ella—. La
gente viene aquí para olvidar. —Sus ojos azules acuosos se deslizaron hacia Thaniel—. Aunque usted no, ¿verdad? Es mejor no venir
aquí si uno no quiere darle recuerdos al lugar. —Sonaba severa.

No sabía lo que se suponía que debía decir.

—¡Pero cuántos recuerdos tiene él! Todo un festín. —Sonrió a Mori—. Hay *mucho* más en el futuro que en el pasado. Es un milagro que todo quepa en una cabeza. No hemos visto a nadie así en... oh, mil años. —Seguía sonriendo, y era la misma sonrisa hambrienta que les había dedicado la mujer de las anguilas. A ellos no; a Mori—. Desde que vino el santo.

Thaniel se levantó a toda velocidad y se detuvo cuando vio que Mori no lo había hecho. Él seguía sentado, mirándola como si lo que decía fuera perfectamente normal.

—Creemos —le dijo la casera a Thaniel—, que deberías volver a dormir y dejar de intentar llevártelo. —Inclinó la cabeza al mirarlo—. Creemos que deberías volver a dormir y ahogarte en el lago.

Thaniel tomó aliento para decir que estaba loca, pero fuera lo que fuera ella, fuera lo que fuera todo aquello, esas palabras tenían peso. Tenía sueño. Se sentía extenuado y, ahora que ella lo había dicho, dormir parecía una idea maravillosa.

Hubo un ruido sordo, Seis bajaba por las escaleras.

La casera le sonrió.

—Creemos que tú también deberías quedarte con nosotros, pequeña. Lo recuerdas todo muy bien, ¿no? Todo es fuerte y nítido. Son recuerdos que podrían cortar a un hombre.

La voz sonaba mal, y en etapas progresivas, como una yema de huevo deslizándose por su espina dorsal, y Thaniel se dio cuenta de que era porque ahora estaba hablando en perfecta sincronización con Mori. Ambos estaban mirando a Seis.

Seis los miró a todos. Thaniel estaba paralizado y en algún lugar profundo de su alma, sabía que necesitaba moverse, correr y sacar de allí a Mori y Seis en aquel mismo instante, pero no podía. Un inmenso peso lastraba toda su mente. Podía sentir que estaba a punto de quedarse dormido allí mismo, en la cocina, y luego, Dios, después de eso, después de eso, aquella cosa lo llevaría de vuelta al lago.

—No, no vamos a hacer eso. Ponte el abrigo —le dijo Seis a Thaniel—. Y trae a Mori.

—No —dijeron la casera y Mori—. Deberías quedarte con nosotros.

—No —dijo Seis con solemnidad—. Son míos y no puedes quedártelos, así que vete a la mierda.

Thaniel sintió que lo que fuera que tiraba de él vacilaba. Fue suficiente para sacudirse y apoyar la mano en el lateral de la tetera. La quemadura lo despertó con la rapidez de un cohete y mientras siseaba por el dolor, la casera aulló y también se apretó la mano.

Mori volvió. Thaniel lo vio suceder. Volvió ante sus propios ojos.

Seis le colocó a Thaniel el abrigo en las manos y empujó a Mori hacia la puerta. La casera se limitó a quedarse sentada y observarlos mientras tarareaba.

Antes habían estado en lo cierto; era difícil caminar por la nieve, incluso con toda la ropa de abrigo. La nieve tiraba de ellos, al igual que la cosa del lago. La casera no los siguió; no necesitaba hacerlo. Fuese lo que fuese, estaba en la nieve y en el agua. Thaniel sintió como si estuviera intentando pensar, pero tuviera que atravesar melaza. Salía a la superficie y no podía recordar lo que estaba haciendo allí en la oscuridad. Seis le puso una bengala encendida en la mano.

—Concéntrate o te quemarás —le dijo.

Miró la llama crepitante.

—Seis, ¿cómo es que no estás…? —preguntó, e incluso para sí mismo, sonaba atontado.

—Estoy mal conectada —dijo. Era la voz más antigua que jamás había puesto, y no había orgullo en ella, solo tristeza. Una parte de su corazón se rompió—. Me estropeé en el asilo para pobres.

—Seis, a mí me pareces perfectamente bien —le dijo Mori. Estaba temblando.

—Si no llegamos a un lugar cálido pronto… —susurró Thaniel. No se sentía las manos. Una mota de ceniza caliente de la bengala se posó en su muñeca y, de nuevo, la pequeña quemadura lo hizo reaccionar aún más.

—En cuanto pueda recordar correctamente de nuevo, estaremos bien —dijo Mori, pero sonaba asustado, y ninguno de los dos dijo en voz alta que, por lo que sabían, quizás estaban caminando en círculos. Ahora, en varios puntos del pantano, otras personas cantaban, todas perfectamente sincronizadas. Algunas estaban muy cerca.

Thaniel no sabía cuánto habían andado al final. Salieron a una carretera cubierta por más de medio metro de nieve, y él sintió que no podía caminar más, llevaba sintiéndose así durante lo que parecieron horas, cuando Mori recordó a dónde ir. Había una casa de campo en el siguiente camino. Nunca la habrían visto desde la carretera, porque no había luces y estaba vacía. Mori forzó la cerradura e instó a Thaniel y a Seis a entrar y, en un minuto, la chimenea ardía y habían puesto a hervir dos teteras.

—Nunca me había sentido tan idiota, maldita sea —dijo Mori una vez que todos estuvieron sentados con las manos en agua caliente.

—¿Nos seguirán?

—No pueden —dijo Mori, con una risa ácida—. Si se van, se darán cuenta de que sus recuerdos han desaparecido. Huirán. No más comida para esa cosa.

—Es como una trampa hecha con miel —dijo Thaniel en voz baja. El tacto volvía a arder en sus manos y el sentido común volvía a arder en su cabeza—. El olvido. Para… Gente como tú. ¿Por qué no pudiste recordarlo antes? ¿Cuando aún podías…?

—No lo sé. Lo siento mucho. —Mori miró a Seis—. Gracias —le dijo—. Has estado espectacular.

Ella balanceó las piernas, golpeó con los talones la barra de su silla y se encogió de hombros, feliz. Mori le dio su reloj. Ella lo abrazó contra el pecho, radiante.

El hogar seguía siendo el mismo. El acebo seguía allí, las bombillas, y clavada en la puerta de entrada había una nota iracunda de la señora Haverly en la que decía que el pulpo favorito de Mori había vuelto a atravesar la gatera y había robado todas las cucharillas. Con la sensación de que no quería volver a salir de casa nunca más, Thaniel se quedó allí hasta Año Nuevo y luego, de mala gana, tuvo que volver al trabajo. Después de la agradable inclinación de las vigas medievales de su casa, Whitehall resultaba sombrío y helado.

—¿Has tenido unas buenas Navidades? —preguntó su jefe de sección con una sonrisa al verlo entrar.

Thaniel tuvo que hacer una pausa. Había estado a punto de decir que habían estado plagadas de acontecimientos, pero ahora que lo pensaba, no podía recordar por qué había querido decir eso. Había sucedido lo contrario. De hecho, no pudo localizar en su cabeza ningún recuerdo particular de la Navidad. Los días en casa se habían convertido en un resplandor general de vino caliente y luz del hogar. Tenía el extraño eco de un recuerdo de ir en tren y un largo viaje, pero debía de estar confundiéndose con alguna otra Navidad.

—Encantadora —respondió—. No hemos hecho nada.

LILY WILT

Jess Kidd

*E*l joven Walter Pemble, el mejor fotógrafo conmemorativo que tiene en estos momentos Sturge & Sons (estudio de fotografía, retratos de primera clase tomados en todos los climas, postales, tarjetas, en blanco y negro o a color en la más alta forma de arte; imágenes permanentes y con garantía de superar la prueba del tiempo, grupos teatrales, inválidos, recién fallecidos, niños, hogares, hípica, etcétera; maestros de todos los avances conocidos y desconocidos en la moda y el método), se presenta en una casa adosada en Hanover Square a la hora acordada.

Es llevado ante el dueño de la casa.

El señor Wilt frunce el ceño desde su escritorio. Pemble se inclina y sonríe para ganárselo. El señor Wilt deja inmóvil a Pemble con una mirada gélida.

—No es un asunto divertido —dice el señor Wilt—. Nada de tocar, mirar con lascivia o frotarse contra el ataúd. La señora Wilt puede creer que nuestra querida y difunta hija es objeto de una casta veneración, pero sé el efecto que mi querida Lily tiene en la gente. Sobre todo, en los que solo buscan dinero, como tú.

Pemble está horrorizado. Se sonroja hasta las raíces de la barba.

El señor Wilt queda satisfecho.

—Y toma algunas de las multitudes que vengan de visita, para la posteridad.

—¿Multitudes de visita, señor?

—Abrimos a las nueve. Andando.

En un marco dorado, sobre un caballete, fuera de la entrada del salón, Pemble ve la página del periódico de la noche anterior, que contiene el obituario de Lily Wilt. Está escrito por un autor preeminente y frecuente invitado a las cenas del señor y la señora de Rumold Wilt. El eminente autor relata, con un lenguaje evocador, los varios niveles de asombro que experimentó al contemplar a la difunta. En vida, la señorita Lily Wilt fue una muñeca. En la muerte, es nada menos que un milagro. Su belleza es solemne y sublime. Su expresión, enigmática. Su caparazón mortal, exquisito e inmaculado tras los procesos naturales.

El eminente autor declara que la difunta señorita Wilt es una inspiración: ¡la perfección, incluso en la muerte, es posible! El poema impreso compara a Lily con una campanilla blanca que se balancea, una paloma acurrucada, un cordero que sueña.

Un espectáculo digno de ser contemplado.

En el momento en que la ve, Pemble llora. Pemble nunca ha llorado antes, ni siquiera cuando era un bebé, ni siquiera al nacer.

No es la tristeza lo que provoca las lágrimas del joven, ni el miedo, ni siquiera la piedad. Pemble ha visto una buena cantidad de cadáveres. Pequeños en ataúdes recubiertos de encaje. Venerables ancianos en un reposo sin mácula. Pilares rectos y rígidos de la comunidad. Arreglados y acurrucados, los muertos son como las mejores cucharas, las que se guardan hasta el domingo.

No, Pemble derrama lágrimas de asombro.

La visión se le torna borrosa de tal modo que la aparición que hay ante él nada, incluso brilla. Pemble ajusta un mecanismo complicado de su cámara y vuelve a mirar. Le lleva un momento o dos darse cuenta de que el equipo no tiene la culpa; es él mismo.

Ahora no observa el cadáver a través de la lente, sino con el ojo desnudo.

El halo de su cabello dorado, su cuerpo de contornos estrechos, vestido de blanco. Sus palmas juntas, como las de una mártir. Su rostro, ¡una santa en reposo! Aunque, no del todo una santa, pues su boca esconde el fantasma de una sonrisa cómplice y sus labios carnosos presentan cierta voluptuosidad (las almas santas suelen ser de labios finos, con tendencia a las bocas torcidas).

Nan Hooley, criada, lo observa desde la ventana. Está esperando que el fotógrafo termine, para poder soltar las cortinas de terciopelo (de color escarlata intenso, con borlas, que pesan ocho veces lo que ella) y devolver la habitación a su estado habitual. Luego debe desenrollar la alfombra, tomar posición e inclinar la cabeza mientras el público libidinoso pasa a su lado y mira boquiabierto el ataúd. Debe llamar al lacayo si alguien se siente *abrumado*. Luego debe atender el fuego, poner la mesa para el almuerzo de los sirvientes, escuchar a los cantores de villancicos, beber algo y tomar un bocado de budín de higos, por aquello de que la Navidad se acerca y todo eso.

Pemble saca su pañuelo del bolsillo y se seca la cara. Está sudando, aunque hace frío en la habitación. Ártico. A pesar de la melosa inclinación del sol invernal que se cuela por los cristales de la ventana desnuda y de la conflagración de cien velas blancas a medio consumir.

El aire resulta espeso y enfermizo por culpa del aroma de los lirios. Hay legiones de ellos. Llegan envueltos, a puñados, a la puerta de la bodega todas las mañanas, de invernaderos de todo el país. ¡Lirios en pleno invierno! ¡Cuando hay escarcha en el suelo y hielo en las ventanas! Sus flores homónimas ejercen la misma magia pura y embriagadora que la difunta Lily, la única hija del señor Rumold y la señora Guinevere Wilt, que residen en una lujosa casa adosada en Hanover Square, Londres. Una casa hundida en el luto. Los espejos están tapados y los péndulos se han detenido. Las ventanas están cerradas y en la aldaba hay atado un crespón. La familia habla en susurros y los sirvientes hablan con los ojos en blanco.

Pemble se concentra y juguetea con su cámara, avanza y retrocede, se detiene para mirar. Y mirar. Y mirar.

La criada suelta una tos cortés. Pemble parpadea y reanuda su trabajo.

Nan nunca ha visto nada igual, el extraño baile del señor Pemble con su artilugio. Lo toca con dedos cautelosos, como si pudiera morderlo o salir corriendo del salón. Con aire de disculpa, hurga en sus faldas y a veces desaparece debajo de ellas. Reaparece para fruncir el ceño, o mover una flor, o una mesita auxiliar. Ella no sabe que el señor Pemble es un artista y un alquimista. Este joven es capaz de captar la esencia de un difunto. Su aspecto mientras se embarca en su última aventura. Es un joven que se pelea a diario con placas de cristal y luz menguante, química y polvo. Crea imágenes milagrosas en las que los muertos reviven, emiten un atractivo brillo saludable en su reposo, retratados con una apariencia de frescura, plenitud, en plena flor de vida (sea cual sea su edad) por toda la eternidad. Pemble podría capturar el último aleteo del alma y preservarlo para la posteridad.

Solo que ese día no.

Ese día, las manos de Pemble tiemblan, la cabeza le da vueltas y respira en jadeos.

—¿Sería tan amable —le dice a la criada que se aferra a las cortinas— de traerme un vaso de agua?

Incluso cuando la criada se va y la habitación está completamente vacía, lo siente: la inquietante sensación de que alguien lo está mirando.

Nan Hooley recorre el suelo del salón a cuatro patas, barriendo las hojas de té usadas. Estas cosas suceden: el marco de un cuadro se vuelca, las llamas de las velas se apagan, una brisa invernal azota sus rodillas. Nan se sienta en cuclillas, cepillo en mano. Frunce el ceño hacia el ataúd, adornado con un crespón negro. La madera pulida está empañada, como por culpa del aliento. Aparecen unas letras, como trazadas por un dedo.

L. I. L. Y.

Nan se pone de pie y echa una mirada severa al cadáver. Resplandece, con las manos cruzadas, como una santa. Solo que la señorita Wilt nunca fue una santa, no con esa boca y la porquería que salía de ella. Nan detecta una mirada astuta bajo los párpados cerrados.

—Vamos, quédese quieta, señorita —dice con firmeza—. No se vaya a pindonguear.

En el exterior, la luz del día está haciendo un gran trabajo resaltando su propia muerte. Los tejados se exhiben contra un cielo naranja lleno de humo. Las calles son un glorioso revoltijo festivo de castañas calientes, vendedores de naranjas, tiendas iluminadas con lámparas de gas, el tráfico interminable de cabriolés y autobuses, carros y carretillas.

La casa de huéspedes de la señora Peach, sin embargo, resulta tan triste como siempre.

Una casa alta, estrecha y destartalada con frontones fruncidos y ventanas con corrientes de aire. El vestíbulo de entrada está a oscuras y unos grados más frío que el exterior.

Pemble sube las escaleras deprisa, con su equipo atado a la espalda para facilitar el ascenso. Esta noche tiene la intención de evitar a la señora Peach.

La puerta de la habitación de ella se abre, sus pies repiquetean por el pasillo.

—Señor Pemble, ¿me permite unas palabras...?

Pemble se lanza al galope, llega a su habitación y cierra la puerta tras de sí.

Tiene una pregunta candente en la mente. Se encendió en el momento en que abandonó el lado de la joven muerta y ha rugido hasta convertirse en este infierno.

¿Cómo puede esperar hacerle justicia? Con sus claras de huevo y sus baños de nitrato de plata.

¿Podrá capturar la belleza sobrenatural de Lily Wilt?

El ático de dos habitaciones de Pemble está impregnado del olor a callos y cebollas y padece de inclinaciones erráticas en el techo. En casa, adopta una postura encorvada porque se golpea la cabeza con frecuencia, no se acostumbra nunca del todo al pico del techo, a la inclinación de las vigas ni a la naturaleza mareante de la tarima. La más pequeña de las dos habitaciones es su cuarto oscuro.

Es aquí donde trabaja.

El papel se empaña. Los químicos forman una nube.

Por fin, cuando amanece, ¡una semejanza!

Pemble observa la fotografía. Los lirios se arquean en sus jarrones. Las velas menguan. El encantador cadáver reposa...

¡Un segundo!

Pemble coge una lupa, enciende la luz de gas, examina la imagen.

Apoyada contra la repisa de la chimenea, mirando fijamente a la cámara con una sonrisa torcida, se encuentra...

Seguro que se trata de un truco de la luz. ¿O un extraño accidente químico?

Pero es ella. ¡La naricita respingona perfecta, los labios carnosos, el halo de pelo rubio!

Lily Wilt.

Pero no del todo Lily Wilt.

Pemble inspira despacio. La lupa tiembla en su mano. Ve una cara hermosa. Ve un cuerpo elegante. También ve un reloj dorado y un jarrón lleno de flores *a través* de ese rostro y ese cuerpo.

Pemble regresa a la casa adosada de Hanover Square. Se abre paso entre la multitud reunida y logra acceder a los escalones de la entrada, donde admite ante el mayordomo que, debido a las complejidades y desafíos del proceso fotográfico, no ha podido tomar una imagen satisfactoria de la señorita Wilt.

Pemble es conducido ante el dueño de la casa.

Pemble se inclina y esboza una débil sonrisa. El señor Wilt levanta la mirada desde su escritorio. Escucha las excusas de Pemble. La reputación de Sturge & Sons es tal (por mención de varios nobles y personas de elevada posición) que concede otra sesión.

—Esta es tu última oportunidad, Pemble. No permitiré que se interrumpan las visitas. La gente, tipos ilustres, viene de todas partes para ver a nuestra querida Lily muerta.

Pemble se lo agradece con efusividad al señor Wilt.

El señor Wilt, con un gruñido, vuelve a sus cálculos.

¡Cómo ha crecido la fama de Lily!

Una fila constante de personas pasa junto al pequeño ataúd. Nan está lista para empujar a los dolientes si se ponen demasiado entusiastas.

Incluso Nan, con toda su sabiduría realista, concede que es cierto que la señorita Wilt parece milagrosa. Un milagro en el sentido de que no ha tenido lugar ninguno de los procesos naturales que uno esperaría que tuvieran lugar con un cadáver. Los cambios en cuestión de palidez, la tempestuosa acumulación y liberación de gases corporales, los ojos saltones, la lengua fuera y todos los horrores concomitantes que acuden con la parca.

Una anciana se demora ante el ataúd.

—¡Dios la bendiga! ¡Vaya, es una pequeña santa!

Detrás de ella, la gente se empuja, estirando la cabeza para echar un vistazo.

La anciana se lanza hacia delante con unas tijeras dentadas para llevarse una reliquia. Nan llama al lacayo.

El salón está vacío. Se ha echado al público con el propósito de que Pemble saque el retrato definitivo. Nan ha cambiado las velas, ha reorganizado las flores y ha enderezado las borlas de la alfombra turca. El señor Pemble instala su artilugio. Nan toma posición junto a las cortinas.

Pemble se aclara la garganta.

—¿Sería tan amable de traerme un vaso de agua?

Pemble aguarda. Clava la mirada en la chimenea. Pero no aparece ninguna visión espectral de Lily Wilt. Da unos pasos hacia el ataúd y mira dentro. Toca el borde del cobertor, luego sus manos, palma con palma, unidas en la oración, como las de una niña. Están heladas. Se inclina y la besa en la frente, hechizado por su belleza polar. Sus labios tiemblan al contacto.

Sucede lo siguiente: el marco de un cuadro se agrieta en la mesita auxiliar, las velas arden de color azul, una risa tan fría y brillante como el comienzo de la primavera llena la habitación.

Y una voz melosa le dice algo al oído.

—Mira a través de tu aparato.

Pemble toma posición frente a su cámara, enredándose en las faldas, buscando a tientas el enfoque, a punto de desmayarse por el miedo y el anhelo.

Pemble no se detiene a considerar los síes y los porqués, no con un espectro tan adorable manifestándose ante su lente.

¡Oh, cómo se manifiesta!

Esta vez no está junto a la chimenea, está inclinada en actitud desenfadada sobre el borde del ataúd, lanzándole un beso, como una chica en un anuncio de una telenovela. Solo que Lily Wilt es perfectamente translúcida, perfectamente hermosa.

Pemble se apresura a tomar imagen tras imagen.

El fantasma de Lily Wilt acomodado, diáfano, sobre un sofá de dos plazas.

El fantasma de Lily Wilt radiante junto a la palma del salón.

El fantasma de Lily Wilt, lo bastante cerca como para empañar la lente de la cámara, si tuviera aliento.

El fantasma de Lily Wilt, en la oscuridad total, detrás de la lente, justo a su lado. Una explosión mineral helada, él experimenta un estremecimiento delicioso.

—Pareces saber manejar este aparato —susurra—. Debes de ser un hombre de ciencia y conocimientos.

Pemble se siente halagado.

—La fotografía también es un arte, señorita Wilt. La misma palabra «fotografía» deriva de los términos griegos para luz y representación por medio de…

—Sí, sí. Mira, tengo una propuesta para ti. Si puedes devolver mi espíritu a mi cuerpo, soy tuya.

Pemble gime en la oscuridad.

—¡Lily, querida!

—Estoy cansada de ser un espectáculo. —Un pequeño temblor en la voz—. Hay tantas cosas que nunca pude hacer. —Su voz se vuelve tímida—. Como ser una esposa.

Los ojos de Pemble están llenos de lágrimas, esta vez de alegría.

Pero entonces la enormidad de su petición lo sorprende.

—Pero ¿cómo?

—Algún truco con rayos, viajes a cementerios, ese tipo de cosas, podrás resolverlo. Prométeme que me salvarás, querido, eh…

—Walter.

—Querido Walter.

Pemble asiente.

—Lo prometo.

Ha empezado a nevar. Copos grandes y enormes iluminados por una lámpara de gas, bailando y girando. La nieve roza los cristales de las ventanas. La nieve se posa en los tejados. La nieve se posa sobre las pestañas y las narices de los niños felices. Pemble gira el rostro hacia el cielo y es bendecido con suaves besos helados, ¡como si salieran de los labios de su amada muerta! Camina con ligereza a través del bullicio de las calles de Londres. Como todos los amantes jóvenes, se siente dichoso y condenado, emocionado y aterrorizado. Se deleita con los escaparates decorados con adornos y ramas. Se deleita con la emoción de los pilluelos callejeros que roban pasteles calientes. Se deleita con la procesión arbórea de pinos que son transportados por las calles atestadas. Se deleita con la gente que pasa cargada con bultos y paquetes.

La Navidad está a solo una semana de distancia.

La Navidad con Lily Wilt.

Pasear, hablar, compartir una naranja, montar en autobús, revolcarse como cachorros en la cama (¡cómo se sonroja Pemble ante este pensamiento!).

Solo queda el asuntillo, posiblemente profano, de reunir el espíritu de Lily con su cuerpo.

A la mañana siguiente, empieza temprano en la biblioteca pública de Mudie. Impulsado por su pasión de salvar a su amada, apenas se siente intimidado por el sagrado salón principal o por los empleados de la biblioteca, con sus cejas levantadas y sus miradas altivas. Hierve con cada tictac del reloj. Se siente irritado por cada solterona vacilante. Experimenta impulsos asesinos con cada lacayo que transporta reservas a los carruajes que aguardan.

Por fin, el libro está en sus manos.

Cómo resucitar a los muertos.

En un callejón cercano, Pemble arranca el envoltorio de papel marrón y se siente consternado. Esto no es una guía útil, es una historia sobre un capitán de barco que regresa y una viuda valiente pero solitaria, ambientada en gran parte cerca de Portsmouth.

Pemble podría llorar de frustración. Entonces… ¡revelación! Se dirige a Seven Dials.

Pemble le pide un ponche caliente a una camarera lasciva, dedica un asentimiento nervioso a los clientes habituales y se dirige a un reservado. Se dice que en este pub (que permanecerá sin nombre) se puede conseguir cualquier cosa del mundo si se paga un precio. Cualquier cosa.

En ese momento, un personaje astuto y algo sucio se desliza en el asiento frente a él y se toca la gorra.

En voz baja, Pemble le da una idea de su propósito antinatural. Se dirige a Camden Town.

En un callejón oscuro, en un pasaje oscuro, en un hueco oscuro, se encuentra la fachada de una lúgubre librería. El cartel de encima de la puerta reza:

Narcissus P. Thooms

Librero

Científico y esotérico

Taxonomía y taxidermia

Pemble duda un momento, cierra los ojos y evoca la adorable forma de Lily Wilt. Fortalecido, entra.

Suena el timbre de la tienda. Las motas de polvo bailan tras la súbita entrada de aire.

A primera vista, la tienda parece vacía, sin propietario. Montones de libros antiguos llenos de telarañas cubren todas las superficies disponibles. Los estantes polvorientos ascienden del suelo al techo. Detrás del escritorio hay una lechuza disecada que lleva un monóculo.

Pemble se aclara la garganta varias veces.

Un movimiento en un rincón sombrío, y de detrás una auténtica montaña de libros surge un hombre desnudo con una barba impresionante.

—¡Su ropa, señor! —exclama Pemble.

—Estoy absorbiendo conocimiento —dice el hombre, sereno—. ¿Está buscando algo en particular?

Pemble transmite su poco envidiable búsqueda. El señor Thooms escucha con un brillo malsano en sus ojos oscuros. Vestido ahora con un kimono de seda, se rasca distraídamente el vello de animal de su pecho. De vez en cuando, asiente, alentador.

Cuando Pemble concluye, el señor Thooms le da la mano con un apretón severo.

—¡Mi querido muchacho! —exclama—. Te has desviado del camino bien iluminado para adentrarte en un mundo de ladrones y vendedores ambulantes, prostitutas y peones, artistas, visionarios y palacios de ginebra. Rico en hedor, incluso en lo más frío del invierno. Rico en clamor, a todas horas, con gritos y bromas, peleas y amor.

—Camden, sí.

—Has venido en busca de conocimiento. Deseando sondear los secretos mismos de la naturaleza, toquetear los misterios de la vida y la muerte, en verdad, asumir el papel de Dios. ¡Deseas poner tus manos temblorosas sobre tomos antiguos y ocultos!

—Si no es mucho problema.

Thooms parece estar sumido en sus pensamientos. Su voz, cuando llega, es grave.

—Hay una manera. Un método profundamente perverso y peligroso. Va en contra de todas las leyes de la decencia, la moralidad y la naturaleza.

Pemble se entusiasma.

—Un método que —continúa Thooms—, combinado con cierto truco quirúrgico, hará que ese encantador y pequeño cadáver respire, suspire, se sonroje y toque el piano, para deleite de tu corazón.

—¿De verdad es posible? —pregunta Pemble.

—Es completamente posible, mi querido muchacho, devolverle la vida a Lily Wilt.

Mientras el señor Thooms busca la edición exacta del libro que contiene los secretos de la vida y la muerte, comparte con Pemble su propia historia trágica.

Érase una vez, el señor Thooms tenía una carrera muy diferente por delante.

Su tío abuelo Thaddeus «Rojo» Thooms podía cortar una pierna en menos de dos minutos; su padre, Theodore, podía librarte de un tumor en uno. Tal era el talento de esta ilustre familia médica que, si le dabas un cuchillo de mantequilla a la abuela de Thooms, te sacaba los cálculos biliares antes de que sirvieran el té. La prometedora carrera quirúrgica de Thooms se vio truncada por un trágico asunto del corazón.

Se enamoró en la mesa de disección.

Thooms hace una pausa en sus recuerdos y lanza una mirada atormentada a Pemble. Tal es la miseria, el horror y la desdicha en el rostro de Thooms que Pemble no puede evitar estremecerse.

—El cadáver era una belleza exótica. Yo era un joven valiente y atrevido. —Los ojos de Thooms se llenan de lágrimas—. Hay imágenes que no puedes dejar de ver, Pemble. Hay algunas acciones que no puedes deshacer.

Cuando encuentra el tomo en cuestión, ambos hombres comparten una licorera de un burdeos decente. Thooms envuelve en papel negro el libro de proporciones monumentales, encuadernado en cuero, y se lo entrega a Pemble.

Renuncia al dinero que Pemble cuenta para pagarlo.

—Solo tengo una última pregunta antes de que te vayas. —Thooms se ajusta el cinturón del kimono y mira a Pemble a los ojos—. Lo que estás a punto de hacer no es para los pusilánimes, debes estar seguro. ¿Es ella la mujer a la que quieres?

Pemble acuna en sus brazos el libro monstruosamente pesado que contiene todos los secretos de la vida y la muerte.

Lily Wilt. Lily Wilt. Lily Wilt.

¡La magia en su nombre y en toda ella!

Lily Wilt es cautivadora.

Pemble evoca ante él su cuerpo, que yace en dulce reposo. Su cabello dorado, su naricita respingona, el busto esbelto bajo un encaje blanco. Sus suaves brazos y pesadas pestañas y pequeñas uñas nacaradas.

Conjura su voz, dulce, melosa y juvenil.

Conjura su espíritu, brillante y alegre.

De repente, Pemble siente la indescriptible sensación de que siempre ha amado a Lily Wilt, ¡siempre la ha adorado! Ella fue hecha para él y él para ella.

—Sí —responde Pemble—. Lily es la única.

Trabaja mucho y duro. El tomo antiguo yace abierto sobre su escritorio; Pemble persigue secretos terribles a través de sus páginas amarillentas. La información que busca son ninfas de tinta, se alejan revoloteando justo cuando él está a punto de agarrarlas.

Pemble no sale de su habitación durante días y ni siquiera acude a sus citas fotográficas. Cuando duerme, lo acosa el mismo sueño.

No es un sueño agradable.

Está en un lugar lleno de gente, en mitad de la multitud de jóvenes andrajosos. Hay un estrépito formado por gritos, burlas y bromas. Huele a alcohol rancio, tabaco gastado y aceite capilar barato. Pemble empieza a comprender vagamente lo que está presenciando; los hombres que lo rodean son estudiantes de medicina, esto es un aula de disección.

Cae el silencio.

Las puertas dobles se abren de par en par y dos fornidos ayudantes introducen un cadáver sobre una camilla en la sala de operaciones. En la camilla yace Lily Wilt. Piernas desnudas, pies descalzos, el tronco cubierto con una sábana, el rostro hundido y el pelo enmarañado como después de una larga enfermedad.

Un cirujano, con la cabeza gacha, con el ala de su sombrero de copa bajada sobre el rostro, sigue a la camilla, avanzando al compás. Los estudiantes de medicina tararean un réquiem.

Colocan a Lily sobre la mesa, un brazo blanco cae, su cabello dorado se derrama. Todos los jóvenes andrajosos de la habitación suspiran y se inclinan hacia delante a la vez.

El cirujano asiente con la cabeza a su asistente, quien da un paso adelante y arremanga al caballero. Un delantal de carnicero, tieso por culpa del crúor y horripilante de ver, hace acto de presencia y es anudado.

El cirujano se despoja de su sombrero de copa. Narcissus P. Thooms, con una sonrisa benigna, examina a la audiencia allí reunida.

Se vuelve para inspeccionar los instrumentos preparados en la mesa, pasa las puntas de los dedos sobre ellos y selecciona una sierra larga y de dientes despiadados. Con un guiño lascivo, el señor Thooms se acerca a la mesa de operaciones y pone una mano en la mejilla de Lily.

Los ojos de ella se abren…

Es de noche en la casa adosada de Hanover Square. El señor Wilt está profundamente dormido, su gran bigote revolotea con cada ronquido pastoso. La señora Wilt está bien acurrucada con su gorro de dormir, parloteando en sueños sobre perros pug y teteras de plata. Abajo, la santa Lily yace en el salón, mimada con gasas, encajes y sedas, con las manos en posición de oración eterna. El cocinero, el mayordomo, el lacayo, los ratones de la despensa, los perros de la perrera, todos están durmiendo. Solo Nan Hooley está despierta. Enciende una vela y camina por la casa silenciosa.

Cierra con suavidad la puerta del salón y enciende las lámparas de gas. El aire aún es fresco en la habitación y el ataúd está tan pulido que brilla, pero un olor dulzón a podrido flota en el aire. Los lirios cambian, sus trompetas caen, sus pétalos se enroscan.

Nan acerca una silla al ataúd. El rostro de Lily está igual que la mañana de su muerte. Nan entrecierra los ojos y mira de cerca. Después de un rato, ve que Lily, de hecho, ha cambiado. Su belleza flaquea. Los labios carnosos han adelgazado y la insinuación de unas arrugas alrededor de los ojos hacen que el cadáver tenga un aspecto agrio y malhumorado. La piel presenta una palidez verdosa y el pelo parece flojo alrededor de las sienes.

Puede que Lily esté ejerciendo alguna magia antinatural en el mundo, pero nadie puede engañar a la muerte.

—¿Qué está tramando, señorita? —susurra Nan.

Suceden estas cosas: el marco de la foto salta sobre la mesa, el reloj parado en la repisa de la chimenea comienza a hacer tictac, las borlas de la alfombra turca se alborotan.

Nan espera. La madera pulida del costado del ataúd se empaña, aparecen letras.

L. I. L. Y. V. I. V. E.

—Que no se le ocurra ninguna idea —la regaña Nan—. Lo que necesita, señorita, es un entierro tranquilo y agradable. No es apropiado que la mitad de Londres desfile y la mire con la boca abierta. ¡No es natural!

Nan cree ver una sombra de irritación cruzar las finas e inmóviles facciones de Lily.

Reflexiona durante un rato, con los ojos fijos en el rostro dormido de Lily Wilt. Poco a poco, decide buscar el consejo de un autor preeminente en particular e invitado habitual a las cenas del señor y la señora Rumold Wilt. Después de todo, su obituario fue lo que comenzó todo esto. Nan confía en que conseguirá una audiencia con el ilustre caballero, ¿no ha esbozado él un retrato de ella en uno de sus populares cuentos?

—Tendré unas palabras con el Sr. D____, ya verá que sí. Él hará entrar en razón a sus queridos mamá y papá.

Suceden estas cosas: las lámparas de gas se encienden, los lirios se marchitan en sus jarrones y un viento ártico aúlla en los oídos de Nan.

Nan, sin acobardarse, cierra la tapa del ataúd con aire de despedida.

Pemble se despierta a causa de una llamada insistente en la puerta. Abre los ojos. Las páginas del libro de la vida y la muerte yacen arrugadas bajo su mejilla.

La llamada se detiene y es reemplazada por un resuelto golpeteo. Se incorpora en su escritorio.

Alguien comprueba el picaporte de la puerta. Una sacudida. Una voz lo llama; un insidioso gemido nasal.

—Señor Pemble, ¿está usted dentro?

Pemble cierra el libro, lo esconde y se las arregla para ponerse los pantalones antes de que la señora Peach entre por la puerta, haciendo caso omiso de que ha echado la llave. La casera de Pemble está de pie ante él, una mujer espantosa, delgada como un cordel, toda codos y clavículas y una asombrosa cabeza de cabello azabache (que no es suyo).

—Disculpe mi intrusión, señor Pemble. —Le dedica una sonrisa amarga—. No le he visto en toda la semana y eso que es día de alquiler. —Echa un vistazo a la habitación, a la cama en la que nadie ha dormido, a los restos de comida a medio comer—. ¿Tiene la intención de invitar a las ratas a mi casa, señor Pemble?

—Lo siento, no.

—Dirijo un establecimiento limpio, señor Pemble.

—Bajaré el dinero directamente —ofrece Pemble con toda la cortesía que puede reunir.

La señora Peach cruza el piso. Levanta la cortina del cuarto oscuro de Pemble y mira dentro.

—Señor Pemble, creía que habíamos acordado que se supone que este es su dormitorio.

—Lo siento, sí.

La señora Peach dirige su atención a las imágenes que cuelgan por la habitación.

Pemble siente una oleada de ira al ver a la señora Peach mirando y fisgoneando el glorioso aspecto del cadáver de Lily Wilt.

—Está muerta, ¿verdad?

—Por desgracia.

—Pobrecita. ¿Qué tenía? ¿Doce años?

—Diecisiete.

—Tisis, ¿verdad? El gran flagelo de las jóvenes hermosas.

—No. No fue tisis.

Ella entrecierra los ojos ante la imagen.

—¿Un accidente, entonces? La cabeza tiene una forma rara, es como si tuviera una abolladura en la sien.

—Su cabeza es perfecta. Lily Wilt falleció mientras dormía.

—¿Esta es Lily Wilt?

—Sí.

—¿La *famosa* Lily Wilt?

Pemble asiente.

—¡La eterna bella durmiente! Los periódicos la llaman «¡el mejor espectáculo festivo de Londres!». —La señora Peach le lanza una mirada maliciosa—. Solo que no por mucho tiempo.

Pemble tiene un mal presentimiento.

—¿Qué quiere decir?

—La han vendido al mundo del espectáculo. Lily Wilt va a ser enviada al extranjero, nada menos que a Estados Unidos.

Pemble se sobresalta.

—¡Imagínese! —grita la señora Peach—. ¡Esa pequeña equivocación tiene un jabón que lleva su nombre!

Pemble agarra su sombrero y su abrigo y corre hacia la puerta.

—¡Señor Pemble, el alquiler, por favor!

Pemble se apresura a llegar a la casa de la familia Wilt en Hanover Square. En la puerta, el mayordomo toma nota de estas cosas: una apariencia desaliñada, una mirada salvaje, un temblor significativo en las manos y los labios. El mayordomo informa a Pemble que, en su ausencia, sus estimados empleadores, Sturge & Sons, han enviado a su segundo mejor fotógrafo conmemorativo, el señor Stickles. El señor Stickles los ha visitado con prontitud, ha conducido la sesión con discreción y proporcionado a los señores Wilt una selección de fotografías con las que están completamente encantados.

—¿Podría simplemente...? Por favor, un momento con la señorita Wilt...

—Me temo que no, señor. —El mayordomo cierra la puerta con firmeza.

Pemble sigue caminando. Apenas sabe que es Nochebuena. Las multitudes alegres y el baile de la nieve, los golfillos contentos y los vendedores de naranjas, las castañas calientes y los escaparates adornados, todo lo pasa por alto. Pero entonces, oh, un rayo de luz brilla en medio de la penumbra. Lo asalta el recuerdo de su amada. Su mente invoca su alegre espectro, su sublime cuerpo, que es el de una santa.

Vuelve a escuchar su adorada voz.

—Tienes que empezar a esforzarte, Walter, querido. Estoy esperando.

Con renovado vigor, Pemble gira hacia Seven Dials.

Pemble le compra un ponche caliente a una camarera malhumorada, asiente con la cabeza a los clientes habituales y se dirige a una mesa. En ese momento, el hombre ladino y algo sucio se desliza en el asiento de enfrente y se toca la gorra.

En voz baja, Pemble le da una idea de sus necesidades criminales.

El personaje sucio aspira aire a través de los dientes que le quedan.

—Costará. Y tardará el doble. Por la Nochebuena y todo eso.

—Usted solo asegúrese de tratarla con cuidado. —Pemble recuerda las reglas para tratar con indeseables—. Habrá un extra si la entrega sana y salva.

El personaje sucio sonríe y se inclina la gorra.

—La trataremos como un copo de nieve.

Medianoche. Un bulto es transportado con cuidado por las escaleras de la casa de huéspedes de la señora Peach hasta las habitaciones del ático de Pemble. La entrega transcurre sin incidentes, ya que la dueña está inconsciente por culpa de la ginebra.

Pemble hace que lleven el fardo al cuarto oscuro. El lugar que ha preparado para el reencuentro del cuerpo y el espíritu de Lily Wilt.

Jadea por la emoción mientras espera a que los hombres enmascarados se vayan. Cierra la puerta detrás de ellos.

Las manos de Pemble tiemblan mientras desenvuelve el fardo. Se siente asombrado, apenas se atreve a contemplar la forma física de su amada en su totalidad. En vez de eso, echa pequeños vistazos. Los delicados dedos de los pies, las hermosas espinillas, el precioso arco de sus cejas, su adorable mejilla pétrea...

—Walter, querido —dice una voz avispada—, estoy cansada de que me miren. ¿Qué tal si sigues con lo de devolverme a la vida?

Pemble consulta el tomo de Thooms sobre la vida y la muerte. Comprueba la lista del equipo necesario y vuelve a repasar el procedimiento en su mente. Intenta calmar los latidos de su corazón.

El espíritu de Lily Wilt vaga por la habitación, brillando dentro de esa mortaja que se ajusta a su forma, e inspecciona las imágenes de sí misma.

—Salgo bastante bien en las fotografías, ¿verdad?

Pemble se limpia la frente.

—Sí, querida. —Vacila—. Podríamos dejar las cosas como están. No me importa si eres un poco, ya sabes, incorpórea.

La mirada que Lily le echa es gélida.

—Bueno, pues a mí sí me importa. Me hiciste una promesa, Walter. Quiero comer bombones y salir a bailar. —En su voz se desliza una nota lasciva—. Quiero volver a saborear los aspectos físicos de la vida.

Walter se sonroja y mira hacia otro lado.

—Veré qué puedo hacer, querida.

Los restos mortales de Lily Wilt yacen en un banco recio. Alrededor del cuerpo hay faroles encendidos. Junto al banco hay una mesa (Pemble se estremece al mirarla) dispuesta con instrumentos quirúrgicos. Debajo del banco hay una bañera de estaño y varias damajuanas de cristal. Hay serrín esparcido por el suelo. En un rincón de la habitación hay un lavabo que contiene una misteriosa variedad de objetos. Entre ellos, el ala de un pardillo, un espejo, un plato de caliza y un cáliz.

Pasan las horas. Suenan las campanas de la iglesia. Es el día de Navidad.

Lily Wilt, espíritu y cuerpo reunidos, está sentada en una silla junto a la ventana. Tiene una taza de té llena de ginebra junto a su codo derecho y sostiene una torunda contra la oreja. Lleva puesto el camisón de Pemble. Pemble desvía la mirada de los puntos inflamados que atraviesan su escote.

El cuarto oscuro es un desastre. La bañera de estaño está llena de sangre y el serrín se encuentra amontonado en el suelo. Los instrumentos quirúrgicos están metidos en el sudario de Lily y el ala del pardillo está clavada en la pared.

Los ojos de Lily Wilt giran para encontrarse con los de Pemble.

—Quiero helado —dice ella, con todo el mal humor lloroso de una niña pequeña.

A Lily le gusta sentarse cerca de la ventana y ver pasar a la gente por la calle de abajo.

Sobre todo, está apática. Se pasa el día masticando nueces y escupiendo las cáscaras. De vez en cuando, arranca a cantar una canción obscena.

Pemble corre de un lado a otro y le lleva a Lily todo lo que pide: libros, cintas, una peonza, un pájaro enjaulado y una mandolina.

—Quiero salir a bailar —se queja ella.

—Debes recuperarte, querida.

—¡Me siento peor, no mejor! ¿Qué me has hecho?

Pemble se hace la misma pregunta.

Lily ha cambiado, está cambiando a diario. Ha perdido la tez de alabastro que tenía en la muerte. Tiene la piel flácida y los dientes le tiemblan, sus ojos se hunden y su cabello dorado se apaga.

Pemble camina hacia el río y contempla el fondo. Cae más nieve y se convierte en lodo negro en las transitadas calzadas de Londres. En los puestos de periódicos se grita la noticia de la desaparición de Lily Wilt. El dolor de sus cariñosos padres es desgarrador. La recompensa por su vuelta es asombrosa. Pemble se tambalea y se cala el ala del sombrero. Hace demasiado frío para sentarse en el parque, por lo que Pemble busca refugio en las tabernas. Toma un licor fuerte. Teme dormir, despertar y, sobre todo, volver a casa.

Lily le hace arrastrar la cama hasta la ventana para poder mirar hacia fuera durante su recuperación. Talla patrones en el hielo del interior de la ventana con las uñas. Le gusta el sonido.

Con la recuperación de Lily llegan los antojos. Las chuletas de cordero dan paso al hígado de ternera. El hígado de ternera da paso a la carne de gato. La carne de gato da paso a la carne de gato. Pemble deambula por las calles de noche en busca de felinos. Se estremece cuando entrega el saco, que se retuerce. Lily sonríe y cierra las cortinas de la cama. Al cabo de un rato, Pemble oye unos abominables ruidos, crujidos y sorbos. Poco después, recoge la piel desechada y la arroja al fuego. La habitación huele a piel chamuscada. Un día, los pies de Pemble se desvían hacia Camden Town. Por un camino oscuro, por un callejón oscuro, hasta un hueco oscuro. Está de pie ante la fachada de una librería abandonada. El letrero sobre la puerta está demasiado descolorido para ser leído. Los estantes vacíos ascienden polvorientos del suelo al techo.

Los gatos se vuelven más astutos, Pemble debe ampliar el coto de caza. Vuelve tarde a la casa de huéspedes. Sube las escaleras cansado, con un saco sibilante sobre el hombro. La puerta de sus habitaciones en el ático está abierta. La Señora Peach está de pie, con los ojos muy abiertos, diciendo tonterías, junto a la cama de Pemble.

Pemble no necesita presentar a Lily Wilt a su casera, las cortinas de la cama ya están abiertas.

Por suerte, todavía tiene la bañera de estaño y las herramientas quirúrgicas.

Nan Hooley acecha en la calle frente a la casa de huéspedes de la señora Peach. Refugiada bajo el toldo de una tienda de enfrente, se aferra a su cesta de la compra y frunce el ceño mientras mira hacia las ventanas del ático. Un chiquillo ha estado tomando nota de las idas y venidas del señor Pemble. Nan deposita una moneda en la mano del niño y él informa del curioso estado de las cosas. A veces, el señor Pemble va a todas partes para comprar productos varios. Una caja de música, una piña, un canario enjaulado. Otras veces, el señor Pemble se queda fuera la mitad de la noche y regresa con un saco en el que hay algo que se retuerce.

Y ahora ahí está el propio señor Pemble. Sale a la calle con una mirada furtiva, se levanta el cuello del abrigo y avanza a buen paso.

A Nan le sorprende el cambio en el joven. Sus ojos vidriosos e inyectados en sangre, su barba de harapiento, su ropa manchada, sus botas sucias.

Se apresura a seguirlo.

En una taberna de mala reputación en Seven Dials, Nan observa a Pemble pedir una bebida, sentarse en una mesa y mirar su vaso. En su rostro ve la expresión de los condenados.

Nan se sienta en la silla de enfrente y deja la cesta.

Pemble la mira y frunce el ceño. Conoce su cara, pero no sabe de dónde.

—Señor Pemble, ¿por casualidad no conocerá el paradero de la señorita Wilt?

El reconocimiento se enciende en sus ojos.

—Es la criada.

—Sí, señor.

Pemble saca, del bolsillo de su abrigo, una fotografía. La deja sobre la mesa.

—Ayer tomé esta imagen de Lily. Por favor, dígame exactamente lo que ve.

Nan le ofrece el brazo a Pemble de regreso a sus habitaciones. Al principio, él se tambalea, pero el aire frío y la fuerte presencia tranquila de Nan parecen revivirlo. En la puerta, sonríe con tristeza

—¿Sabe lo que tiene que hacer ahora, señor? —susurra Nan.

Pemble asiente.

—Prepárese entonces.

Pemble entra con paso pesado.

Durante un rato, Nan se queda mirando la ventana del desván, luego se aprieta el nudo del chal y emprende el camino de regreso a casa.

Θ

El día del funeral de Lily Wilt el cielo está azul y frío. Los sepultureros han trabajado muchas horas para excavar en el suelo helado. El coche fúnebre se desplaza con tranquilidad. A través de las ventanillas se vislumbra un ataúd, rematado con una alfombra de flores. Seis hermosos caballos negros atraviesan al trote las nubes ondulantes creadas por su propio aliento cálido. Los dolientes lo siguen, envueltos en pana negra, crepé y encaje pesado.

El coche fúnebre reúne seguidores a medida que avanza por Londres, de modo que cuando el cortejo llega al cementerio, la multitud se ha incrementado. Lily Wilt sigue intrigando. En la historia de esta bella durmiente hay un último misterio. Su cuerpo reapareció en el salón de Hanover Square de forma tan desconcertante como había desaparecido. El público se sintió aliviado. Hasta que descubrieron que Lily Wilt ya no sería exhibida. Abundan los rumores oscuros. Había estado en manos de un depravado. La habían modificado de alguna forma sobrenatural. La policía no tenía la libertad de decirlo. La familia no hizo ningún comentario.

En el cementerio, un extraño que aguarda escucha el sonido del coche fúnebre que se acerca. El corazón le late más rápido cuando ve a los caballos, que mueven la cabeza con sus penachos de plumas negras y lo dejan atrás con paso firme. Detrás del carruaje sigue la multitud, sorbiéndose la nariz y gimiendo. En los árboles, los cuervos, siempre irreverentes, maldicen y abuchean.

Y así, Lily Wilt es confiada a su lugar de descanso final, una conspicua parcela familiar en la vía principal. Con el tiempo, allí se colocará un ángel tallado, que rivalizará incluso con la belleza de mármol de Lily. Los dolientes se van, bajando las alas de sus sombreros, poniéndose las capas y refugiándose en sus manguitos, dejando a los sepultureros con su trabajo.

Nan Hooley se queda hasta el final. Solo para estar segura.

Cae la noche y Walter Pemble se arrodilla junto a la tumba de su amada.

Espera. Escucha su voz. Un poco irritada.

—Este no es exactamente el final que había planeado, Walter.

Pemble mira hacia arriba, Lily Wilt está frente a él, su belleza glacial restaurada.

—Querida Lily.

Ella le concede una sonrisa helada.

—Supongo que hay alguna forma de que podamos estar juntos.

Pemble asiente, secándose los ojos. Recorre el camino para salir del cementerio y se entrega al primer alguacil que encuentra.

Es por la mañana en la casa adosada de Hanover Square. En la cocina, el mayordomo lee el periódico en voz alta y el ama de llaves unta mantequilla en una tostada. Nan lleva una tetera a la mesa.

—Así que era eso —dice el mayordomo.

—Era un demonio. —El ama de llaves unta un poco de mermelada—. Un verdadero demonio.

Nan ordena los cubiertos y recoge las migajas.

—Walter Pemble, empleado como fotógrafo —lee el mayordomo en voz alta—, es condenado por el robo de los restos mortales de la señorita Lily Wilt, «la eterna bella durmiente», de la casa de su familia en Hanover Square. El señor Pemble también se declaró culpable del homicidio ilegítimo de su casera, que había descubierto su crimen.

El ama de llaves chasquea la lengua.

El mayordomo toma un sorbo de su té.

—Depravación y libertinaje.

—Es demasiado común —dice el ama de llaves—. El libertinaje.

—El hombre se volvió loco —dice el mayordomo, en un tono que implica descuido por parte del señor Pemble.

El ama de llaves frunce el ceño.

—Aun así.

—Cierto.

Hay una multitud reunida en el exterior de la prisión de Newgate. No es que el ahorcamiento sea público, pero el clima es templado para enero y es día festivo. Nan Hooley está entre ellos. Cuando llega el momento, derrama algunas lágrimas por el señor Pemble.

Luego, esa misma tarde, Nan saca la vieja caja de puros que guarda debajo de la cama. Dentro hay un dedal de plata, un mechón de cabello gris, algunas flores marchitas y una fotografía.

Contempla la fotografía durante mucho rato. Luego enciende una cerilla y la acerca. El papel se retuerce y estalla en llamas y con él, la sonrisa de Lily Wilt. Nan la deja caer en la rejilla. Se queda quieta un rato, sumida en sus pensamientos sobre la vida y la muerte y esa horrible cosa intermedia. Un poco más tarde, se hace con medio pastel de conejo.

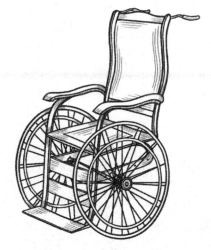

LA SILLA CHILLINGHAM

Laura Purcell

*L*a primera sensación fue un picor en la mejilla. A continuación, Evelyn sintió algo en los oídos; un zumbido, un escozor. Tenía las extremidades entumecidas.

Parecía estar en algún lugar húmedo y terriblemente frío. Cuando trató de moverse, el dolor le atravesó la pierna y la hizo jadear. Sus párpados se abrieron, revelando… nada. Una gran extensión incolora.

Tal vez hubiera muerto. Estaba en el purgatorio y las agujas que corrían por su espina dorsal eran el pago por sus pecados.

Tan pronto como el pensamiento cruzó por su mente, el silencio a su alrededor se deshizo. Un animal jadeó, en algún lugar cercano. Evelyn se tensó, incapaz de levantar la cabeza y mirar. La criatura respiraba con pesadez, sus patas crujían sobre la nieve a medida que se acercaba.

Lo único que pudo hacer fue gemir y cerrar los ojos. El animal se acercó más y olfateó junto a su oreja. Le lamió la frente con su lengua tibia y viscosa.

—Vete —gimió ella.

Pero en vez de eso, la bestia peluda se tendió sobre su caja torácica; cuidándola, reclamándola como propia. Todo el aliento la abandonó al oír el terrible aullido del aire frío.

Hubo golpes y crujidos en la distancia. Alguien la llamó por su nombre.

—¡Buena chica! —dijo un hombre—. Buena perra.

Despacio, Evelyn permitió que sus ojos se abrieran y todo se esclareció. La extensión sobre su cabeza no era la perdición, sino el cielo, cargado de nieve, y ningún monstruo yacía sobre su pecho; era simplemente un beagle que llamaba a su amo.

Varios rostros se agolparon en su campo de visión; hombres a los que reconoció vagamente y los adorados rasgos de su hermana, Susan.

—¡Evelyn! —gritó—. Evelyn, ¿estás herida?

—Creo… que sí —graznó Evelyn—. No recuerdo… qué ha pasado.

—Cayó nieve de una rama y su caballo se asustó —explicó un apuesto caballero—. Se fue corriendo hacia los establos con la silla colgando alrededor del vientre.

Así era: estaban cazando. No en casa, sino en otra finca, en Chillingham Grange. El hombre que se dirigía a ella era el mismo Victor Chillingham. Se inclinó sobre ella. Ojos amables y solícitos recorrieron su cuerpo de arriba abajo, en busca de heridas.

Evelyn apenas podía respirar bajo el peso de su vergüenza. No solo se había resbalado en público, sino que se había caído mientras estaba como invitada en casa de aquel caballero.

El caballero cuya propuesta de matrimonio había rechazado con firmeza.

—Hay que llevarte dentro antes de que te resfríes —se inquietó Susan—. ¿Crees que podrás ponerte en pie?

Evelyn levantó una mano para apartar al beagle. Incluso eso le causó dolor.

—Lamento causar problemas, pero… No creo que pueda.

El médico le examinó los ojos a conciencia. Olía a láudano y sanguijuelas.

—Un golpe desagradable, sin duda. No hay lesión en el cráneo, pero habrá síntomas de conmoción cerebral. Náuseas, mareos. Yo no la movería bajo ningún concepto.

Su madre se llevó el pañuelo a la boca.

—¿Cómo te las has apañado, Evelyn? No te has caído en tu vida. Ahora, en una ocasión en la que necesitamos que todo salga a la perfección…

Evelyn ajustó su posición en el diván. Tenía el pie roto elevado, envuelto en vendajes y rodeado por una férula. Picaba como una cama infestada de pulgas.

—Lo siento, mamá. No ha sido culpa mía. Quicksilver ha salido disparado.

El doctor abrió su maletín y empezó a escribir unas pautas para el boticario.

—Tome esto dos veces al día. Volveré a llamar para comprobar su progreso. Mientras tanto, ordeno reposo en cama. Poco movimiento y absolutamente ninguna emoción.

—¡Eso es imposible! —estalló su madre—. Su hermana se va a casar la noche de Reyes y Evelyn es la dama de honor.

—Lo lamento, señora, pero no se puede evitar. La salud siempre debe ser lo primero. Impedir que su hija contraiga una fiebre cerebral es mi principal preocupación.

Quedó claro que no era la de su madre. Le lanzó a Evelyn una mirada de absoluta furia.

—¿Debo enviar mi factura al señor Chillingham, señora, o...?

—¡Cielos, no! —gritó ella—. Ya lo hemos molestado bastante por un día. Vaya a ver a mi marido. Está en la sala de billar.

El doctor hizo una reverencia y se retiró, cerrando la puerta tras él.

Su madre respiró hondo y se dio unas palmaditas en el gorro de encaje para que volviera a adquirir forma.

—Me doy cuenta de que tu situación no es fácil, Evelyn —comenzó con firmeza—. Que tu hermana menor se case antes que tú es una experiencia un tanto humillante. Pero ya tuviste tu oportunidad de ser la novia. Es una lástima si ahora te arrepientes de tu decisión.

—¿Disculpa?

—Cometiste un error muy estúpido al rechazar al señor Chillingham. No me sorprende que te lo hayas pensado mejor. Pero arruinar el enlace de tu hermana no es digno de ti. Ten en cuenta que cuando Susan sea la señora Chillingham y se mueva entre la alta sociedad, podrá encontrarte otro pretendiente. Uno que tendrás el buen juicio de aceptar. —Frunció los labios y le miró el pie herido—. Si es que eres capaz de volver a moverte en un baile.

Evelyn tuvo que hacer todo lo posible para no tomar el cojín y arrojárselo a su madre.

—¿Qué? ¿Crees que he hecho esto a propósito? ¿Para estropear la boda de Susan? ¡Mamá! ¿Cómo puedes sospechar que soy tan mezquina?

La nieve se deslizó por la chimenea. El fuego chisporroteó en la rejilla.

—De cualquier forma, no importa —insistió su madre—. No has logrado tu fin. La boda seguirá adelante, contigo o sin ti.

Llamaron a la puerta. Evelyn se estremeció, lo cual hizo que unas flechas ardientes le atravesaran la pierna.

—Adelante, por favor —indicó su madre con una voz mucho más agradable.

Eran Susan y el señor Chillingham. Evelyn se sonrojó, con la esperanza de que no lo hubieran oído, pero sonreían de esa forma ansiosa y un poco desagradable que la gente emplea cuando se enfrenta a un inválido.

—¡Pobre Evie! —canturreó Susan—. ¡Qué decepción, estar así! Pero no temas, tenemos una sorpresa para ti. O más bien, Víctor la tiene. Ha sido idea suya.

Con mucha ostentación, la pareja se separó para revelar a la criada, Biddy, detrás de ellos, que arrastraba un extraño artilugio a través del umbral.

Era una silla grande y acolchada, como las que se podían encontrar en cualquier salón, solo que los brazos estaban atravesados por varillas verticales de latón. Tres ruedas lo impulsaban; dos en la parte delantera y una en la parte trasera. Gemían como un animal dolorido.

—Esto pertenecía a mi padre —les dijo el señor Chillingham, mientras Biddy maniobraba con la silla hasta colocarla junto al diván. Dejó caer el estribo con un chasquido que hizo saltar a Evelyn—. ¿Le he comentado alguna vez lo mucho que se resintió su salud hacia el final de su vida?

Evelyn miró el mueble con desagrado. En el condado, nadie necesitaba que le *contaran* lo de aquel viejo incorregible; las historias circulaban sin obstáculos. Su mal genio y sus malas formas habían otorgado cierta reputación al viejo Chillingham. Había un retrato de él colgado en la galería; un hombre de aspecto grasiento, con ojos pequeños y crueles.

Pero su hijo Víctor la miraba con ternura, todo lo contrario a su padre.

—Sí, lo ha hecho —respondió Evelyn—. Creo que dijo que su padre se quedó mudo y no podía usar las piernas.

—Precisamente. Así que le compré esta silla.

—No es una silla *cualquiera*, Evie. —Susan se adelantó y giró una de las manijas que sobresalían del brazo. Hizo un ruido metálico y las ruedas giraron—. Mira, puedes dirigirla. ¡Y toda la máquina es autopropulsada!

—La llaman «la silla mecánica del señor Merlín» —las informó el señor Chillingham—. El último invento. No reparé en gastos.

—Qué consuelo debió de ser—suspiró su madre— para su padre tener un hijo tan obediente.

—Espero que sepa, señorita Lennox —prosiguió el señor Chillingham—, que haré todo lo que esté en mi mano para ayudarla también a usted en su enfermedad. Es un miembro de mi familia, tanto como lo fue mi padre. Por desgracia, su silla no le será de utilidad al aire libre, pero debería ayudarla a desplazarse por la casa.

—¡Así que al final no tendrás que perdértelo todo! —exclamó Susan con una sonrisa.

Evelyn trató de devolvérsela, pero la idea de sentarse en aquel artilugio le resultaba abominable. Incluso desde aquella distancia, detectó el olor rancio y agrio de la tapicería y vislumbró una mancha oscura en el asiento.

Por fortuna, la satisfacción de su madre no conocía límites.

—¡Cuánta amabilidad! Mi hija está en deuda con usted, señor Chillingham. Se ha quedado muda ante semejante honor. Ha sido muy descuidada. Debe aprender a montar con más moderación en el futuro.

—Por favor, no la reprenda, señora. La culpa no fue de la señorita Lennox, sino de mis mozos de cuadra. Ese sillín no se había mantenido en buen estado y la cincha no estaba bien sujeta. Tales errores son inaceptables. Tenga por seguro que el responsable será despedido de inmediato.

Su madre y Susan asintieron con la cabeza. Solo Biddy se estremeció detrás de la silla.

Era natural que la criada se sintiera atraída por otro sirviente. Parecía bastante cruel despedir a un mozo por un único error, en especial cuando la repisa de la chimenea seguía cubierta de acebo, hiedra y muérdago.

—Por favor, no lo prive de su puesto, señor —dijo Evelyn—. No por mi causa. No podría dormir si un hombre perdiera su empleo en esta época del año. Perdonémoslo, en consonancia con el espíritu de esta época.

El señor Chillingham inclinó la cabeza.

—Su tierno corazón la honra, señorita Lennox. Es casi tan benévola como su hermana. —Tomó la mano de Susan—. Muy bien. Se hará tal como usted desea.

Susan lo recompensó con una sonrisa melosa. Parecían una pareja perfecta y hogareña. Evelyn sintió que se le encogía el estómago. Debería haber sido ella.

No debería haber escuchado los chismes sobre el señor Chillingham. Aquel dócil señor de la mansión no albergaba parecido alguno con el adicto a los dados y las cartas del que susurraban sus amigos. Los rumores eran claramente infundados: Victor Chillingham era un buen hombre y ella le había hecho un desprecio.

—Esta excelente silla no te hará subir y bajar escaleras —señaló su madre—. De verdad, Evelyn, supondrías menos molestia para todos si durmieras aquí abajo. Biddy puede ir a buscar tus baúles y quedarse contigo en una cama plegable en caso de que la necesites. ¿Le parece un plan razonable, señor Chillingham? No me gustaría que mi hija causara molestias…

—En absoluto —accedió con facilidad—. No tengo objeciones. Este pequeño salón rara vez se usa; espero que la señorita Lennox lo considere suyo durante su estancia.

Todo podría haber sido suyo: Chillingham Grange. El parque con ciervos y el bosque, un lago cristalino, huertas para hierbas de todo tipo. Podría haber sido la dueña de aquella imponente casa solariega con sus amplias escaleras, que llegaban hasta la entrada principal, pero ahora todo sería para su hermana menor.

Susan se adelantó, ansiosa.

—¡Vamos a probar la silla! Ardo en deseos de verla en acción.

Evelyn no pudo negarse. Biddy la levantó del diván y la sentó en aquel artilugio. Los cojines la recibieron con un suspiro. Su muslo encontró un hueco en el asiento; el viejo Chillingham debía de haber dejado una huella en los días que había pasado allí entronizado.

—Gira las palancas para avanzar —instó Susan.

Con cautela, Evelyn empujó las dos palancas de latón deslustrado.

Un sonido metálico hizo temblar la estructura; lo sintió en la base de la columna. Con un chirrido agudo, la silla se puso en movimiento.

Susan aplaudió, encantada.

—¡Mírate!

Rodaba al paso de un caracol. De todos modos, a Evelyn le preocupaba no saber cómo parar. A paso lento pero seguro, avanzó poco a poco hacia las llamas de la chimenea.

Intentó no entrar en pánico, pero ya podía sentir el calor sobre la piel.

—¿Cómo puedo...? —gimoteó. Por pura suerte, su mano golpeó una palanca con el brazo derecho y una barra cayó, haciendo que las ruedas se detuvieran. El ruido que hicieron provocó que le rechinaran los dientes.

El pie vendado le palpitaba, a meros centímetros de la rejilla.

Los demás aplaudieron.

—¡Qué amable! Es muy útil. —Su madre le dedicó una sonrisa tonta a su anfitrión—. Bueno, Evelyn, ¿qué dices?

Evelyn apretó la mandíbula en un rictus similar a una sonrisa. Ya lo había decepcionado bastante; lo menos que podía hacer en aquel momento era parecer agradecida.

—Gracias, señor Chillingham —se obligó a decir.

Esa noche, Evelyn se retorció en el diván, incapaz de dormir. El pie le dolía y palpitaba a un ritmo tan constante como el latido de un corazón.

No era solo su incomodidad lo que la mantenía despierta; allí abajo, el mundo exterior sonaba más fuerte. Oía el viento gritando alrededor de la casa, poniendo a prueba las ventanas, y el goteo constante de los carámbanos que se derretían en los aleros.

No había nada que hacer excepto permanecer despierta y alimentar sus arrepentimientos.

¿Se había vuelto loca al rechazar a Victor Chillingham? Sus amigos habían dicho que era un jugador, pero en aquel momento se le ocurrió que era poco probable que eso fuera cierto. Había estado entreteniendo a los invitados de la boda con lujos durante los doce días de Navidad. Debía de contar con algún ingreso estable de *alguna parte*.

No es que su rechazo hubiera sido puramente mercenario. También habían jugado cierto papel las preocupaciones por su familia. La inquietaba que él pudiera cambiar con la edad y volverse tan cruel como lo había sido su padre. Y luego estaba el hermano mayor, al que nunca había conocido. La gente decía que era deforme, que había sido degradado y eliminado por completo del testamento. Pero ella no debería haber juzgado a Víctor por las faltas de sus parientes. Después de todo, no deseaba que la gente la juzgara a *ella* por el comportamiento de su madre.

El único consuelo era que su adorada Susan sería feliz. Su hermana sería dueña de una hermosa casa y tendría un marido encantador al que llamar suyo. Aun así, su madre no había exagerado al decir que parecía extraño que la hija menor se casara primero. Haría que Evelyn pareciera extraña, indeseable, en especial si ahora estaba condenada a caminar con una cojera.

Giró la cabeza sobre la almohada, desconsolada. La horrible silla acechaba a su lado como un recordatorio de su renquera. Necesitaba usar el orinal, pero la única forma de hacerlo sería llamando a Biddy para que la ayudara, y prefería aguantarse. Ya había sufrido bastantes humillaciones por un día.

Le resultaba extraño que Biddy no emitiera ningún sonido mientras dormía y que no hubiera movimiento por parte de los invitados de arriba. Mientras el viento azotaba en el exterior, la atmósfera del interior permanecía opresivamente tranquila.

Evelyn trató de quedarse dormida como todos los demás. Imágenes inconexas surgieron tras sus párpados: árboles perfilados en blanco, cascos golpeando la nieve en polvo, perros siguiendo el rastro con la cola en alto. Recordó fragmentos extraños del día. Cómo el lago se había congelado como una losa de mazapán. Susan diciéndole que había un jardín venenoso en algún punto de los terrenos. Se estaba imaginando todas esas plantas tóxicas, enterradas en un sudario de nieve, cuando escuchó un crujido repentino.

El sonido la hizo estremecerse, enviando un relámpago de agonía por su pierna. Era una tontería; el ruido solo podía haber salido de Biddy al rodar sobre su cama plegable. No le dio más importancia e intentó volver a poner el pie en una posición cómoda, pero luego el crujido se repitió, más fuerte, cerca de su oído.

Fue un hundimiento, una exhalación; el ruido que hacían los muebles al soportar el peso de alguien. Sin embargo, se dio cuenta de que no podía provenir de la cama de Biddy, al otro lado de la habitación; estaba más cerca que eso.

El ruido provenía de la silla.

Evelyn abrió poco a poco los párpados y examinó la corta distancia entre su almohada y la masa sombría del artilugio. Nada parecía haber cambiado. La luz del fuego parpadeaba sobre los accesorios de latón. Incluso en la penumbra, pudo ver muescas en los cojines; las ranuras desgastadas por una larga ocupación.

Bueno, era un artefacto viejo y decrépito, destinado a gemir y asentarse. Trató de aferrarse a ese pensamiento mientras la tapicería chirriaba, como si alguien estuviera ajustando su posición en el asiento.

Eso no era bueno; se tapó la cabeza con las mantas y se escondió.

—Biddy —susurró—. Biddy, ¿estás dormida?

No llegó ninguna respuesta.

Algo aulló, en un tono agudo como el del beagle de antes, excepto que no era un animal; era el descarnado chirriar de las ruedas. Seguro, seguro que Biddy lo oiría. Ese ruido tenía que despertarla.

Evelyn necesitó todo el coraje que poseía para retirarse la colcha de la cabeza y echar un vistazo al otro lado del salón, donde la doncella había instalado su cama plegable.

Estaba vacía. No había nadie debajo de las sábanas y ella estaba completamente sola.

O tal vez no.

Otro crujido de la silla mecánica. Ahogada por el terror, Evelyn dejó que su mirada se desviara hacia ella. El artilugio seguía a su izquierda, junto al diván, pero ya no apuntaba hacia un lado.

Ahora se había girado hacia ella.

—No —susurró—. No, no es posible.

Fulminó los brazos de la silla con la mirada, como si pudiera obligarlos a volver a su sitio. De alguna forma, sin ninguna intervención humana, el artilugio había girado noventa grados completos.

El pánico se apoderó de su garganta. No debía ceder. Estaba claro que se trataba de un sueño. El médico le había dado láudano, y ese medicamento siempre le causaba pesadillas.

Pero aquel era inusualmente vívido. Podía sentir las punzadas de su pie roto y ver el baile del fuego. Cuando se presionó un moretón del brazo, le dolió.

—Despierta —se ordenó a sí misma.

La silla respondió. Evelyn miró horrorizada cómo la manivela del brazo derecho comenzaba a girar lentamente.

—No —gritó—. No, no aceptaré esto.

Desesperada, buscó algo, cualquier cosa que pusiera fin al sueño. Solo había un remedio a mano. Preparándose, bajó las piernas del diván y se sostuvo sobre los pies heridos.

La agonía fue peor de lo que esperaba; chilló dentro de su cabeza hasta que ahogó el ruido metálico de la silla. Si ese dolor no la despertaba, seguramente nada lo haría.

Pero su conciencia no estaba saliendo a la superficie; de hecho, comenzó a retroceder. El salón, el fuego e incluso la silla se alejaban cada vez más...

Todo se convirtió en negrura a su alrededor.

Evelyn se despertó con un golpeteo frenético.

—¡Déjeme entrar! —Era Biddy, hablaba en voz baja pero presa del pánico—. Por favor, señorita. Abra la puerta.

Desorientada, Evelyn levantó la cabeza. Una luz pálida inundaba el salón. Hacía tiempo que el fuego se había convertido en cenizas, pero las cortinas estaban abiertas a otro día pintoresco y helado. Yacía donde había caído, desplomada a los pies del diván.

La silla estaba junto a la puerta.

Estaba colocada de manera que nadie pudiera entrar ni salir de la habitación. Aunque Biddy movía el picaporte de la puerta, este estaba atascado en el grueso brazo mecánico de la silla.

—¡Señorita Lennox!

La mayor parte del dolor había desaparecido. En realidad, Evelyn apenas podía sentirse los pies; eso no era alentador. Apretó los dientes y se arrastró por la alfombra, arañando con las manos, hasta llegar a la silla.

Nunca antes había sentido un odio tan poderoso por un objeto. Desde aquel ángulo podía ver las ruedas, rayadas y gastadas. ¿Cómo era posible que hubieran rodado por sí mismas por todo el salón? Se apoyó en un brazo y empujó el miserable artilugio con todas sus fuerzas. Este rodó hacia atrás.

Biddy medio se cayó en la habitación.

—¡Señorita! ¿Cómo ha…? ¿Está herida?

Evelyn no tenía respuesta. Hablar de los acontecimientos de la noche anterior hubiera sido absurdo.

En silencio, dejó que la criada la ayudara a levantarse del suelo y a sentarse en la silla. Hubiera preferido sentarse en el diván, pero estaba demasiado lejos, y tal vez aquello fuera mejor después de todo. Si Evelyn ocupaba el asiento, al menos nadie más, o *nada* más, podría hacerlo.

—¿Dónde estabas? —le preguntó a su doncella, recordando la cama vacía en mitad de la noche—. ¿Cómo es que estabas fuera?

Las mejillas de Biddy se sonrojaron.

—Estaba desayunando con los criados, señorita. —Empezó a trastear con los baúles que habían llevado los lacayos—. Y es hora de que la vistamos para el suyo.

Evelyn no estaba convencida.

—No. Lo que quiero decir es que dónde estabas *antes*. ¡Me desperté durante la noche y no había ni rastro de ti! Intenté ponerme de pie… El dolor debió de hacer que me desmayara.

Biddy abrió la boca.

—Yo… Lo siento, señorita.

Mientras la criada se tambaleaba, Evelyn vio una brizna de paja en su pelo; recordó cómo se había estremecido el día anterior cuando el señor Chillingham había amenazado con despedir a alguien de los establos. No era necesario poseer una mente muy aguda para sumar dos más dos.

—¡Pero Biddy! —jadeó Evelyn—. ¿Tienes un amorío?

Biddy se sonrojó profundamente.

—¡Señorita! —la reprendió, inclinando la cabeza sobre el baúl—. Sabe que no me está permitido tener pretendientes, en mi posición.

Lo cual no era, estrictamente, una negativa.

Bueno, que Biddy guardara sus secretos; Evelyn tenía los suyos. Durante el largo suplicio que fue vestirse, pensó en contarle a su doncella lo que de verdad había sucedido durante la noche, pero fue incapaz de encontrar las palabras. ¿No había dicho el doctor que se había dado un fuerte golpe en la cabeza? Tal vez la confusión le había hecho ver cosas. Tal explicación no era satisfactoria, pero era preferible a la alternativa: que el viejo Chillingham no estaba listo para soltar su silla.

Al fin, Biddy se agachó para ajustar el estribo. El tobillo lesionado de Evelyn se había hinchado a casi el doble de su tamaño.

—No te regañaré, Biddy. Y no le diré a nadie que tuve un accidente en tu ausencia. Pero debes quedarte conmigo esta noche. —Biddy asintió—. Júralo —ordenó Evelyn con la voz crispada por el miedo—. Pase lo que pase, no me dejes sola después del anochecer.

Biddy abrió los ojos como platos.

—Lo prometo, señorita.

Todos los invitados se habían reunido para desayunar en un amplio y aireado salón cubierto de tapices. Las ventanas arqueadas daban a los jardines, que brillaban bajo la nieve recién caída. Evelyn vio los pequeños huertos amurallados donde el personal de la cocina cultivaba sus hierbas: algunas para cocinar, algunas para medicinas y algunas para envenenar alimañas, como había dicho Susan.

—¡Señorita Lennox! —El señor Chillingham interrumpió su conversación y se apresuró a saludarla—. ¿Cómo se siente hoy? ¿Mejor? Confío en que haya descansado bien.

Evelyn se sobresaltó y dio una respuesta vaga y deshonesta. No se había dado cuenta de que el caballero se preocupaba de verdad por ella, pero debía de hacerlo. Él empujó su silla y la ayudó a llegar a un lugar vacío en la mesa, mientras que su propia familia ni siquiera se había percatado de su presencia.

Fue un tanto difícil encajar los brazos mecanizados de su silla debajo de la mesa del comedor. El señor Chillingham empezó a inquietarse.

—Puedo pedir que le lleven una bandeja a su habitación —ofreció—. ¿Quiere que la lleve de vuelta al saloncito?

—¡Oh, no! No hay ninguna necesidad. Me las arreglaré perfectamente, gracias. —Bajó la mirada hacia el plato y los cubiertos, para ocultar su rubor. El señor Chillingham estaba hablando con *demasiado* fervor para un hombre destinado a casarse con su hermana dentro de unos días.

Por fin, su padre se dignó a ver cómo estaba.

—Bueno, Evelyn, querida, es una suerte que hayas logrado romperte solo el pie y no el cuello —dijo en tono jocoso—. Nos habríamos visto obligados a posponer la boda. Tu madre nunca te lo hubiera perdonado.

Intentó corresponder a su risa, pero la cabeza le daba vueltas y no era del todo por la conmoción cerebral. ¿Por qué la miraba así el señor Chillingham?

—Sin embargo, Susan te habría recordado con más amabilidad —añadió su padre con un guiño—. Perdería una dama de honor, pero me atrevo a decir que no le importaría ver duplicada su dote.

La broma era de mal gusto, pero esbozó una sonrisa. Su padre no pretendía hacer daño, era solo su forma de ser. Sin embargo, notó que el semblante del señor Chillingham se oscurecía por el disgusto antes de regresar con sus otros invitados.

El grupo planeó ir a patinar al lago una vez que terminaran el desayuno. Por supuesto, Evelyn no podía participar. En realidad, se alegraba; su terrible experiencia de la noche anterior la había dejado exhausta.

Susan se quejó mientras le acariciaba el cabello.

—No me gusta dejarte aquí, Evie. ¿Cómo me las arreglaré para mantener el equilibrio sobre el hielo sin que me tomes de la mano?

—El señor Chillingham será el encargado de sostenértela ahora.

Pero el señor Chillingham parecía más preocupado por Evelyn. Se puso en cuclillas al nivel de su silla.

—Haré que los sirvientes saquen todas nuestras colecciones para entretenerla. Hay medallas y conchas, también un buen libro de grabados. Iré a buscarlo yo mismo. Todo lo que hay aquí está a su disposición, señorita Lennox. Si necesita algo más, no tiene más que preguntar.

Evelyn se quedó estupefacta. Después de la forma en que lo había rechazado, aquella amabilidad resultaba casi opresiva. ¿Quizás percibía que ella albergaba remordimientos? Esperaba fervientemente que no fuera el caso. Era muy tarde; ahora debían pensar en Susan.

La pobre Susan seguía sonriendo, ajena al estremecimiento entre su hermana y su prometido, pero era la única. Los ojos de su madre los perforaban a ambos con una mirada letal.

Los fuegos ardían con alegría en todas las chimeneas. Deliciosos aromas a canela y carne asada flotaban desde las cocinas, y todas las ventanas estaban cubiertas de escarcha. Parecía imposible creer que aquella casa, aquella misma silla, parecieran tan amenazantes por la noche.

—Creo que tomaré un poco de corteza de quina para la cabeza —le dijo Evelyn a Biddy mientras jugaban al backgammon en la biblioteca—. Siento un dolor sordo en las sienes. Me ha provocado unos sueños de lo más extraños, no quiero que se repitan esta noche.

Quizás el golpe hubiera alterado de verdad sus pensamientos. Por eso había visto moverse la silla, y también explicaba por qué albergaba sentimientos diferentes hacia el señor Chillingham. Sencillamente, se trataba de una enfermedad temporal, como un resfriado.

Biddy se levantó de su silla

—Iré a buscar el polvo de inmediato, señorita. Los demás deberían regresar pronto de patinar.

Cuando Biddy salió de la habitación, Evelyn se fijó en un retrato enmarcado en oro en la pared del fondo en el que no había reparado antes. Mostraba a un hombre joven con ojos tristes y entrecerrados.

Los colores del lienzo eran oscuros, y se veían aún más oscuros debido a la mala posición en que se había colgado el cuadro.

Se acercó y dejó caer la barra para bloquear las ruedas e inspeccionar la imagen. El artista lo había suavizado, pero aun así había incluido un indudable levantamiento de uno de los hombros del modelo sentado. Había una inscripción en el marco: *Alfred Chillingham*.

Biddy volvió con la corteza de quina.

—Ah —dijo—, lo ha encontrado, ¿verdad, señorita? El hijo pródigo. Esperemos, por el bien de la señorita Susan, que nunca regrese.

—¡Así que es él! El hermano mayor que se fugó hace tantos años. No me había dado cuenta de que sufría una aflicción...

—Era un jorobado —terminó Biddy sin rodeos—. Como el malvado rey Ricardo.

Evelyn negó con la cabeza ante aquellas palabras tan poco amables. Era cierto que Alfred no era tan atractivo como Victor Chillingham, pero eso no tenía nada que ver con una espalda deforme.

—Me pregunto por qué desapareció de forma tan repentina. ¿Qué sería de él?

Biddy se deslizó detrás de ella y miró el retrato.

—Creo que es verdad lo que dicen, señorita. Mírelo. No es bueno. Puede verse en sus ojos.

—¿Qué es lo que dicen, Biddy?

—Que atacó al viejo Chillingham. Como venganza, por todos sus malos tratos a lo largo de los años.

—¿Qué? Yo no he oído nada de eso. ¿Quién te cuenta esos rumores descabellados?

—No es solo un rumor —replicó Biddy con vehemencia—. Fíjese en dónde está sentada, señorita. ¿Por qué cree que tuvieron que conseguirle esta silla al viejo? Su deterioro se produjo muy rápido. Una semana estaba tan fresco como una lechuga y a la siguiente apenas podía moverse.

Evelyn se acurrucó sobre sí misma. De repente no quería que su columna tocara el respaldo de la silla.

—Disparates. El anciano señor Chillingham tuvo un ataque de apoplejía.

—Pero entonces, ¿por qué se escapó su heredero, solo unos días después? No tiene sentido. Lo del ataque es solo una historia que la familia cuenta para guardar las apariencias. Pero en realidad, el jorobado atacó a su padre y lo destrozó. Eso es lo que dicen los sirvientes.

Evelyn entrecerró los ojos.

—¿Te lo ha contado un miembro del servicio? ¡Pero seguro que no confiarían los secretos de la familia a una extraña! —Biddy se encogió de hombros y se volvió hacia el tablero de backgammon—. Vamos, Biddy. Admítelo. Tienes un amorío, y trabaja aquí en los establos, ¿no?

—No sé a qué se refiere, señorita.

Evelyn miró su mano, apoyada en el brazo de la silla. No debía prestar atención a los chismorreos de los sirvientes, pero no pudo evitar recordar la noche anterior y la forma repugnante en que la palanca había comenzado a girar. Si el viejo Chillingham *había* sido asesinado por su hijo mayor… no estaba descansando en paz.

Se decía que los que habían sido asesinados deambulaban por el mundo, como espectros, hasta que por fin se hacía justicia. Sin embargo, dado que aquel caballero no había podido usar sus piernas, tal vez las reglas del inframundo hubieran sido alteradas para él.

Quizás el espíritu del viejo Chillingham *rodaba*.

Con Biddy a su lado en el salón, Evelyn por fin logró quedarse dormida alrededor de la una de la mañana. Incluso entonces, su atormentada mente no se relajaba. Tuvo sueños.

Soñó con el viejo Chillingham y sus ojillos brillantes, que contaba las monedas que heredarían sus hijos. Una montaña de dinero disminuía mientras que la otra se hacía más grande y producía un tintineo continuo.

Luego soñó con Alfred, el tunante, que huía en la oscuridad de la noche. No llevaba equipaje, no vestía abrigo; ni siquiera había un caballo que lo llevara. Sus movimientos eran los de un loco. Corría a través del bosque donde ella había caído, liberando los olores húmedos y verdes de la maleza. Sus manos escarbaban y arañaban, desgarradas por las zarzas. Si no hubiera estado informada, habría dicho que corría para salvar la vida.

Poco a poco, los aromas del bosque se endulzaron hasta resultar empalagosos, casi repugnantes, mientras entre los árboles resonaba un incesante tintineo.

—¿Señorita? ¡Señorita! —La voz de Biddy tembló en la distancia. Evelyn se aferró a ella, trató de apartar su mente de los movimientos salvajes de Alfred—. ¡Señorita, no se mueva!

Una brisa onduló el aire junto a ella, levantando los rizos cortos de su frente. ¿O eran las manos sangrantes de Alfred, acariciando su rostro?

—Detente. ¡No! —Se retorció en sueños. Su pie roto envió una llamarada de dolor y se despertó de repente.

Estaba fuera, frente a un lecho de ramitas heladas. Hojas delgadas y puntiagudas brillaban aquí y allá; no pertenecían a ninguna flor que ella conociera. Detrás de ellas se elevaba un muro de piedra, rematado con barandillas de hierro negro y parecía, o tal vez fuera su imaginación asustada, que las torres estaban coronadas por pequeñas calaveras de metal.

—¡Señorita Lennox! —La inundó el alivio cuando Biddy apareció y se precipitó por un camino hacia ella, con la cara roja—. ¿Qué está *haciendo*?

—Yo... —comenzó Evelyn. Al mirar hacia abajo, vio que su esbelta figura estaba envuelta en un camisón, desmadejada entre los brazos de la silla mecánica.

Un recuerdo vago acudió o a ella; los olores de la naturaleza de su sueño y el entrechocar metálico y regular de las monedas, solo que no habían sido monedas en absoluto. Lo que había oído eran las ruedas, avanzando con dificultad por la vereda.

Se estremeció. La gente *caminaba* dormida, pero no era posible que ella se hubiera sentado en una silla, la hubiera conducido por los pasillos y hubiera atravesado las puertas sin darse cuenta. Si había hecho aquello... Debía de haberse golpeado la cabeza mucho más fuerte de lo que pensaba.

Biddy le examinó las manos.

—¿Ha tocado algo, señorita? —preguntó con urgencia—. ¿Algo de lo que hay aquí?

—No lo creo. ¿Por qué?

—¿No sabe qué es eso? —Biddy señaló con el pulgar el lecho de ramas enredadas—. Acónito. Le dañará los nervios, la entumecerá y se congelará. Y *eso* parece cicuta: paraliza de abajo hacia arriba. ¿Qué la ha poseído para venir aquí? ¡Ni siquiera está vestida!

—Yo... No he sido yo, Biddy. No sé cómo...

La doncella parecía tan asustada como Evelyn.

—Tenemos que volver a llevarla dentro antes de que los otros invitados se despierten.

Como les había advertido el señor Chillingham, la silla no estaba diseñada para el aire libre. Las ruedas se atascaron y se negaron a girar sobre el suelo helado. ¿Cómo se las habían arreglado para sacarla de la casa y cruzar los terrenos? Solo el tremendo impulso de la fuerza de Biddy las puso en movimiento.

Con varias sacudidas, la silla pasó con estruendo por una puerta abierta. El candado que la aseguraba yacía tirado sobre la hierba. Evelyn leyó un letrero y por fin entendió de dónde la había rescatado Biddy.

La silla la había llevado al interior del Jardín Envenenado.

Evelyn no estaba de humor para unirse a los juegos, ni siquiera como espectadora. Se dirigió sola al invernadero, donde una estufa calentaba las delicadas palmas, helechos y plantas carnosas. No era capaz de desprenderse de la frialdad que se había instalado en lo más profundo de sus huesos.

Solo había dos explicaciones para lo que había sucedido aquella mañana: o la caída había causado que su mente se fracturara, o el espíritu asesinado del viejo Chillingham seguía allí, controlando su silla.

Había sido un hombre horrible en general, pero ¿qué podía tener contra *ella*? ¿Por qué emplear aquellos trucos tan aterradores y empujarla hacia las hierbas venenosas?

Evelyn inspeccionó las varillas y palancas, golpeó los brazos de madera rayados.

—¿Dónde te escondes? —murmuró—. ¿Qué quieres de mí? —Se echó hacia atrás y comenzó a moverse en su asiento, tratando de moldearlo para que se adaptara a su forma, en lugar de a la del anciano. No sirvió de nada. Lo único que consiguió fue que la falda se le enredara en las ruedas.

Mientras se inclinaba, con mucho dolor, para liberarlas, vio un hilo suelto que sobresalía del asiento tapizado. Con cautela, pasó una mano por debajo del marco. Había algo allí. Un bulto.

Palpó con los dedos y encontró una rasgadura en la tela. Era quizás de unos cinco centímetros de largo y perfectamente recta. Cuando deslizó el pulgar dentro, se dio cuenta de que no era un desgarro accidental, sino un corte hecho a propósito para ocultar algo.

Sacó un pliegue de papel amarillento que despedía un olor rancio, como un nido de ratones. Con un cuidado infinito, lo abrió y encontró flores secas.

Había una flor púrpura en forma de campana y una especie de ramillete, cada uno de una planta diferente. Junto a ellos, en los pliegues del papel, había lo que parecían hierbas, sacadas de un plato de sopa.

Evelyn frunció el ceño mientras paseaba la mirada por aquellos objetos. ¿Por qué habían ocultado aquello? Con un lápiz tambaleante, el viejo Chillingham había garabateado una única palabra en el papel: *Pruebas*.

Estaba claro que escribir le había supuesto un esfuerzo. Había usado toda su fuerza para proclamar que aquello era una prueba, pero ¿de qué?

Las palabras de Biddy volvieron a ella: «la entumecerá y se congelará... paraliza de abajo hacia arriba». El viejo Chillingham había quedado paralítico. Sin embargo, seguro que eso no significaba...

Volvió a mirar las plantas. Las hojas eran puntiagudas, como las que había visto dentro del Jardín Venenoso.

—Me lo estaba mostrando —jadeó—. Alfred no lo atacó antes de huir, ¡lo envenenó!

—¿Señorita Lennox? —La voz del señor Chillingham dispersó sus pensamientos. Estaba de pie en la puerta del invernadero, mirándola con atención—. ¿Se encuentra bien?

Ella lo miró boquiabierta. Era demasiado tarde para esconder las flores: estaban esparcidas sobre su regazo.

—Estoy... un poco inquieta —admitió.

El señor Chillingham entró despacio y cerró la puerta detrás de él para conservar el calor. Una vez más, se acercó y se puso en cuclillas junto a su silla. Su rostro era la viva imagen de la preocupación.

—Su madre la está buscando, señorita Lennox. Mi jardinero dijo que estaba vagando por los jardines esta mañana, medio delirante. ¿Es posible que sea cierto?

Evelyn vaciló. Lo último que deseaba era molestar al señor Chillingham el día antes de su boda, pero no podía ocultar lo que acababa de descubrir.

—*Estaba* en el jardín, señor. Pero no estaba delirando... No sé cómo explicarlo. La verdad es que otra persona me llevó allí, a propósito, para mostrarme algo.

Él frunció el ceño.

—¿Quién podría...?

Ella le pasó el pequeño paquete de hierbas y papel.

—Yo tampoco podía creerlo, al principio. Pero luego encontré esto, escondido dentro de la silla de su padre. —Se humedeció los labios—. Vi estas plantas, señor Chillingham. Fuera, esta mañana, en el Jardín Venenoso.

Él miró el paquete como si le hubiera pasado un pájaro muerto. A la luz de la estufa sus ojos parecían hundidos en las órbitas.

—¿Veneno? —repitió sin comprender—. El Jardín Venenoso permanece cerrado todo el tiempo. Por seguridad.

—Sí, estoy segura de que es así, pero hoy no estaba cerrado. He encontrado...

—¡Dios mío! —exclamó—. ¿La he entendido bien? ¿Está intentando decirme que alguien la ha llevado fuera a propósito y ha tratado de envenenarla, señorita Lennox?

—¡No! No estoy hablando de mí misma. Verá... —Todo estaba saliendo mal, pero ¿cómo hacía para decirle a un caballero que había sido visitada por el fantasma de su padre?—. Es difícil de explicar, pero intento hablarle sobre el señor Chillingham padre. Esta era la silla de su padre, ¿no? Bueno, he encontrado esas hierbas escondidas dentro y como ve, escribió en el papel que eran una prueba... No crea que me estoy entrometiendo en los asuntos de su familia. No le hablaré a nadie de esto. Pero pensé que era correcto que *usted* viera lo que he descubierto. Debe disponer de las evidencias y hacer con ellas lo que le plazca.

—Está confundida, señorita Lennox.

Lo estaba. Sentía algo impreciso, poco consistente; el único objeto sólido era la silla bajo sus piernas.

—Sí. No me estoy expresando correctamente. Lo único que pretendía decir es que su padre escondió esas plantas dentro de su silla. Puede que creyera que lo estaban envenenando. —Él la miró fijamente. Rápidamente, agregó—: Pero a las personas mayores se les meten en la cabeza fantasías de lo más extrañas. Sus mentes pueden divagar, hacia el final...

El señor Chillingham arrugó el paquete y lo arrojó a la estufa.

—Pobre señorita Lennox —dijo en voz baja—. La herida de la cabeza debe de ser mucho más grave de lo que creíamos en un principio.

—¡Esto es ridículo, mamá! ¡Al menos déjame ver a Susan! ¡Hoy no deberíamos estar separadas!

Su madre se colocó frente a la puerta con una llave en la mano. Llevaba su mejor vestido y una flor de azahar en el borde del sombrero.

—Susan ya está bastante molesta. He consultado con tu padre y con el señor Chillingham cómo proceder, y hemos acordado entre todos que es mejor que te quedes aquí.

—¡Es el día de la boda de mi hermana!

—¡Sí! —gritó su madre, con lágrimas en la voz—. ¡Dios sabe que no imaginábamos que resultaría así! Pero asistir a la ceremonia puede ser demasiado para ti. Esto es por tu propio bien, Evelyn. No puedo correr el riesgo de que la fiebre te suba al cerebro.

Evelyn tembló. El temblor hizo que le doliera el pie e hizo crujir la silla. Deseó con todo su corazón haber mantenido la boca cerrada. ¿Por qué se lo había contado al señor Chillingham? El anciano estaba muerto y Alfred se había ido hacía mucho tiempo; no importaba qué errores se hubieran cometido en el pasado.

—¡Por favor, mamá! Te lo ruego. Me portaré bien.

—Lo siento, querida. Esta es la única forma de proceder. Debo mantenerte sana y proteger a Susan del escándalo… Tendrás mucho con lo que entretenerte aquí en la biblioteca. Un sirviente se quedará contigo y dejará entrar al médico cuando llegue.

—Mamá… Al menos ayúdame a llegar a ese asiento. ¡No quiero quedarme atrapada en esta maldita silla mecánica!

Su madre ni la miró a los ojos.

—Adiós, Evelyn. Mejórate, querida. —Dicho esto, se fue y cerró la puerta detrás de ella.

Evelyn ahogó un sollozo. No podía creer que aquello estuviera pasando. Todo había ido terrible y horriblemente mal.

Estaba a punto de desahogar su dolor cuando se dio cuenta de que su madre no había girado la llave en la cerradura. Alguien la había detenido, al otro lado de la puerta.

—¡Biddy! ¡Vístete para la ceremonia de una vez! Los invitados ya están en la iglesia… ¡Dios mío, apestas a caballo, muchacha!

—Tengo algo importante que decirle, señora. —Biddy sonaba tensa—. Por favor, escuche.

—No me molestes, hoy de entre todos los días…

—Se trata del accidente de la señorita Evelyn, señora. Su silla de montar. Uno de los mozos lo comprobó y cree que la manipularon, ¡que la rompieron a propósito!

—Sí, el señor Chillingham nos *dijo* que esa silla de montar nunca debería haberse usado. Ahora, muévete. El carruaje vendrá a por Susan en cualquier momento.

—Pero, señora, ¡espere!

Sus voces se desvanecieron. Evelyn se quedó confundida y alarmada. ¿Qué había descubierto Biddy?

Habría podido ir y preguntárselo a su doncella, si no hubiera pasado el tiempo tratando de apaciguar al fantasma del viejo Chillingham. No estaría sola en una habitación, a punto de perderse la boda de su hermana. ¿Y por qué? ¡Todo porque el anciano quería contar su historia!

Golpeó el brazo de su silla.

—Le odio —siseó ella—. Lo ha arruinado todo. ¿Por qué me ha molestado? ¡No me *importa* cómo murió!

La barra que bloqueaba las ruedas se soltó. Evelyn solo tuvo tiempo de jadear antes de empezar a rodar hacia atrás. Intentó volver a bajar la varilla, pero se atascó. Sus manos tiraron de las palancas en vano. Las sentía flojas e ingrávidas, como si los cables hubieran sido cortados.

—¡No! —balbuceó—. Le pido disculpas. No debería haber dicho eso. ¡Por favor, pare!

La silla no se detuvo. En todo caso, ganó velocidad y retrocedió hasta que ella sintió que la parte posterior de su cabeza impactaba contra una estantería. Hubo un momento de tensión, de reunir fuerzas; como un caballo preparándose para saltar. Entonces, salió disparada hacia delante.

Evelyn chilló y se agarró a los brazos de la silla como si le fuera la vida en ello. Justo antes de llegar al retrato de Alfred, oyó un clic y las ruedas se desviaron hacia la izquierda. La silla chocó contra la puerta, se impulsó fuera de la biblioteca y siguió adelante.

Aquello era peor que cuando Quicksilver se había escapado. Al menos se podía hablar con un caballo, calmarlo, pero la silla era implacable. Las ruedas giraron más deprisa de lo que jamás se había pretendido al fabricarlas. Escuchó crujidos y chasquidos, como si se fuera a desmoronar por entero.

Avanzó más y más rápido, ganando impulso. Cuando la casa pasó ante sus ojos, Evelyn se dio cuenta de hacia dónde se dirigían. La silla se precipitaba directamente hacia el salón donde dormía. Recordó cómo la silla se había deslizado en dirección a esa chimenea el primer día y una terrible premonición se apoderó de ella.

—¡Pare! ¡Lo siento!

La puerta estaba abierta. Las ruedas casi abandonaron el suelo cuando cruzaron el umbral, pero no mostraron signos de desaceleración. Su primer temor era correcto: el viejo Chillingham apuntaba directamente al hogar.

De repente, el asiento pareció cabecear. Evelyn cayó al suelo y aterrizó dolorosamente y soltando el grito que había estado acumulándose en su interior todo el día.

Se oyó un estruendo atronador. La silla estalló en pedazos, la madera y el metal volaron en todas direcciones. Había golpeado el friso de la pared junto a la chimenea y había dejado un agujero del tamaño de un plato.

Biddy entró volando en la habitación.

—¡Señorita! —Se apresuró a arrodillarse junto a Evelyn y colocarse su cabeza sobre el regazo—. ¿Qué le ha pasado? ¿Ha sido él?

Unas manchas negras revolotearon en la visión de Evelyn. Distinguió las botas cubiertas de nieve de Biddy y una mancha de lodo en la mejilla de la criada.

—¿Qué... *él*? ¿A quién te refieres?

Biddy apretó los labios.

—Señorita, alguien está tratando de hacerle daño. Se lo he estado diciendo a su madre todo el día, pero no quiere escucharme. Alguien cortó la cincha de la silla de montar y la acumulación de nieve que asustó a su caballo no fue accidente. ¡Alguien le pagó a un chico de los establos para que asustara a la bestia!

La cabeza le daba vueltas. Ella tenía una excusa para estar delirando, pero seguramente Biddy no.

—¡No puede ser cierto! ¿Quién diablos me querría muerta?

Biddy enarcó las cejas.

—¿Quién cree usted? ¿Para quién sería el dinero del señor Lennox, si solo tuviera una hija?

Unos dedos congelados se deslizaron por la espalda de Evelyn. Recordó la broma de su padre sobre la dote. Si ella hubiera muerto en el accidente, habría sido el marido de Susan quien se habría enriquecido.

Los rumores sobre los hábitos de juego de Victor Chillingham volvieron con fuerza a su cabeza. Los jugadores podían llegar a estar desesperados...

Intentó incorporarse.

—No —declaró—. No, él no me haría eso. Se preocupa por nosotros. Somos familia.

Algo se rompió a su espalda. Con torpeza, Evelyn giró la cabeza para ver que la argamasa se desmoronaba en el agujero que había hecho la silla.

—¡Uf! —gritó Biddy—. ¿Qué es ese olor?

De repente, algo cedió. El yeso se rompió, se oyó un traqueteo y los escombros salieron disparados del agujero como una placenta. Sobre la marea de polvo y escombros se hallaba una colección de huesos humanos.

Biddy chilló.

El hueso más largo y grisáceo era una columna que se curvaba con suavidad como una guadaña.

—Es Alfred —susurró Evelyn.

Pero, ¿cómo podía ser?

Si Alfred estaba muerto… entonces no había hecho ningún daño al viejo Chillingham. Ni siquiera se había escapado. Su cuerpo había sido ocultado y solo había una persona que podía beneficiarse de su desaparición: el mismo hombre que había arrojado la prueba del veneno a la estufa.

En aquel momento, se dio cuenta de por qué el fantasma del viejo Chillingham había insistido tanto en ser escuchado. Victor Chillingham era un asesino y se iba a casar con una joven inocente.

—¡Dios santo! ¿Dónde está Susan?

—Ya estaba en el carruaje —gimió Biddy—. Toda su familia debe de estar fuera, o habrían venido corriendo, como he hecho yo, cuando ha gritado.

Evelyn no podía dejar de temblar. Ya habría tiempo suficiente para asimilar la conmoción y el horror más tarde; lo único que importaba ahora era Susan. Intentó mover la pierna, pero sabía que nunca podría ponerse de pie.

—¡Biddy, debes detener ese carruaje! No puede casarse con él. ¡Corre, Biddy, corre!

Con un sollozo, la criada salió de la habitación.

Evelyn se quedó sentada, temblando, mirando los restos de Alfred y la silla. Los había malinterpretado a ambos. Los Chillingham muertos no habían estado actuando movidos por el odio, como ella había creído, sino por la bondad. Tratando de advertirla.

Oyó que la puerta principal se abría de golpe. El grito estrangulado de Biddy resonó por todo el patio, pero no se oyó ninguna voz en respuesta.

En vez de eso, se oyó el chasquido de un látigo atravesando el aire gélido. El cuero crujió, los cascos provocaron un sonido hueco y Evelyn se dio cuenta de que el carruaje ya había empezado a moverse, alejando a su hermana más y más.

COLGANDO LAS GUIRNALDAS

Andrew Michael Hurley

*E*ste año, los abetos y el acebo aparecieron en las ventanas de la gente mucho antes de lo habitual y, a principios de diciembre, todas las casas del pueblo estaban cubiertas de árboles de hoja perenne, excepto la mía.

La mayoría de mis vecinos me conocen desde hace mucho tiempo, pero todavía deben de pensar que es extraño que no ponga un árbol. Puede que asuman que estoy organizando una protesta puritana contra la comercialización de la temporada. No se trata de eso. Es solo que me muero de ganas de que todo esto termine.

Llevo semanas evitando las tiendas que venden guirnaldas de muérdago y he rechazado todas las invitaciones a tomar un café o un jerez que he recibido por si me veo obligado a admirar el árbol de Navidad de alguien.

Lo que no soporto es el olor de la vegetación. O, mejor dicho, lo que dicho olor me recuerda, incluso ahora, años después, cuando estoy a kilómetros de distancia de Salter Farm.

David no debía de saber nada del tema cuando volvió anoche un poco borracho de la fiesta de la oficina, con una corona para la sala de estar y un puñado de acebo que había recogido en el parque. Fue un gesto dulce e intenté no reaccionar con demasiado ímpetu, pero él supo que había hecho algo que me había molestado. Y luego se pasó toda la noche intentando averiguar el motivo.

Aunque no le dije mucho, creo que al final se dio cuenta de que había sacado a la luz un recuerdo antiguo y desagradable, y después de eso tuvo la amabilidad de dejar el tema, pero sé que volverá a preguntar al respecto.

No puedo hablar de mi pasado como hace David con el suyo. Revivir ciertas cosas no me hace demasiado bien. Como lo que pasó en Salter Farm.

El problema es que, cuanto más disimule, más querrá saber lo que escondo; pensará que ha tocado precisamente la fibra que me hace ser como soy: tímido y distante; turbado a veces, dice.

Tratará de convencerme de que, al contarlo todo, sentiré una especie de liberación de cualquier control que ese recuerdo tenga sobre mí. Y que no debería preocuparme por lo que piensen los demás, incluido él.

Deja la historia al descubierto, Ed, dirá.

De acuerdo.

Ocurrió hace más de la mitad de mi vida, cuando tenía veintisiete años y todavía intentaba complacer a un Dios cuya existencia era tan indiscutible para mí por aquel entonces como la existencia del aire. Era insoportablemente ambicioso, tan serio como un misionero y fingía que las cosas que me hacían infeliz habían sido decisiones astutas o sacrificios deliberados.

Ya lo creo, había elegido no lloriquear por no conseguir una novia (o *cualquier* amigo, para el caso), había elegido no socializar con personas de mi edad, había elegido seguir viviendo con mis padres, porque eso significaba que podía volverme indispensable para la parroquia, como Dios había querido de mí.

En ese entonces, consideraba un acto de devoción llenar mis días al máximo. Y como si no hubiera suficiente que hacer un viernes por la tarde, me metía en una reunión del comité u otra, colocaba las sillas para el club de folk en el vestíbulo de la parroquia y comencé un grupo de asesoramiento llamado «Cuéntame», que se reunía en la capilla lateral, junto a la pila bautismal.

Media docena de personas muy dedicadas acudieron durante un tiempo, y me enorgullecía ayudarlas a hacer progresos con sus dificultades a través de la conversación y la oración. Tanto fue así que para el verano ya no tenían necesidad de asistir.

Había sido víctima de mi propio éxito, como había dicho el reverendo Alistair. Con mucha amabilidad, puedo ver ahora; para evitar la verdad de que los había ahuyentado con mi determinación de darles todas las respuestas. Con una mano compasiva en mi brazo, sugirió que reiniciara el grupo más cerca de Adviento, cuando era más probable que las personas tuvieran en mente las decepciones del año.

Le tomé la palabra (bueno, ¿por qué iba a decirlo si no lo decía en serio?) y durante varios viernes esperé en la fría iglesia durante toda la hora por si acaso aparecía alguien. Pero no apareció nadie hasta casi mediados de diciembre.

Se llamaba Joe Gull, un hombre pequeño y de ojos llorosos que llegó encantadoramente bien vestido esa primera tarde, creyendo que era lo más respetuoso después de, según admitió él mismo, no haber puesto un pie en una iglesia durante décadas. Por la forma en que parecía pedir permiso constantemente para estar allí, me dio la impresión de que se consideraba un caso inusual. Pero no era nada raro que los enfermos volvieran a Dios.

Y estaba enfermo. Eso saltaba a la vista de inmediato. Cada movimiento le provocaba un dolor que no lograba disimular del todo y tenía la palidez de quien lleva mucho tiempo enfermo, de quien no va a mejorar. No dijo qué le pasaba, sospeché que se trataba de cáncer, pero estaba claro que no creía que le faltara mucho. Por eso preguntó si podíamos volver a reunirnos antes.

Puesto que él era el único asistente en meses a aquellas reuniones y queriendo aprovechar al máximo su entusiasmo, me hizo muy feliz decirle que sí. Y acudió un par de días después y de nuevo dos días después de eso en un patrón que no tardó nada en convertirse en rutina.

Fue difícil al tener tantos otros compromisos y con la Navidad tan cerca, pero de todos modos hice tiempo para él porque sentí (en lo más hondo, sin ninguna duda) que Dios había llevado a Joe hasta mí y que yo tenía un papel que jugar en su preparación para el final.

La mejor confirmación de esto fue cuando empezó a revelarme ciertas ansiedades que dijo que no podía compartir con nadie más.

Siempre había sido un hombre débil, dijo. Siempre plagado de malos espíritus. No siempre había hecho lo suficiente para mantenerlos alejados. A veces, de hecho, los invitaba a pasar.

Y debido a eso, había llegado a aceptar que había recibido una sentencia bien merecida, como él decía. Sin embargo, ¿por qué hacerla tan corta, dijo, cuando eso le daría poco tiempo para reparar el daño que había causado en su vida?

Señalé el hecho de que todavía estaba allí, y eso significaba que Dios le *estaba* dando la oportunidad de arreglar las cosas. Pero él no se sentía demasiado convencido.

No ayudaba que pensara en términos de retribución todo el tiempo. No era así, le dije. Dios nunca reprendía a nadie durante su vida terrenal. Solo daba a las personas oportunidades para conocerse a sí mismas como mortales y falibles y corregir las faltas provocadas por ambas cosas antes de que llegaran a someterse al juicio final. Y nunca era demasiado tarde para conocer la gracia de Dios, dije. Solo había que pensar en los dos ladrones crucificados junto a Jesús.

Eso lo apaciguó, pero solo un poco, y solo en el momento. Lo había visto antes en personas como Joe, que habían estado vagando en lo salvaje durante años. Puesto que nunca habían buscado el perdón de Dios, sus pecados se multiplicaban y magnificaban mucho más allá de lo permitido.

Había sido un bebedor, sí, y aunque yo sabía de los efectos corrosivos de aquel hábito por un folleto que había recogido en el médico y por lo que Joe me había contado, era difícil imaginar que lo había llevado a hacer algo tan malo como sugería su remordimiento. Y en cuanto a los malos espíritus, estaba seguro de que los únicos que había tenido en su interior eran los que venían en una botella.

Que su vida había sido dura era bastante evidente. La primera vez que vino a St. Peter's, noté de inmediato que tenía las manos cubiertas de verdugones. Su rostro también estaba estropeado aquí y allá. Tenía un corte en la oreja izquierda, como si fuera la de un gato callejero.

Era como muchos de los hombres que había conocido durante aquellas sesiones de los viernes por la tarde. Hombres que siempre se balanceaban al borde de otra derrota.

Sin embargo, a medida que se acercaba la Navidad, me alegró ver que la desesperación de Joe se convertía en determinación para aprovechar al máximo el tiempo que le quedaba. Llevé papel y sobres y lo ayudé a redactar las cartas que quería escribir a los amigos que sentía que había traicionado y a los parientes a los que, por lo visto, había hecho daño.

Y debido a que había sido lo bastante vanidoso como para creer que Dios estaba actuando a través de mí y que, de hecho, me había vuelto esencial, acepté sin dudarlo cuando Joe me pidió que fuera a ver a los Oxbarrow.

Su amistad con ellos había terminado de forma desagradable hacía algún tiempo, me contó, y la culpa por aquello le resultaba insoportable. Incluso después de todo lo que habían hecho para ayudarlo a no beber, había vuelto a recaer, lo que les había causado más daño a ellos que a él. Había hecho mucho daño a Helen y había provocado que Murray se sintiera aún peor de lo que ya se sentía.

Nada de eso había sido intencionado, por supuesto, dijo, no obstante, estaban en todo su derecho de despreciarlo. Habían sido muy amables y, sin embargo, él no había podido apreciarlo, había sido incapaz de pensar en ello como amabilidad en absoluto debido a la *cosa* maligna que habitaba en su interior en aquel momento. Si podía hacer las paces con alguien antes de que todo terminara, quería que fuera con ellos.

Aunque debía hacerse correctamente, dijo. Una carta no sería suficiente. Solo sería posible arreglar las cosas yendo a Salter Farm. Y solo si iba sin él. Porque sabía que yo sería capaz de explicar a Helen y Murray cómo se sentía mucho mejor que él mismo. No parecería una disculpa tan terminante.

Acepté, por supuesto.

Los Oxbarrow vivían en Blakeley Cross, a la sombra del bosque de Bowland, uno de esos lugares que en realidad no podía considerarse un pueblo como tal, sino más bien un conjunto de edificios dispersos entre los pastos de ovejas. En el mapa, los caminos seguían los límites antiguos de esos pastos y, aunque Joe me había señalado la casa de los Oxbarrow, me las arreglé para perderme en aquel laberinto. La nieve solo aumentaba la confusión, haciendo que todos los cruces parecieran iguales.

Si encontré la casita de campo, fue por mera casualidad: una masa de arenisca en una zona alejada de la carretera, al final de un camino bordeado de hayas. El camino estaba lleno de hojas que, hasta que llegué a la casa, parecían haber permanecido intactas desde el otoño anterior.

Erosionada y desconchada, Salter Farm había sido construida en un extraño ángulo con respecto al camino, lo que hacía que pareciera como si tuviera una esquina permanentemente expuesta al clima. Parecía aún más encogida de miedo ahora que la nieve cubría las esquinas del tejado de pizarra y las ventanas sin luz; extendiendo una capa sobre el patio y el campo desnudo frente a la casa; cayendo sobre la furgoneta estacionada junto a la leñera, con todos los neumáticos desinflados y la parte delantera desmantelada.

De no ser por el humo que salía de la chimenea, el lugar habría parecido abandonado.

El clima había dado paso a una tormenta de nieve cuando salí del coche y me dirigí al porche de la puerta principal. De un trozo de cuerda colgaba una campana grande, como algo que podría llevar una vaca tirolesa, y sin sacar las manos de los bolsillos, la puse en marcha con el codo.

Eran las tres de la tarde, unos días antes de Navidad y nevaba con fuerza, pero sospeché que aquel lugar estaba así de desolado todo el año. No había otras casas a la vista, no había pasado por delante de ninguna desde que había cruzado el río, y Salter Farm era una granja solo de nombre. No había cobertizos de ganado ni potreros ni gallineros. Solo quedaba la cabaña, lo que supuse que sería el taller de Murray y, detrás, un campo vacío que ascendía hasta una antigua plantación en la ladera. Una extensión irregular de pinos que había sido invadida por acebos, cipreses y tejos. Debido al silencio que reinaba en el lugar, pude escuchar voces provenientes de los árboles. Voces y el sonido de la vegetación al ser cortada. Guardabosques, supuse, cortando abetos para satisfacer la demanda en la ciudad.

No quería convertirme en una molestia, pero estaba seguro de que, si podía sentarme a charlar con los Oxbarrow, incluso aunque fueran solo unos minutos, podría defender el caso de Joe y empezar a convencerlos.

Después de tocar de nuevo el timbre, no hubo respuesta, y en su lugar, traté de golpear la ventana con cortinas de la habitación delantera mientras llamaba a Helen, imaginando que era más probable que ella acudiera a la puerta y no Murray, si estaba tan mal como Joe había dicho, con su corazón delicado y su sangre aguada.

Pero ninguno de los dos respondió, y pensé que lo más probable era que me estuvieran ignorando. Vivían allí, así que no los culpaba. Era el consejo que yo daba todo el tiempo a los ancianos a los que visitaba. A menos que esté esperando a alguien, no abra la puerta.

Lo último que quería hacer era cometer un allanamiento, pero tampoco quería irme sin al menos intentar hablar con los Oxbarrow una vez más, así que crucé la puerta lateral de la casa, con la idea de probar en la parte de atrás.

Volví a oír las voces en la arboleda, que resonaron lo suficiente como para provocar que un par de palomas torcaces se alejaran aleteando de los pinos. Quienquiera que estuviera allí, al parecer había salido de Salter Farm. Una serie de huellas escapaban de una puerta abierta y subían por la nieve hasta la línea de árboles.

Me pregunté si la arboleda pertenecía a los Oxbarrow. Tenía sentido. Joe me había dicho que Murray se ganaba la vida fabricando y restaurando muebles y tener las materias primas tan a mano debía de ser bueno para el negocio. Quizás ahora que no estaba lo bastante bien como para trabajar, tenía que ganar dinero vendiendo la madera, o los abetos en esta época del año.

Quizá también cobraba por el uso de su taller, cuyas puertas estaban abiertas cuando pasé por delante. En el interior, algunos pájaros pequeños revolotearon alrededor de la enorme sierra circular y se posaron en los muebles que, a todas luces, Murray había estado reparando antes de que su salud empeorara. La enorme estructura de una cama, una cómoda galesa, una mesa de roble, un reloj de pared y, apoyado en él, una bicicleta con la rueda delantera torcida: la que había mencionado Joe, la que había montado la noche en que Murray lo había encontrado.

Seguía sin arreglar, incluso a aquellas alturas.

Se había salido de la carretera, me había contado, al salir del John Barleycorn, un pub a las afueras donde podía beber en paz.

Había sido una desagradable noche de diciembre y no tenía faros delanteros ni suficiente tracción en los frenos y se había atiborrado de whisky y brandy, y todo eso lo había enviado a toda velocidad contra una zanja en una curva cuesta abajo.

No sabía cuánto tiempo había permanecido allí, podrían haber sido cinco minutos o cinco horas, pero al sentir que lo sacudían para que recuperara la conciencia, estaba empapado por la lluvia.

Había sido vagamente consciente, me había dicho, de unas luces brillantes y del temblor de un motor y, luego, de ser arrastrado hasta la carretera. Suponiendo que se trataba de la policía, y no estando en condiciones de resistirse, se había dejado llevar hasta la furgoneta y atar con correas, mientras el hombre que lo había rescatado recuperaba la bicicleta y un zapato.

Murray no había hecho mucho al principio, más allá de presentarse y darle a Joe la toalla que usaba para limpiar el parabrisas para que pudiera presionarla contra la cabeza. En aquel momento, pensando que era un médico y que estaba a bordo de una ambulancia, Joe había preguntado si iban al hospital. Pero Murray había sugerido un lugar más cercano, si no quería morir desangrado.

Había sido inevitable, me había contado Joe, que acabara hiriéndose así tarde o temprano. Había estado bebiendo mucho más desde que lo habían echado del albergue uno o dos meses antes y se había visto obligado a recurrir a la caridad de amigos y familiares. A los que luego había escrito con mi ayuda. Aquellos que lo habían alojado solo para que él los defraudara: volviendo como una cuba a cualquier hora, sirviéndose él mismo la comida, embolsándose su dinero y robando una bicicleta.

No había pasado mucho tiempo antes de que se le acabaran los favores y las últimas oportunidades, y antes de que Murray lo recogiera en las semanas previas a la Navidad, había pasado dos noches durmiendo en un viejo cobertizo de cerdos que había encontrado en un corto paseo en bicicleta desde el pub.

Teniendo eso en cuenta, además del hecho de que había estado inconsciente en el barro y la lluvia durante Dios sabe cuánto tiempo, debía de haber apestado la cocina, me contó, esa noche en Salter Farm. Pero Helen no había dicho nada mientras le limpiaba los cortes de la frente, y Murray se había limitado a prepararle un baño y proporcionarle una muda de ropa seca, para luego llevarse su ropa vieja y quemarla mientras Joe se frotaba hasta quedar limpio.

Al igual que el médico que había acudido al día siguiente para examinarlo, los Oxbarrow no habían reprendido a Joe por la forma en la que vivía o por el estado en que se hallaba al encontrarlo Murray. Pero tampoco se habían limitado a hacer la vista gorda ante sus problemas.

Sabiendo mucho mejor que él que tenía más posibilidades de recuperarse si permanecía en Salter Farm, lo habían obligado a quedarse, brindándole lo que sabían que más necesitaba: un techo sobre su cabeza, comida en la mesa, cuidados y ternura. Pero no por lástima, según Joe. Murray y Helen habían sido lo bastante astutos como para saber que hombres como él, hombres que hacían de anfitriones de un espíritu tan tortuoso, se aprovechaban de la lástima. Habían sido lo bastante inteligentes como para hacerle trabajar para ganarse la cama y la comida. Lo bastante inteligentes como para hacer que el único trabajo que se le ofreciera fuera el de repartidor, lo que significaba que de ninguna manera dejarían a Joe al volante a menos que estuviera sobrio.

Así que, igual que Murray a veces tenía que atrapar con red los pájaros que se colaban volando en su taller y se acercaban demasiado a la maquinaria, él también había quedado atrapado, había dicho Joe, por su propio bien y de la forma más amable posible.

Estaba claro que los Oxbarrow habían sentido mucha compasión por él una vez y, a pesar de lo que había sucedido, no me parecía que se hubiera secado por completo. Era posible que en realidad no estuvieran enfadados con Joe, sino que, de alguna manera, se culparan a sí mismos por su recaída. Era una idea ridícula, habían sido los perfectos samaritanos, pero si el sentimiento era genuino, podía significar que estaban buscando una forma de acabar con el fantasma de la culpa. A su vez, eso los haría más receptivos a la voluntad de Joe de asumir la culpa y ese, tal vez, sería el primer paso para aceptar su disculpa.

Sería capaz de detectar todo aquello tan pronto como los hiciera hablar, pensé, y me detuve debajo de las ventanas al borde del hastial de la casa, con la esperanza de que Helen o Murray echaran al menos un vistazo al exterior, por curiosidad. Pero no apareció nadie y me adentré en el jardín ruinoso de la parte trasera.

Bajo la nieve, entre las zarzas y los restos de *heracleum* cubiertos de escarcha, había un reloj de sol agrietado y varios cobertizos de madera, todos doblados sobre sí mismos. Más allá de ellos había un cenador podrido y, al final, una perrera.

Esperando que emergiera de ella un perro, algo musculoso y hostil en una casa aislada como aquella, aguardé un momento antes de subir los escalones hasta la puerta trasera y golpear el cristal.

En el interior, ardía una estufa de leña y pude ver que habían adornado la cocina con hojas de plantas perennes y que habían dejado tres o cuatro abetos apoyados contra la pared.

Al no materializarse nadie, avancé por el camino de la parte trasera de la casa para golpear la ventana de otra habitación y luego la siguiente, ambas con las cortinas corridas.

Por si acaso uno u otro de los Oxbarrow estuviera dentro, me incliné más hacia el cristal y dije:

—Soy de St Peter's. Del pueblo. ¿Podría hablar con ustedes? No les robaré demasiado tiempo.

Aquello era bastante cierto. Tendría que irme más temprano que tarde. Volver por la ruta que había tomado a través de aquella red de caminos estrechos iba a ser bastante difícil, ya que no tenía idea de cómo había llegado hasta allí. En la oscuridad, sería aún más difícil.

Llamé de nuevo y, al no obtener respuesta, comencé a resignarme ante el hecho de que tendría que volver con Joe sin haber avanzado mucho.

Se sentiría decepcionado, incluso ansioso, porque no viviría para ver otra oportunidad de reconciliación, pero me sentí más que capaz de convencerlo de que si arreglar las cosas con los Oxbarrow era importante, entonces Dios le daría tiempo para que lo solucionara. Simplemente no podía apresurarse. Si era la voluntad de Dios que Joe tuviera que ser paciente para volver a ganarse su confianza, eso era lo que debía hacer. Y podía estar seguro de que sería aún más preciosa cuando se la otorgaran.

Volví a la puerta de la cocina y golpeé el vidrio por última vez, miré a través de la habitación hacia el pasillo, con la esperanza de ver a Helen o a Murray moviéndose por la casa.

Bajo la luz pardusca que entraba por la ventana que quedaba sobre la puerta principal, vi una escalera de mano apoyada de lado y el suelo cubierto de hojas.

Volví a golpear el cristal con más fuerza, levanté la voz y luego, dado que parecía probable que Murray o Helen se hubieran caído, me pareció correcto, ya que estaba allí, asegurarme de que no se hubieran hecho daño.

Por suerte (o al menos eso pensé entonces), la puerta no estaba cerrada con llave y, una vez dentro, pude ver en toda su extensión las decoraciones que habían puesto los Oxbarrow. Las vigas bajas habían sido adornadas con acebo y ramas de pino, las ventanas enmarcadas con hiedra, en la que habían entrelazado docenas de pequeñas velas. Los árboles que había visto a través de la ventana estaban agrupados, con las puntas dobladas contra el techo, su olor cítrico y almibarado, abrumador y enfermizo por culpa del calor de la estufa.

Grité un hola y, al no obtener respuesta, salí al pasillo, pasé por encima de la escalera caída y recogí parte de la vegetación. Todo el pasillo estaba sembrado de muérdago y restos de abetos, y de las coronas rotas de tejo y piñas que parecían haber sido arrancadas de las paredes. La hiedra que había estado enrollada en el balaustre de la escalera ahora colgaba hecha jirones, y las velas que habían sido atadas a los tallos yacían rotas en el suelo.

La puerta de la habitación delantera estaba entreabierta, pero dado que dentro hacía frío y estaba oscuro, eché un vistazo al interior sin esperar que Murray o Helen estuvieran allí. Por el olor supe que la habían adornado como la cocina y, al encender la luz, vi montones de abetos y cipreses cubriendo la chimenea, la repisa y el piano cerrado contra la pared. Las fotografías de Helen y Murray sobre el tocador estaban casi escondidas entre matorrales de acebo.

Volví a salir, me detuve al final de las escaleras y llamé al siguiente piso.

—No era mi intención entrar —dije—. ¿Están bien los dos? Soy de St. Peter's. Del pueblo. Soy Edward Clarke.

Al no oír nada, subí los escalones de madera, sin dejar de hablar para que me oyeran llegar y fuera menos probable que se alarmaran.

—Joe Gull me pidió que pasara por aquí —dije, examinando las habitaciones cuando llegué al rellano: una era un baño y la otra daba a las escaleras que conducían al último piso—. Y ha coincidido que pasaba por la zona —dije, probando la puerta de la tercera habitación y descubriendo que había una luz dentro.

—¿Puedo pasar? —pregunté—. ¿Va todo bien? Soy de St. Peter's.

Murray estaba acostado boca abajo en la cama de matrimonio, con una mano torcida para que descansara sobre la parte baja de su espalda, su otro brazo colgando del borde del colchón, sus nudillos tocando el suelo. Las cortinas estaban corridas y la luz de la lámpara en la mesita de al lado se reflejaba en un vaso de agua, cuyo fondo estaba lleno de sedimentos de pastillas disueltas; a su lado, un cigarrillo yacía como un taco de ceniza en un platillo.

Hacía frío en la habitación, y eso podría haberlo explicado, pero no detecté en absoluto el olor que se suponía que desprendía un cadáver. Murray no podía llevar muerto mucho tiempo. Y no tenía ninguna duda de que lo estaba. Mi abuelo había tenido el mismo aspecto en su cama, en casa; había sufrido la misma evaporación total de color.

Supuse que Murray debía de haber estado colgando las decoraciones y se había caído de la escalera de mano, arrastrando hacia abajo lo que había clavado al riel del cuadro mientras se aferraba a algo para conservar el equilibrio. Luego había subido las escaleras para calmar los nervios con sus pastillas y un cigarrillo y le había dado una especie de convulsión, o tal vez un ataque al corazón.

Parecía tan enfermo como Joe había descrito. Tenía el aspecto de alguien que había perdido una gran cantidad de peso hacía poco y muy deprisa. La ropa le quedaba demasiado grande y el exceso de piel en las mejillas hacía que pareciera que su rostro resbalaba poco a poco sobre la almohada.

Fuera lo que fuera lo que le había pasado al pobre Murray, lo había soportado solo. Helen no estaba allí. Y ahora volvería a casa y recibiría las peores noticias posibles.

Como se acercaba la Navidad, lo más probable era que hubiera ido a visitar a la familia (aunque no sabía por qué medios, seguramente no había podido ser a pie) y no sabía cuánto tiempo estaría fuera. Pensé en llamar a la comisaría de Clitheroe, pero me preocupaba que encontrar un coche patrulla y una ambulancia en el patio cuando regresara solo fuera a aumentar la angustia de Helen. Y, naturalmente, querrían saber por qué había entrado en la casa sin ser invitado.

Por supuesto, en algún momento tendría que admitir que había entrado, pero me pareció que Helen, si no la policía, podría ver que había una justificación razonable para ello. Al final, incluso podría agradecerme mi decisión, pensé, así que bajé a buscar la libreta de direcciones junto al teléfono del pasillo. Tal vez, si podía ponerme en contacto con un hermano o una hermana, incluso aunque ella no estuviera con ellos, al menos podrían correr la voz.

No sabía lo que iba a decir y, mientras marcaba el primer número de la libreta, traté de pensar en mis primeras frases de tal forma que redujeran la probabilidad de despertar confusión o pánico.

Pero nada parecía adecuado, incluso la verdad sonaba comprometedora, y me sentí aliviado cuando alguien empezó a hacer sonar el cencerro en el porche y pude colgar el auricular.

Tardé tanto en quitar los cerrojos que quienquiera que estuviera se había dado por vencido cuando abrí la puerta. Las huellas rodeaban el lateral de la casa hasta la puerta de entrada y llamé sin moverme del sitio, antes de ir hasta el taller y llamar de nuevo, solo para que la campana sonara una vez más.

Pero cuando volví a la puerta principal, quienquiera que hubiera llamado por segunda vez no había esperado. Allí no había nadie.

Y mi coche no estaba.

No era posible que lo hubieran robado; por un lado, habría escuchado el motor en movimiento y, por otro lado, no podría haber desaparecido por completo de la vista tan rápido. De todos modos, no había nadie alrededor, no en varios kilómetros a la redonda, aparte de la gente en el bosque. A menos que hubieran sido ellos los que habían tocado el timbre, pensé, queriendo que moviera el coche por alguna razón, y lo hubieran hecho ellos mismos al no obtener respuesta por mi parte. Pero solo me había ido un minuto y no había aparcado en el camino de nadie; no había ningún otro vehículo como para que el mío se interpusiera en su camino, aparte de la maltrecha furgoneta de reparto de Murray. Simplemente, no podían haberme robado el coche. No había huellas de neumáticos que salieran del patio.

Y, sin embargo, tampoco había rastro de las que había dejado en la nieve a mi llegada.

Me pregunté si quien había tocado el timbre había entrado en la casa y, al mirar, vi que alguien debía de haberlo hecho, ya que las cortinas del dormitorio de los Oxbarrow estaban descorridas. Y al entrar por la puerta principal, escuché voces en la cocina y encontré la escalera de mano de nuevo en pie, la vegetación volvía a colgar de las paredes, más repugnante y fragante que antes.

Caía desde el dintel de la puerta de la cocina en racimos tan pesados que tuve que apartarla para pasar, y tardé mucho más de lo debido en cruzar el umbral, como si estuviera abriéndome camino a través de una zona arbolada especialmente cubierta de maleza.

Lo atribuí a la espesura del follaje, pero cuando traté de darme a conocer, cuando pregunté por el coche, mi voz solo sonó dentro de mi cabeza, como si estuviera pensando en lugar de hablar. Y me sentí como si fuera un espectador más que un participante cuando, al salir arañado de entre el acebo y las agujas de pino, encontré que pasaba desapercibido para las tres personas que estaban en la sala.

Ninguno de ellos me miró. Ni Murray ni Helen ni Joe, sentados cerca de la estufa de leña, envueltos en una manta y con una taza de café a los pies. El perro que había esperado que acudiera a recibirme, un dóberman de aspecto astuto, yacía junto al calor, atento a las ráfagas de lluvia torrencial en las ventanas y al silencioso monólogo de consuelo de Helen mientras frotaba los cortes en las manos y la frente de Joe.

—Gracias a Dios que lo has encontrado —dijo.

Murray levantó la mirada y luego volvió a centrarse en la sopa que tenía hirviendo a fuego lento en el fogón.

—Tuvo suerte de que casi atropellara su bicicleta —dijo—. De lo contrario, habría pasado junto a él sin fijarme.

Helen sacó otro trazo de algodón de la bolsa y lo sumergió en el cuenco de agua que tenía en el regazo.

—¿Crees que habrá alguien en el Barleycorn que lo conozca? —preguntó ella.

—Estoy seguro de que lo conocen —dijo Murray—. Que se preocupen por él ya es otra cosa.

—¿Por qué han dejado que bebiera tanto?

—No es obligación suya decirle cuándo parar, ¿verdad?

—Lo sé, pero mira en qué estado está, Murray. Está bastante claro que no tiene dinero que desperdiciar en bebida. Quitárselo es una maldita inmoralidad.

Dejó caer el bulto ensangrentado en la papelera y atrapó la cabeza de Joe cuando se le cayó hacia un lado.

—Tendrás que sujetarlo —dijo, y Murray se acercó para sostener la cabeza de Joe con las manos mientras empezaba a temblar—. Todavía no ha entrado en calor, pobre desgraciado —dijo Helen, y cogió otra manta de una de las sillas cerca del fuego y la abrió.

Solo que lo que se desplegó fue un trozo de tela mucho más grande, blanco y recién lavado, que quedó colocado sobre la mesa de la cocina, sobre la que Helen lo alisó.

De alguna manera, ya era por la mañana. La estancia estaba inundada por la brillante luz del sol invernal. En el alféizar de la ventana había un pequeño tarro con campanillas.

Joe apareció en la puerta de la cocina, colorado dentro de su abrigo, y permaneció indeciso hasta que Helen se fijó en él y lo invitó a pasar.

—No te preocupes, no te retendremos mucho tiempo —dijo mientras retiraba una silla para que se sentara. Él se quitó los guantes de trabajo, los colocó con cuidado sobre su regazo y acarició al perro cuando este se acercó a olisquearle las piernas. Parecía más saludable de lo que jamás lo había visto y esbozaba una sonrisa que me resultaba desconocida. También había otra cosa más que era diferente en él, algo que me evadió por un momento antes de darme cuenta de lo que era. No tenía cicatrices.

—Está listo —dijo Helen, de pie detrás de Joe con las manos sobre sus ojos cuando Murray entró, con mucho cuidado de ser silencioso, y dejó en la mesa un bizcocho glaseado con las palabras «un mes sobrio».

Revelada la sorpresa, Joe aceptó el apretón de manos de Murray y el beso de Helen y luego apagó la vela, dejando la habitación a oscuras, una oscuridad granular, pesada, que dificultaba respirar y en la que surgió un sonido repentinamente feroz. Y cuando el ruido desapareció y el polvo con él, descubrí que ahora estaba en el taller.

No estaba soñando. Aquello no tenía ese aire absurdo. Había más dirección. Como si me estuvieran mostrando cosas que no tenía más remedio que presenciar.

No recuerdo sentirme asustado, eso vino después, solo entumecido. Tal vez fuera una especie de parálisis. No sé cómo llamarlo. Lo mejor que puedo hacer es compararlo con cómo me imagino que se siente alguien que despierta bajo los efectos de una anestesia: consciente pero inmóvil; un espectador mudo.

Observé a Joe y a Murray recoger el trozo de madera que habían cortado y apilarlo en un carrito con otras tablas de madera de pino. El disco de la sierra se detuvo, humeando ligeramente. Murray abrió las puertas de par en par y se quitó la máscara para encender un cigarrillo. En el exterior, de los árboles que florecían al sol goteaba agua de lluvia. Ya era plena primavera, exuberante y brillante por la humedad. Apareció el perro, tan reluciente como una nutria, sacudió su pelaje y luego acompañó a Joe y Murray mientras maniobraban con el carrito para llevarlo hacia la camioneta.

Cuando se fueron, los pajaritos entraron volando y se posaron en los muebles o en los dientes de la rueda de la sierra.

Llegaron más, más aún, pinzones y currucas, y convirtieron el lugar en un aviario, hasta que un veloz movimiento de vencejos frente a las puertas abiertas pareció atraer a los pájaros, como si estuvieran respondiendo a una llamada.

Los seguí, no, me *llevaron* fuera del taller y hacia las brasas de una tarde de finales de verano. Los vencejos, jubilosos durante la puesta del sol, volaban a baja altura sobre el campo frente a la casa, la hierba exuberante como si fuera pelaje, la antigua cresta y el surco de la tierra debajo de ella encontradas por las largas sombras de las hayas. Maduras y llenas, daban sombra a la furgoneta a medida que subía por el sendero desde la carretera.

Joe conducía sin camisa y sin prisas, con un codo asomando por la ventanilla. En el patio, dio vueltas al volante con la mano y luego retrocedió hasta el taller, donde Murray estaba barriendo.

Los meses de trabajo, la sobriedad y la amabilidad habían transformado a Joe. Cuando saltó de la cabina, parecía delgado y curtido por el verano. Era mucho más joven de lo que yo había pensado que sería.

Haciendo que Murray se riera de algo que no pude escuchar por encima del canto de los pájaros, Joe tomó otra escoba y juntos acumularon el serrín en una pila junto a la puerta.

En el calor de la tarde, se elevó y se esparció, formando una capa tan densa como la niebla. Niebla que se enfriaba bajo la llovizna. Llovizna que se convirtió en la lluvia de un día de otoño.

Ahora, casi todas las hojas de las hayas habían caído y formaban una alfombra empapada en el patio, donde Murray estaba agachado junto a la camioneta para inspeccionar el daño de la parte delantera. La esquina izquierda estaba aplastada, el faro hecho añicos, el capó arrugado como si lo hubieran golpeado con fuerza desde el interior.

Murray bajó la cabeza y luego, tras ponerse de pie y sacudirse las manos, se acercó a la ventana de la habitación delantera.

Ahora lo veía desde el interior de la casa, hablándole a Helen a través del cristal, que estaba arrodillada junto al sofá, donde Joe yacía cadavérico por culpa de la bebida, con una palangana cerca de la cabeza.

Y luego pasamos a un día diferente, y lo vi acostado en la misma posición, la palangana llena.

Otro día.

Otro día.

Ahora estaba allí, revisando los armarios de la cocina, el bolso de Helen.

Estaba allí, empujando su bicicleta rota por el camino, bajo las hayas.

Ahora daba la vuelta, furtivo, los bolsillos repletos de su abrigo.

Ahí estaba Helen, vaciando una botella de ginebra barata por el fregadero.

Joe tratando de desarmar el sifón.

El perro ladrándole.

Enseñando los dientes.

Joe cambiando la llave inglesa por un martillo.

El perro alejándose por el jardín hacia su perrera, cojeando.

Murray luchando contra Joe.

Joe huyendo escaleras arriba hacia su habitación.

La casa llena de sus alaridos.

Me obligué a ir con él, pero el tiempo avanzó y me llevó de nuevo al taller. Murray estaba allí solo, lijando la madera de pino de una puerta, con el ojo ennegrecido por un hematoma. Dejando a un lado la lesión, ahora estaba visiblemente mal. Tenía las mejillas grisáceas, estaba delgado y consumido; tal como había estado cuando lo había encontrado tendido en su cama.

La puerta se abrió y entró Helen, frotándose los brazos para combatir el frío.

—Está aquí —dijo ella—. Crawland.

—¿Ya? —contestó Murray—. No pensé que sería hoy.

—Le dijiste que viniera tan pronto como pudiera.

Murray dejó la garlopa y se sacudió las manos sobre el mono.

—No me mires así, Helen —dijo—. Sabe lo que se hace. Te lo dije. Ayudó a ese amigo de Tommy Bell y a la hija de Sandy Huggan.

—¿Qué le pasaba a ella?

—No quería comer.

Helen se metió las manos en los bolsillos.

—¿Qué es, un sacerdote? Se parece a uno.

—Creo que tiene una iglesia de algún tipo —dijo Murray—. Es decir, la gente va y lo escucha hablar.

—¿Qué gente?

—No lo sé —dijo Murray—. Me lo han contado, eso es todo.

—Entonces, ¿qué hará? —preguntó Helen—. ¿Rezar? Creo que Joe necesita más que eso. Y tú también.

Lo ayudó a ponerse el abrigo, se lo abrochó hasta arriba y levantó el cuello.

—Ahora está aquí —dijo Murray—. Al menos, escuchemos lo que tiene que decir.

Fuera, hacía una tarde de invierno, con una niebla helada que flotaba sobre el patio y el campo. Helen y Murray regresaron a la casa y yo los acompañé cuando atravesaron la puerta principal y bajaron a la cocina, donde un hombre alto y demacrado, el tal Crawland al que Murray había invitado, se había sentado a la mesa. Les estrechó la mano a ambos y luego, poniéndose las gafas, inspeccionó el moretón alrededor del ojo de Murray.

—Eso parece doloroso —dijo.

—Habría sido peor si Joe de verdad hubiera tenido la intención de hacerlo —respondió Helen.

—Oh, ha sido intencional —dijo Crawland—. De eso no hay duda.

—Sigo pensando que debe de ser algo que hemos hecho —dijo Murray—. O que no hemos hecho.

Crawland negó con la cabeza y dejó que Murray se sentara.

—No —dijo—. Como os dije por teléfono, el único error que habéis cometido es tratar de razonar con eso, nada más.

—¿Eso? —dijo Helen.

—El espíritu que Joe tiene en su interior —dijo Crawland.

Helen soltó una risa burlona y Murray la miró.

—Por favor, Helen, escúchalo —dijo.

Crawland miró al dóberman, que yacía desconsolado junto al fuego, con la pata trasera vendada.

—¿Crees que fue Joe quien le hizo eso a tu perro, Helen? —dijo—. ¿Crees que fue capaz?

—No es el Joe que conozco.

—Ese es justo mi argumento —dijo Crawland.

—Pero eso no significa que haya algo dentro de él —dijo Helen—. Significa que está enfermo.

Crawland sonrió sin ocultar su condescendencia.

—Si eliges no creerme y prefieres tratar de encontrar alguna otra explicación —dijo—, estás en todo tu derecho, por supuesto. Pero solo complicarás las cosas para Joe y es a Joe a quien estamos intentando ayudar. La verdad tendrá mucho más sentido para él que cualquier cosa que se te pueda ocurrir, te lo aseguro.

—Lo estaba haciendo muy bien —informó Murray mientras encendía un cigarrillo—. Ha pasado casi un año. No puedo creer que vaya para atrás después de tanto tiempo.

—¿Por qué, por todos los pasteles que le habéis horneado por ser bueno? —preguntó Crawland.

—Porque siempre nos decía que se sentía mucho mejor sin la bebida —dijo Helen—. ¿Por qué iba a querer volver a ella de repente?

—Es lo que quiere el espíritu, no él —dijo Crawland—. Puesto que Joe lo ha estado ignorando, está intentando con todas sus fuerzas que lo escuche.

—¿Pero por qué iba a escucharlo? —preguntó Murray.

Crawland se quitó las gafas y las puso sobre la mesa. Me di cuenta de que, al igual que el Joe que había ido a verme a St. Peter's, sus manos y su rostro también estaban llenos de viejas cicatrices.

—Tenemos que pensar en Joe como un niño —dijo—. Un niño sometido a una mala influencia. Ya no os hará caso, no intentará complaceros, por muchas recompensas que le prometáis.

—Entonces, ¿qué hacemos? —preguntó Helen.

—Es bastante simple —respondió Crawland—. Eliminaremos esa influencia.

—¿Eliminarla cómo? —inquirió Murray.

Crawland los contempló a ambos.

—Hay ciertas cosas que crecen en el bosque que serán desagradables en esta época del año para el espíritu que atormenta a Joe —dijo—. Podemos meterlas en la casa y sacarlo a él.

—¿Nosotros? —dijo Helen.

—Hay personas a las que puedo llamar para que ayuden —dijo Crawland—. Personas que entienden con lo que estáis lidiando.

Arriba, Joe gritó, de dolor o en plena una pesadilla.

—Llámalas —dijo Murray—. Si esa es la mejor opción.

—Lo es —dijo Crawland, poniéndose de pie y apretándole el hombro.

Salió y Murray y Helen discutieron.

Discutieron de nuevo mientras preparaban el desayuno en una mañana oscura y húmeda, tan en desacuerdo que Murray se encerró en el taller durante el resto del día y Helen en la cocina.

El tiempo avanzó y ahora Joe estaba sentado a la mesa mientras Helen le llevaba un plato de sopa.

Pero no quiso comer.

Lo rechazó como el niño que Crawland consideraba que era.

Ahora la sopa estaba en el suelo. El cuenco hecho añicos.

La puerta trasera se abrió.

Allí estaba Joe, trepando la cerca, escapando.

Joe, algún tiempo después, inconsciente en el patio.

Helen recogiéndolo.

Murray sosteniéndole la cabeza bajo el chorro de agua del grifo de la cocina.

Joe llevado a la fuerza a su habitación.

El dóberman ladrando al otro lado de su puerta, cada vez más fuerte.

Luego gimiendo.

Allí estaba Helen, gritando para que Murray acudiera.

El dóberman con la garganta cortada.

Joe moviendo el cuchillo con rapidez mientras Helen intentaba quitárselo.

Helen envolviendo lo que le quedaba de mano en una toalla.

Murray sujetando con fuerza la puerta de Joe. Joe deseando que lo dejaran salir, desesperado por disculparse.

Murray llenando de clavos la puerta de Joe.

El brazo de Helen cubierto de sangre.

Murray llevándola al hospital. La furgoneta rodando por el camino, su único faro en funcionamiento saltando entre los árboles.

Observé cómo se desviaban hacia la carretera cuando los últimos rayos del día fueron barridos por la nieve que caía, pesada como ceniza, cuajando donde caía, enterrando con rapidez todo lo que tocaba.

Arriba, Joe llamó a Murray y sacudió el picaporte de la puerta antes de comenzar a volcar los muebles con frustración. Rabia, arrepentimiento, sumisión, pasó de una cosa a otra a trompicones hasta que el cansancio debió de obligarlo a dormir. No se movió cuando Murray volvió solo, cerró la puerta en silencio, encendió un cigarrillo y telefoneó a Crawland.

Al día siguiente: bancos de nieve y silencio. Un cielo del color del papel.

Las puertas del taller estaban abiertas y, al cabo de un momento, vi salir a Murray con una escalera de mano. Mientras volvía a la casa, se detuvo a esperar a los tres hombres que bajaban de la arboleda por la ladera. Crawland y otros dos que parecían ser sus hijos.

Me di cuenta de que habían sido sus voces las que había escuchado al llegar por primera vez a Salter Farm. Y cuando entraron por la puerta, vi que cada uno de ellos sostenía un gran puñado de acebo.

Ahora también escuchaba voces provenientes de otra dirección y observé a una docena de personas que salían de la carretera y subían por la pista hacia la casa. Iban vestidas como yo, enterradas bajo sombreros y bufandas, sus abrigos cubiertos de nieve como las ovejas con las que me había cruzado en el camino hacia allí. También cargaban en brazos un montón de ramas cuando entraron por la puerta principal. Cosas que habían recogido de los setos y los bosques de los alrededores, tal vez de sus propios jardines. Guirnaldas que ellos mismos habían hecho. Rostros y animales modelados a partir de los tallos entrelazados.

Murray detuvo a Crawland cuando entraron por la puerta principal.

—¿De verdad tiene que ser hoy? —preguntó.

—No podemos mantener a Joe encerrado en su habitación —respondió Crawland—. Ya ha sufrido bastante.

—Por supuesto —coincidió Murray—. ¿Pero no podemos al menos esperar a que le den el alta a Helen? Le gustaría estar aquí.

—Creo que es mejor para Joe que ella se quede donde está —dijo Crawland—. Si hay alguien cerca con alguna duda sobre lo que estamos haciendo, eso solo fortalecerá al espíritu. ¿Tú tienes alguna duda, Murray?

Después de un momento, Murray negó con la cabeza y luego colocó la escalera de mano en el pasillo.

Desde el piso de arriba, Joe golpeó su puerta y alternó juramentos de violencia y contrición. Ninguno de los hombres de Crawland se dio cuenta, puesto que entraban y salían de la casa con tranquila diligencia, subían hasta la arboleda y volvían con más ramas. A los más jóvenes les parecía tan agradable como cualquier otra tradición navideña y aunque estorbaban, los adultos les permitían ayudar a arrastrar los abetos para la cocina.

Solo Murray parecía distraído por las amenazas de Joe y miró hacia el techo mientras subía la escalera.

—Con el tiempo, lo verá como un gesto amable —dijo Crawland, que sostenía en alto otra corona para que Murray la colgara—. Fue lo que yo necesité al final: que me arrancaran el espíritu. Yo era un esclavo, como Joe.

Miró a sus dos hijos, que estaban colocando hiedra en el balaustre de las escaleras, y ellos asintieron con la cabeza.

Por encima de ellos, Joe gritó y maldijo.

Crawland tocó el brazo de Murray.

—No puedes quedarte —dijo—. Mira lo que le hizo a Helen. Te hará daño a ti también y matará a Joe en poco tiempo. Vaciará esta casa. Eso es lo que quiere.

Murray tomó la corona de Crawland y la colgó en la pared. A su alrededor, Salter Farm se llenó poco a poco del olor a resina dulce y empalagosa, que pareció inundar el interior de mi boca y nariz con cada respiración.

Cuando la casa estuvo adornada, cuando Joe dejó de gritar y se dedicó a negociar, Crawland y los demás colocaron pequeñas velas entre los tallos y las ramas y las encendieron. El suave resplandor resaltó el brillo de las hojas y las bayas y los ojos de los niños, que estaban tan embelesados como podrían haberlo estado en una gruta navideña. Un padre aupó a un niño pequeño con un gorro de lana rojo para que pudiera encender algunas de las velas entremezcladas en la hiedra de las escaleras.

Cuando el trabajo llegó a su fin, todos esperaron expectantes, como si estuvieran en la iglesia, Murray tratando de ignorar las súplicas de Joe mientras contemplaba la nieve que se acumulaba en la ventana sobre la puerta principal.

En algún lugar, sonó un reloj y Crawland se movió de una persona a otra, colocando una mano sobre la cabeza de todo el mundo, murmurando lo que parecía una breve oración y repartiendo ramas de acebo, cinco o seis para cada uno. Sus hijos lo siguieron, distribuyendo trozos de cuerda para que todos pudieran enrollarla alrededor de sus ramas para hacer un asa y convertirlas en un manojo.

Una vez que terminaron, Crawland dedicó un asentimiento a la persona más cercana a la puerta principal para que la abriera de par en par, lo cual dejó entrar el frío. En el exterior, la oscuridad era total y la nieve caía como plumas de ganso sobre el patio y el campo.

Uno de los hijos de Crawland entregó a Murray el martillo que había estado usando para clavar las ramas y lo invitó a subir primero las escaleras. Él se mostró reacio y Crawland le sostuvo la cabeza entre las manos con suavidad y le habló muy de cerca, con palabras destinadas solo a él, hasta que Murray empezó a asentir y ceder. Y luego, limpiándose los ojos, se dirigió hacia arriba con Crawland y sus hijos, cada uno con su manojo de acebo.

Al escuchar que se acercaban, Joe levantó la voz, dándole las gracias a Murray una y otra vez mientras retiraba los clavos del marco de la puerta, pensando que estaba a punto de ser liberado.

En aquel momento, lo que más quería era alejarme de Salter Farm. Pero me vi obligado a quedarme con los demás mientras esperaban y escuchaban el sonido de gritos y de pasos que se acercaban, desde el piso de arriba hasta el rellano, desde el rellano hasta lo alto de las escaleras, donde había una especie de forcejeo y Murray le rogaba a Crawland que parara.

A continuación, la barandilla tembló cuando Joe cayó contra ella, medio resbalando, medio tambaleándose por las escaleras, tratando de encontrar algo a lo que agarrarse y aflojando la hiedra. Las velas se dispersaron y se apagaron, lo que incitó a los niños a gatear detrás de ellas mientras sus padres se adelantaban con su acebo y golpeaban a Joe donde había quedado tendido.

Uno de ellos trató de arrastrarlo en dirección a la puerta principal abierta, pero él se soltó y se dirigió a la cocina, provocando que los niños corrieran a los brazos de sus padres y derribando al hombre que intentó detenerlo. Sujetándose la mandíbula, el anciano se estrelló contra la escalera de mano, que cayó con fuerza al suelo y arrastró las coronas de flores y el muérdago que Murray había clavado en la pared.

Liderados por Crawland, los que fueron lo bastante audaces persiguieron a Joe y, al parecer, yo me vi atrapado en su estela y fui arrastrado entre las ramas de pino y abeto que colgaban de la puerta de la cocina.

Ahora Joe estaba intentando salir al jardín, tirando del picaporte mientras Crawland y sus hijos lo fustigaban por la espalda. Cuando los demás se unieron a ellos, Joe perdió el control y se rodeó con los brazos mientras se tendía en el suelo, llamando a gritos a Murray, que hizo todo lo posible para quitárselos de encima, pero solo pudo agarrar hombros, cuellos y codos. Eran demasiados y no les costó nada apartarlo a empujones y golpearlo con acebo hasta que Crawland se lo llevó, y los que tenían los brazos más fuertes cargaron a Joe de vuelta al pasillo, derribando más ramas en el proceso.

Creo que nunca había visto a nadie sentir un miedo tan auténtico como el de Joe, que se encogió bajo los rostros verdes que lo miraban con maldad desde las paredes, y se arrojó al suelo hecho una bola cuando alguien le dio con una cabeza de ciervo hecha de ramas de un árbol espinoso.

Lo agarraron de nuevo, pero Joe soltó un brazo de un tirón y se las arregló para echar a correr medio encorvado y los que habían estado esperando en la puerta principal lo hostigaron mientras salía de la casa. Ganó algo de terreno en el patio, pero al final se tambaleó sobre la profunda capa de nieve y no pudo levantarse lo bastante rápido para evitar que los que lo habían perseguido lo atraparan. Crawland y sus hijos incitaron a los demás y los padres cargaron a sus hijos sobre los hombros para que pudieran atravesar la nieve más rápido.

Al borde de la multitud de brazos agitados, el niño pequeño con el gorro rojo fue depositado en el suelo y luego empujado hacia delante. Se mostró vacilante al principio y luego azotó a Joe en la cabeza con más saña que los demás, arrancándole un pedazo de la oreja, intentando pincharle con el acebo entre los dedos y en los ojos.

Al final, tras una palabra de Crawland, pusieron a Joe de pie y lo aplaudieron y le silbaron para que saliera al camino que quedaba bajo las hayas, azotándolo con el acebo cuando tropezaba.

Murray fue tras ellos, rogándoles que se detuvieran y llamando a Joe. Yo también fui, pero cuando llegué al final del camino, no había nadie a la vista, solo se oían voces en algún lugar del camino.

Ahora estaban cantando.

Un coro jubiloso y triunfal se alzaba sobre unos gritos que ya no sonaban humanos. Se parecían más a los que había emitido el perro bajo el ataque del cuchillo de cocina.

Aunque las voces se apagaron, me vi obligado a ir tras ellas. Durante un rato seguí sus huellas, el rastro de ramas de acebo desechadas, los hilos de sangre, hasta que la nieve cubrió sus huellas y seguí caminando a ciegas. O al menos eso me parecía a mí. Pero, por supuesto, fui guiado en cada cruce, en cada esquina, incapaz de dar marcha atrás o evitar la conclusión.

Allí había un rastro que se salía del camino. Allí había un puente sobre un arroyo helado. Una puerta abierta. Un campo oscuro. Tres caballos descuidados y nerviosos junto a la pared. Miedo de la cosa al borde del estanque blanco y corroído. Un hombre muerto, ya medio enterrado por la nieve que caía.

Ahí está. Eso es todo. Sucedió hace tanto tiempo que debería ser fácil desconfiar de los recuerdos de esa tarde, pero acuden a mí más vívidamente que cualquier otro, especialmente en Navidad.

Si se lo cuento a David, se limitará a abordarlo con lógica, lo sé, y más bien disfrutaría del proceso de separar mis sentimientos y conjeturas de los hechos.

Se irá directo a Internet y descubrirá que, efectivamente, había un lugar llamado Salter Farm, que un hombre llamado Murray Oxbarrow fue encontrado muerto allí por su esposa; que no pudieron dilucidar si había tenido la intención de tomar tantas pastillas. Leerá sobre los rumores que conectan a Murray con la muerte de un tal Joe Gull, cuyo cuerpo fue descubierto cerca, pero descubrirá que son solo rumores.

David no estará en desacuerdo con que fui a Salter Farm, pero dirá que mi recuerdo de aquello es falso, que lo he construido únicamente a partir de lo que he leído sobre el lugar. Es la única conclusión racional, dirá. ¿Pero qué pasa con Crawland? No aparece mencionado en ninguna parte. Helen debió de guardar silencio sobre él, por su bien. ¿Cómo puedo saber yo lo de Crawland?

David dirá que lo saqué de alguna otra historia que haya oído. La mente es una acaparadora, Ed.

Pero el problema es que sé que nada de eso es inventado. Todos los detalles que David descarta como improbables e inverosímiles seguirán siendo simples hechos para mí. El principal era que Joe Gull había muerto, y lo había estado durante varios años, cuando apareció en St. Peter's con su mejor traje y me pidió ayuda.

En los días posteriores a mi regreso a casa desde Salter Farm, sin saber qué era real, con miedo a volverme loco, lo único que tenía sentido para mí era pensar en todo como una gran parábola de humildad. O de honestidad. Porque si era sincero conmigo mismo, en aquel entonces quería que Joe confiara en mí, en lugar de en Dios. En cuyo caso, jamás había sentido vocación; solo había estado escuchando mi propia voz. Y así, había sido enviado a Salter Farm para aprender cuál era mi lugar, para saber que no era más que un testigo presencial del plan de Dios.

En otras ocasiones, me preguntaba si, a la deriva en una especie de purgatorio, Joe me había visto como su emisario, su oportunidad de liberación. Tal vez su arrepentimiento fuera tan fuerte como para llevarlo a buscar de nuevo una última y breve oportunidad de pedir perdón a los Oxbarrow, sin saber que Murray estaba muerto y que Helen ya no vivía en Salter Farm.

¿O solo quería que alguien supiera lo que le había pasado, que Crawland y los demás lo habían matado, hubiera sido intencionado o no?

Todos los años en estas fechas, me veo obligado a tratar de entenderlo todo y no llego a ninguna parte. Solo sé que sucedió.

Ocurrió. Y esa es toda la historia. Pero no es suficiente, lo sé. Decir que *sucedió* no aporta paz.

¿Te imaginas lo que es no estar nunca más seguro de nada?, diré. Pero David no entenderá lo que quiero decir.

Y Dios no es de ayuda. Nunca lo fue. Solo me convirtió en un niño tonto intentando meter el cielo en una caja de cerillas.

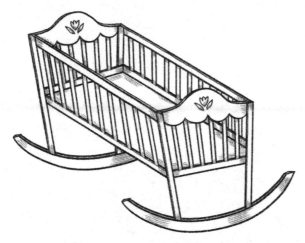

CONFINAMIENTO

Kiran Millwood Hargrave

E scribo esta crónica como si fuera un testimonio ofrecido ante Dios, una oración vertida directamente en los oídos de los ángeles, porque ahora no puedo confiar en nadie más que en mí misma: mi propio corazón, mi propia pluma. No tengo la costumbre de llevar un diario, así que confieso que todo lo que sigue es un recuerdo: pero juro por mi alma que lo relato tal como sucedió. Tal como está pasando.

Debe entenderse en los términos más claros posibles que yo, Catherine Elizabeth Mary Blake, en este día, el vigésimo cuarto de diciembre de mil ochocientos noventa y ocho, estoy en plena posesión de mis facultades mentales, digan lo que digan.

Sé que soy la hija de Sophie Mary Winsome y John Albert Winsome, ya fallecido, y la esposa de Richard Arthur Charles Blake desde hace un año. Sé que vivo en Blake Manor, a tiro de piedra de Tenbury Wells, en el condado de Shropshire. Puedo nombrar a nuestra reina, nuestro primer ministro, nuestras colonias, la extensión de nuestro imperio. Conozco los mandamientos. Lo escribiré todo con sumo detalle, para intentar trasladar al lector directamente al interior de mi memoria, de cómo pasó cada cosa.

Cuento todo esto para demostrar lo que se debe creer que es la verdad: que, aunque mi cuerpo es débil y mi mente ha sufrido muchos asaltos, no estoy loca. Aunque cuando escuche lo que sigue, entenderá por qué podría desear estarlo.

Me hallaba confinada en la habitación carmín. La habían preparado en el momento en que mi sangre no llegó. Era un lugar sencillo, bastante pasado de moda, con el papel pintado amarillo devastado por las polillas y las pesadas cortinas de terciopelo verde cubiertas de sus huevos, que me hacían estornudar cada vez que las descorría. De todos modos, me encantaba esa habitación, por las vistas.

Blake Manor se encuentra en la intersección del bosque y el río, en lo alto de una colina que brinda una vista maravillosa y preciosa de ambos. Si alguien se coloca frente a la ventana y cierra un ojo, o si, como yo, no puede guiñar y debe cubrirse un ojo con la palma de la mano, aparecen dos mundos muy diferentes. El primero, familiar para mí desde mis visitas de la infancia a las colinas de Mussoorie, onduladas y de un verde brillante, y el río plateado atravesando sus raíces. Al hacer el cambio y cubrirse el otro ojo, se revela el segundo. Es un valle con un bosque espeso, salvaje, marrón y sombreado, como salido de un cuento de hadas.

A pesar del atractivo de este aspecto, la casa le da la espalda al valle, como un niño grosero. Su entrada, las elegantes puertas y la fachada dan a un tramo de jardín ornamental bastante ordinario, dispuesto como un tablero de ajedrez en el que nadie juega, con cuadrados de rosas en verano y más rosas en otoño. Este fragante aunque desalmado arreglo lo cuida con mucho celo Noakes, de quien Richard me dijo que venía con la casa. Como ocurre con las casas antiguas, él y su esposa, la señora Noakes, el ama de llaves, son una parte tan importante de Blake Manor como el piano de cola o la propia familia Blake.

Tal vez por eso se pasó por alto la naturaleza salvaje de la parte trasera de la casa en favor de las flores cuidadas de Noakes. Esa tierra no es de los Blake, aunque han intentado comprarla muchas veces. En cambio, pertenece a un granjero de nombre Bright, viudo, que no quiere cultivarlo ni venderlo. Su propiedad se remonta al libro Winchester. Pero este no es lugar para hablar sobre los Bright. Lo único que importa por ahora es la habitación, y las vistas que me trajeron aquí, y mi insistencia en que había que pintarla de rojo.

El doctor Harman se mostró bastante en contra desde el primer momento. Le habían enseñado que una sala de partos debía ser blanca, o al menos de un color pálido: azul como el agua derretida o verde como el musgo. Pero tenía que ser roja, le dije a Richard, porque ese había sido el color del paritorio de mi madre en Bombay, donde yo había nacido. Estaba bastante decaída, ya que mi madre había fallecido hacía menos de dos años y sentía que era importante tenerla allí de alguna manera. Richard me besó en la frente, de esa forma que siempre me tranquiliza, y solo preguntó si debía ser del rojo de la sala de lectura o carmín. Elegí esto último, porque me supo mejor en los labios, como el cilindro ceroso de mi tinte labial favorito.

Enviaron una gran cuba desde Hull, los pigmentos de alas de escarabajo traídos no de la India, sino de Perú, y mezclados con ácido en los muelles. Cuando el criado hizo palanca para abrir la cuba, Richard volvió a preguntarme si estaba segura.

En realidad, no lo estaba. El color no se parecía en nada a lo que madre había descrito, algo reconfortante, especiado y relajante, como beber leche de cardamomo. Pero la señora Noakes estaba cerca, con una desaprobación mordaz cristalina en su rostro gris, así que esbocé una amplia sonrisa y afirmé que estaba segura.

Hice muchas cosas de forma diferente bajo la mirada de la señora Noakes. Durante los primeros cinco meses estuve exhausta, con los tobillos hinchados y un corsé que parecía encogerse por momentos mientras lo llevaba, pero no dejaba que ella viera las ganas que tenía de dormir, lo incómoda que estaba. Era una especie de competición entre nosotras, porque ella no es el tipo de mujer a la que le gusta el alboroto, y a mí sí. Pero me sentía estúpidamente orgullosa de todo y deseaba impresionarla. ¿Por qué? Un ama de llaves, con una cara alargada y roma como una pala o un terrier. Podría reírme al pensar en ello si no tuviera tanta necesidad de gritar.

Debería haber dicho que no, el día que abrieron la cuba y me mostraron un color que solo podía haberse creado bajo la atenta mirada del diablo. Un color que me hizo pensar en heridas, en las entrañas abiertas de los cerdos. Pensé que estaría bien, que al menos tendría las vistas. Ni siquiera cuando llegaron con cortinas nuevas, de un terciopelo púrpura más intenso y más pesado incluso que el verde, no entendí, no de verdad, lo que me esperaba. Ni cuando arreglaron el botón que conectaba con un timbre en la cocina. Ni siquiera cuando la cerradura, de latón y más gruesa que mi pulgar, fue instalada en la pesada puerta de roble y la llave, sólida, intrincada y sin copia, apareció en el anillo que pendía de la estrecha cintura de la señora Noakes.

Cualquiera que tenga algún conocimiento de tales cosas entenderá por qué detesto compartir los detalles del parto, o más bien, lo que puedo recordar. Pero las circunstancias en las que comenzó son, creo, significativas.

Es costumbre en estos lugares asistir a la iglesia cada uno de los días finales de Adviento. También es costumbre por estos lares que nieve la mayor parte del invierno. Había oído hablar de la nieve, por supuesto, incluso la había visto en las postales que mi padre había enviado desde su puesto de misionero en Ladakh, las montañas blancas y enormes como nubes. Pero una cosa es saber qué es la nieve y otra muy distinta entenderlo. Verla cubrir la totalidad del mundo de la noche a la mañana, sentirla amortiguando tus pasos, arrastrándose sobre tus botas e inundando tus medias con su mordisco helado. La forma en que juega con el sonido, como un gato con un ratón, y el aterrador crujido como de pequeños huesos bajo los pies.

Ya estaba indispuesta, mi vientre era demasiado grande para rodeármelo con los brazos, lo que dificultaba mis horas de sueño y vigilia. Pero era tradición caminar el kilómetro y medio hasta la iglesia sin importar el clima, me informó la señora Noakes, y como la reciente señora Blake, me vi obligada a seguir el ritmo.

Los días anteriores habíamos completado el recorrido sin mucha dificultad, pero ese día fue diferente. Noakes había despejado un caminito con la pala, como de costumbre, que nos llevaría por el largo y bien cuidado sendero hasta la carretera rural que serpentea alrededor del muro exterior de Blake Manor. Pero hacía tanto frío, nuestro aliento se convertía a tal punto en vapor en el instante en el que abandonaba nuestros labios cuando nos asomábamos por la puerta principal, que el terreno ya se había convertido en una pista de hielo. Richard insistió en que debíamos tomar la ruta más corta desde la parte trasera de la casa, atravesando la nieve recién caída. La señora Noakes se opuso unos instantes, pero se acobardó tras unas breves palabras de mi esposo. Sentí un escalofrío al ver su ira cuando me envolvieron debidamente en varias capas de medias de lana y una bufanda muy impropia que olía a bolas de naftalina.

Salimos del porche techado a la nieve, que nos llegaba hasta la pantorrilla. La lana que me envolvía las piernas solo servía para absorber la aguanieve helada, pero la señora Noakes estaba muy cerca y no me quejé. Richard me ofreció su brazo y me aferré a él, disfrutando de su calor, de su solidez, mientras mis piernas se volvían incluso más pesadas y engorrosas de lo que ya eran. Ante nosotros se extendía la vista que tanto había llegado a amar, a la altura de los ojos: el bosque teñido de blanco y negro por el aire frío y brillante, el río refulgiendo como una espada y apenas audible bajo una capa de hielo cristalino. Los crujidos de la nieve bajo nuestras botas mientras avanzábamos por la suave pendiente que nos llevaría a la vía pública que se extendía desde la granja de Bright y que corría entre el límite de su propiedad y la nuestra hasta la iglesia.

Ahora me pregunto si imaginé la vacilación de mi esposo en la cancela que delimitaba las tierras del viudo Bright. Lo cierto es que sucedió algo: una brusca inhalación, o un temblor en el tenso antebrazo de Richard. Fue suficiente para que detuviera la feroz atención que prestaba a mis pies empapados y lo mirara a la cara. Es un buen rostro, aunque un poco débil en el mentón, pero lo disimula bastante bien con la perilla. Sus ojos, normalmente redondos y angelicalmente alegres, estaban encapotados. Le tembló la perilla. Parecía un zorro olfateando una partida de caza. Parecía asustado.

Pero luego notó que lo estaba mirando, abrió la cancela, entró sin más preámbulos y la mantuvo abierta primero para mí y luego para los Noakes, a quienes siguió. Lo que estoy segura que no imaginé es que, antes de que los Noakes cruzara la puerta, se santiguaron.

Richard les permitió caminar delante, y ambos avanzaron encorvados, incluso la señora Noakes, que siempre iba tan recta, y dándose más prisa de lo que hubiera imaginado posible para personas de su avanzada edad.

—¿Qué les pasa? —le pregunté a Richard.

Él se rio, un poco demasiado alto.

—Ya sabes lo supersticiosos que son estos campesinos.

Richard se cree suburbano, ¿sabe?

—¿Supersticiosos sobre qué? —pregunté, concentrada en no tropezar con mis piernas entumecidas, ni permitir que mis dientes castañetearan.

Richard hizo un gesto con su brazo libre. Mi mirada siguió esa dirección, hasta el brillo de los árboles, el río rodeado de cerros blancos.

—La bruja Bright.

—¿Bruja? —Parpadeé—. ¿El viudo?

—Su esposa.

—Pero está muerta.

—Así es como se enviuda.

—Entonces, ¿por qué le tienen miedo?

—Divulgar semejante información ante una mujer en tu estado no es una gran idea. De hecho, nunca es buen momento para ello.

—En cuyo caso —insistí—, será mejor que me lo cuentes de todos modos.

—Si de verdad lo deseas —se encogió de hombros, pero aumentó ligeramente el ritmo, así que casi tuve que dar brincos para mantenerme a su altura—. Hay muchas historias sobre ella. Pero en general, se acepta que su marido era un hombre fuerte, un hombre viril a todas luces, que al casarse con ella se vio disminuido.

—¿No es esa una queja común? —bromeé, pero Richard ni siquiera sonrió ante mi astucia.

—Lo digo literalmente. Yo no lo vi con mis propios ojos, pero la señora Noakes me dice que la última vez que lo vio, él estaba...

—Arrugó la nariz—. No es una imagen agradable.

—No me importa —dije.

—Arrugado —dijo—. Creo que esa era la palabra. Tenía todo el cuerpo encogido y las mejillas hundidas, las piernas inutilizadas. Sigue estando así a día de hoy.

—Suena a poliomielitis. Vimos muchos casos en Bombay.

—No es polio, ni ninguna otra afectación terrenal.

Me habría burlado de él, porque él mismo sonaba bastante supersticioso, pero ya me faltaba bastante el aliento y me alegró que hablara durante todo el camino hasta la iglesia.

—Uno de los peores efectos fue que su declive lo dejó incapaz de tener hijos. Mi padre mismo le ofreció la ayuda del médico de la familia, pero él se negó.

Confieso que no me sorprendió. El doctor Harman es un hombre enérgico, con manos muy frías.

—O más bien —dijo Richard bajando la voz, aunque los Noakes estaban muy por delante y no había nadie que pudiera oírnos excepto los árboles—, la señora Bright lo obligó. Nosotros... Ellos creen... que fue tomado por ella. No por amor, ni por encaprichamiento. En cuerpo y alma, tomado y comandado por ella. Poseído.

Resoplé, un sonido muy poco propio de una dama, y Richard se estremeció. Encontré suficiente aliento para una disculpa, y él palmeó mi guante.

—No pasa nada, querida. El doctor Harman nos advirtió de que tu humor se vería alterado. En cualquier caso, empezaron a dedicarse a la cría de bebés.

Una imagen de varias cabecitas regordetas alineadas en un campo labrado como nabos surgió completamente formada en mi mente.

—Ya sabes —continuó Richard—, compraban bebés a personas desagradables que ni siquiera pueden encontrar sitio en un asilo. Al principio nadie se dio cuenta, la granja está muy aislada, pero pronto llegó a oídos de la policía que los Bright habían comprado alrededor de una docena de bebés.

—Muy amable por su parte —dije, frotándome la barriga con suavidad

Se estremeció.

—Excepto que cuando un detective comenzó a investigarlo, no encontraron ni rastro de ningún niño en la casa.

Al instante, las náuseas me inundaron la garganta. No quería que continuara, pero como si estuviera en las garras de una pesadilla, no fui capaz de evitarlo.

—Ella los había estado matando —dijo Richard con energía—. Los enterraba en el bosque. Encontraron a la mayoría de ellos. La ahorcaron bajo sentencia de asesinato, pero muchos también la creen bruja, ya que el señor Bright no tenía conocimiento de lo de los bebés, porque estaba postrado en cama. Después de ver su foto en el periódico, me lo creo. Sus ojos eran negros, a juego con su corazón.

Miré una vez más hacia el bosque, cerca de mi lado derecho. Por primera vez, noté que Richard me había colocado entre él y las tierras de los Bright. La nieve del camino que teníamos frente a nosotros nos deslumbraba, pero las ramas del bosque eran tan espesas que la nieve se detenía abruptamente en la línea de árboles, como si se hubiera dibujado una frontera y los colores se hubieran dividido entre el blanco y el negro.

Siempre me ha gustado el olor de los bosques. En nuestros viajes a la India, eran fuente de aromas dulces y penetrantes a resina y flores, todo ahumado por el calor y bajo el acecho de los tigres. Sabía que los bosques ingleses olían diferente, y que el embarazo había hecho algo con mi nariz, convirtiendo las manzanas en podredumbre y el carbón en magdalenas recién horneadas.

Pero aquel bosque, por encima de la lana y la naftalina que envolvían mi garganta, olía a algo profundo y opaco. A tierra, sí, pero también a aire, al aire de la noche diluido sobre los picos de las montañas, a algo metálico, recién sacado de las nubes o de la roca. Olía, y me avergüenza decirlo, como yo misma, ese lugar que sangraba y por el que pronto daría a luz, por donde Richard entraba en mí y por donde saldría nuestro bebé. Un olor familiar y animal que provocó algo que alteró mi sangre.

Las sombras debajo de los árboles parecían espesas y llenas de relieve. Mi visión saltó de un lado a otro, incapaz de aterrizar en nada en particular, la oscuridad formaba túneles cercanos y lejanos unos contra los otros y los ojos, fatigados por culpa de la nieve, me dolían. Los cerré un instante y volví a mirar la casa. Allí estaba, en su rincón perfecto, a horcajadas sobre la colina. Allí estaba el porche cubierto por la nieve, allí la escarcha brillaba sobre las tejas. Y allí, en la ventana de la habitación carmín, las pesadas cortinas moradas se movieron.

—¿Estás bien?

Entrecerré los ojos. Había sido un movimiento pequeño, como si alguien las abriera un momento para comprobar el tiempo. Un movimiento corriente. Pero no había nadie en la habitación carmín. Lo sabía porque la señora Noakes la mantenía cerrada con llave como prevención contra la suciedad y el polvo, de modo que lo único que tendría que hacer cuando llegara el parto sería retirar el cobertor. También mantenía la ventana entreabierta, para permitir que el aire fresco la limpiara. Debía de haber sido la brisa la que había agitado la tela.

Esa sensata conclusión me animó tanto que ignoré a su prima más silenciosa. Cada una de esas cortinas había requerido de dos hombres para colgarla, y unas barras de hierro nuevas ancladas a la pared. Eran tan pesadas que tenía que usar ambas manos para apartarlas. Entrecerré los ojos en dirección a los árboles. Ni un susurro de viento agitaba la capa de nieve sobre las ramas más altas. Entonces, debajo de ellos, en las sombras que quedaban directamente a mi derecha, algo se movió.

Me detuve y Richard se volvió hacia mí, con impaciencia en la voz.

—No debería haberte hablado de los Bright. ¿Estás molesta?

No me quedaba aliento para responderle. El pavor se había aferrado con fuerza a mi garganta.

Había alguien en el bosque, alguien que nos observaba.

El blanco de dos ojos. El destello de una boca que se abría y se cerraba. El sonido húmedo que hace alguien al tragar.

De repente, mis fosas nasales fueron inundadas por un olor animal, y algo más, una calidez que se parecía a la de un aliento, aunque no había nadie cerca y al mismo nivel que yo, respirándome en la cara.

—¿Catherine?

La voz de Richard estaba muy lejos, al igual que su brazo en el mío. Todo mi cuerpo parecía haberme abandonado, por lo que solo podía mantener los ojos fijos en el bosque en sombras, solo era un corazón latiendo lo bastante fuerte como para hacer que mi visión temblara. En el bosque, la boca se abrió de nuevo, y en aquel instante vi la cara alrededor de la boca como si estuviera iluminada desde dentro, los huesos oscurecidos contra la piel, y de la parte posterior de la garganta salió, repentino y agudo, un sonido como el de un zorro atrapado. Era mi voz, mi cara.

Richard había empezado a sacudirme, y sentí que algo se soltaba. Volví a mi cuerpo, y este estaba en llamas, mi vientre retorcido como un tornillo.

—¡Señora Noakes! —lo oí llamar—. ¡Ha empezado! ¡Señora Noakes!

Cuando me hundí de nuevo en la nieve y Richard se inclinó sobre mí, aquel olor animal me llenó la nariz y la garganta. La torsión en mi vientre empeoró, y dejé que me arrastrara hacia abajo. Ni siquiera pude advertir a Richard, ni siquiera pude decirle que se diera la vuelta para verla, de pie junto a su hombro. Una mujer, con ojos negros.

EL PRIMER DÍA

Me desperté en una marea de agonía, jadeando y llorando. Dos dedos fríos me apretaban la mandíbula, y algo metálico llenó mi boca, luego el sabor agrio y blanco del amla, que sabía que no era amla en absoluto, sino láudano, y supe que si tragaba me hundiría de nuevo y no sería capaz de contárselo. Pero la mano fría, la mano del doctor Harman, me mantuvo los labios cerrados, y me estaba ahogando, y no pude luchar más.

El láudano me quemó la garganta, y todo mi cuerpo cayó, pesado como el terciopelo púrpura, azotado por oleadas de dolor invisibles, tan lejos que solo podía sentirlo a ratos. Había dedos arrastrándose por dentro de mi cráneo, sondeando la parte inferior de mi mente. En ese vertiginoso momento de confusión, ella se metió dentro, con los ojos negros, el corazón negro. La sentí, la olí. Y al momento siguiente, esos dedos empujaron desde dentro y en todas direcciones, sobre mi cráneo, tiraron de mi cabello con fuerza. Traté de apartarme, pero los dedos insistían.

—Vamos, señora Blake. Hay que peinarlo o nunca desharemos los nudos.

Era la señora Noakes, cuyas manos trabajaban en mi peinado de parturienta. Era un estilo que yo misma había elegido, dos gruesas trenzas enroscadas alrededor del cráneo. Pero me apretaba mucho y los alfileres eran lo bastante afilados como para apuñalarme la piel. La cabeza me pesaba como un ancla en la cadena inútil de mi cuello, pero logré volverme hacia su voz. *No*, pensé, el horror enorme y aplastante como una roca. *No*.

Los ojos de la señora Noakes eran dos agujeros negros.

Me revolví como un ahogado que es más agua que aliento. De nuevo, el amla amargo en mi lengua, y la segunda dosis de láudano me hundió aún más en las profundidades.

En Bombay, el calor era un abrigo, el lametón de una lengua tibia. El sonido de los perros nos despertaba cada mañana, el ruido de los ventiladores nos acunaba hasta dormir. Mi aya calentaba la leche y la endulzaba con azúcar. Incluso ponía azúcar en mi amla, haciendo que todo fuera dulce. Cuando estaba enferma, me cantaba, aunque mi padre y mi madre decían que ya era demasiado mayor para esas cosas. Cuando contraje la viruela, me bañó en yogur. En aquel momento, anhelaba su suavidad, su calidez, sus remedios de leche y dahi.

Se me estaba desgarrando la piel de la cabeza, y también me desgarraba entre las piernas. Las manos del doctor Harman estaban frías como la nieve. Yo gritaba sin emitir sonido alguno, una y otra vez, y por fin el grito escapó, agudo y desgarrador. Un grito ininterrumpido. Pero no salió de mi boca.

El tercer día

La habitación estaba roja y oscura como el interior de mis párpados. Me quedé muy quieta, todo estaba muy silencioso. Durante un buen rato no supe si estaba despierta o dormida. El láudano estaba liberando poco a poco mis extremidades, mi lengua, todo lo cual me dolió mientras me agitaba. Y entonces llegó el dolor entre mis piernas, y más, apretándome el cráneo, y supe que no estaba soñando, y el mundo cambió. Era madre.

—¿Está despierta, señora? —La señora Noakes estaba sentada en el sillón junto a la cama, iluminada por la lámpara de gas. Sus ojos eran los suyos propios, y en sus brazos había un bulto de tela blanca y limpia—. Ha dormido dos días enteros. El doctor Harman pensó que era mejor dejarla.

—¿Mi bebé? —Tenía la garganta tan seca que me salió la voz rasposa.

—Es una niña.

¿Una niña? Sentí que se me llenaban los ojos de lágrimas y le tendí los brazos.

La señora Noakes se puso de pie y colocó el bulto en mis brazos. Rostro sonrosado, nariz chata, párpados de nácar, labios perfectos y rosados como un capullo de rosa, olor a pan recién hecho y lavanda. Y el amor, tan nítido y caliente que quemaba. Mi hija. La alegría y el impacto me hicieron jadear.

—Deme, señora —dijo la señora Noakes, y su voz sonó más suave que de costumbre, su ladrido de terrier dulcificado—. No debemos dejar que se emocione.

Me quitó a mi hija de los brazos y yo intenté aferrarme a ella.

—Pero...

—Habrá tiempo de sobra para eso —dijo—. Fue un parto difícil, como usted sabe mejor que nadie. El doctor Harman ha aconsejado reposo total en cama durante su confinamiento. —La señora Noakes chasqueó la lengua ante mi expresión confusa—. Es la costumbre, y el doctor Harman está de acuerdo en que es lo mejor.

—Nunca he...

—Puesto que viene de tierras extranjeras, eso es lógico. Pero es una práctica bastante común —dijo la señora Noakes, inclinándose y colocando a mi bebé en la cuna que Richard había encargado en el pueblo—. Nueve días de descanso.

—¿Nueve?

—Tiene que beber esto. —Levantó una taza humeante de la mesita de noche. Me tragué el caldo, tibio—. Bien. No debe haber ninguna emoción, ni conversación. Tranquilidad absoluta.

—Richard...

—No durante unos días. Tanto usted como el bebé deben descansar hasta que el médico diga que está recuperada.

Sacó un camisón limpio de la cómoda. Levanté los brazos, obediente como una niña, y ella me quitó el usado, empapado de sudor y sangre y me pasó un algodón limpio por la cabeza.

—Las trenzas han aguantado muy bien —dijo con aprobación—. Las mantendremos durante el reposo. Hasta entonces, debe tocar la campana si desea alimentarla o usar el orinal.

Señaló el botón de llamada que habíamos reparado durante la redecoración.

—¿Orinal? —repetí con debilidad.

—Y dispone de láudano para controlar el dolor. —Dio un golpecito a una botella de cristal colocada en la cómoda—. Debe tomar un poco ahora.

—Por favor, ¿puedo sostener...?

—Está dormida —dijo la señora Noakes con energía—. Y si ella está durmiendo, está claro que usted también debería. Recuéstese.

Negué con la cabeza.

—Por favor, ¿puedo hablar con Richard?

—No, señora —dijo la señora Noakes—. Órdenes del médico. ¿Debo mandarlo llamar para que se lo explique directamente?

Sin ningún deseo de ver a nadie más que a mi bebé o a Richard, y vista la resolución de la señora Noakes, me hundí en las almohadas. La señora Noakes destapó la botella de cristal y vertió la medicina en una cuchara poco profunda. Me la tragué sin quejarme y di la bienvenida al cansancio en el instante en el que el láudano se deshizo en mi cuerpo. Mi bebé había nacido y yo estaba viva. Era más de lo que muchas mujeres tenían.

La señora Noakes corrió las pesadas cortinas y el sonido fue como el susurro de las hojas. Un trino de miedo subió por mi cuello, pero era muy tarde. El láudano me tenía agarrada con demasiada firmeza. La llave chirrió en la cerradura. Mientras caía en un olvido sordo, recordé las cortinas, moviéndose con una brisa inexistente, un cálido aliento en mi rostro. Ojos negros en sombras negras. El chasquido húmedo de una boca, abriéndose.

El cuarto día

Me incorporé, sentía el vientre y las piernas sueltos como nudos deshilachados. A los pies de la cama, había algo agachado sobre la cuna. Se me cortó la respiración. La forma era curva y baja, como si estuviera arrodillada, y busqué un objeto afilado que pudiera clavarle para perforar la joroba de su espalda. Su espalda.

Me moví despacio y me llevé una mano al pelo para retirar un alfiler de su sitio entre las apretadas trenzas de la señora Noakes. La tensión entre mis piernas me dijo que los puntos que el doctor Harman había temido habían sido necesarios, y tuve que gatear como una niña hasta el borde. Levanté el alfiler hacia arriba, arriba, sobre la mujer agachada.

Unos ojos se abrieron de golpe en su espalda, a ambos lados del arco de su columna.

Me tambaleé hacia atrás, gritando, y de repente la habitación se llenó de una luz tan brillante que pareció vibrar a mi alrededor.

—¡Catherine! —Unos brazos me rodearon, me levantaron y me llevaron de nuevo al centro de la cama. Richard—. Catherine, debes quedarte quieta.

—Señor, no puede estar aquí. —El doctor Harman reemplazó a mi esposo, sus manos frías sobre mis hombros, levantando mis párpados. Acercó su cara bigotuda a la mía, y detrás de él vi a Richard dando vueltas—. Señora Blake, cálmese. ¿Le duele?

—¡No! —grité, señalando los pies de la cama—. ¡Ahí!

Los dos hombres se miraron y Richard se echó a reír. Se movió a mi otro lado, se sentó en la cama con la franqueza por la que yo lo amaba y tomó mi mano temblorosa.

—Es nuestra bebé, Catherine. Seguro que la recuerdas.

—No hablo de la bebé —le espeté. Me escocían los ojos por la luz, como si estuvieran atrapados entre la nieve y las sombras—. ¡Ella está ahí!

—La señora Noakes está abajo. Solo tienes que usar el timbre…

—¡Allí! —insistí, pero esta vez no necesitaba que Richard me interrumpiera. Pude verlo por mí misma, bajo la brillante luz que entraba por la puerta abierta, lo vi claramente. No había ninguna mujer agachada sobre la cuna de nuestra bebé. Solo la pantalla traída para proteger la cara de la niña. La señora Noakes debía de haberla levantado para ayudarla a dormir mejor. Entonces, los ojos… Los ojos de nuestra bebé. Me estremecí ante lo que casi había ocurrido y dejé que el alfiler se me escapara de los dedos.

Un leve gemido salió de la cuna, y Richard se puso de pie y acunó a nuestra hija mientras la llevaba hacia mí.

—Señor, eso no es…

—Solo un momento —dijo Richard con impaciencia—. Se siente angustiada, ¿es que no puede verlo?

—Ese es justo el motivo por el que la habitación debe mantenerse a oscuras, señor —dijo el doctor Harman. Se desafiaron el uno al otro, pero no me importó, porque ella estaba en mis brazos y me sentía mareada de amor. Se asentó de inmediato, las pequeñas conchas que formaban sus párpados apenas se movieron.

Richard resopló, era evidente que había perdido la discusión.

—Venga, Catherine. —Me dio un beso en la frente, rozándome con la perilla, y me quitó a la bebé de encima con mucha gentileza—. Solo otra semana y ya será Navidad, y estarás recuperada.

—¿Puedes acercarla más?

Richard miró al doctor Harman, que entrecerró los ojos.

—¿Eso impedirá que se levante para mirarla?

—Por supuesto —dije—. Solo deseo tenerla cerca.

El doctor Harman asintió con aire de desaprobación. Richard levantó toda la cuna y la colocó junto a la cama con suavidad. Volví a tenderme con un suspiro, el doctor Harman se acercó con su temible cuchara y tragué, invocando a mi aya y las bayas amla, la mejilla apenas visible de mi bebé, el suave subir y bajar de su pecho, cómo la puerta se cerraba de nuevo y la habitación se sumergía en una oscuridad negra y rojiza.

EL QUINTO DÍA

En la habitación carmín era imposible saber cuándo era de noche y cuándo de día. Las cortinas moradas estaban hechas de una tela impenetrable, y hasta el quinto día, cuando me desperté con la vejiga llena, no reuní fuerzas para acercarme a la ventana.

Rodé con cuidado sobre un costado, para mirarla. Estaba durmiendo, al parecer no hacía otra cosa, envuelta de forma tan prieta que solo asomaba la cabeza, perfectamente redonda, con las pestañas rozándole la mejilla. Resistí el impulso de acercarla a mi pecho y maniobré para erguirme. Había necesitado tocar el timbre y llamar a la señora Noakes para la más mínima cosa, pero ese día el dolor había disminuido un poco y todavía no quería volver a hundirme en una neblina de láudano.

Me coloqué sobre el orinal, apoyada contra el marco de la cama, siseando mientras los puntos tiraban y la piel me ardía. Estaba demasiado oscuro para ver el contenido del barreño, pero últimamente mi orina había estado teñida de sangre, cosa que el doctor Harman me había asegurado que era normal.

Tras apartar el barreño de la vista y empujarlo debajo de la cama una vez más, me erguí del todo. Era la primera vez que me ponía de pie en días, y casi me desvanecí, sentía la cabeza ligera por el láudano y el caldo. Reducir el apetito era un efecto colateral de tales cosas, y era otra razón para extrañar a mi aya, cuyas curas significaban paratha frita en ghee y dahl lo suficientemente espeso como para que se me quedara pegado en la garganta y mezclado con ajo. Allí me sentía casi como si estuviera siendo castigada, casi muerta de hambre y drogada, sin compañía, sin luz. Al menos eso podía remediarlo.

Sentía las piernas hinchadas y rígidas, y caminaba como si me moviera a través de la nieve con mucho esfuerzo, avanzando a tientas en la turbia oscuridad como una ciega, hasta que por fin sentí la suavidad de las cortinas en las palmas de las manos. Las agarré, acercando mi cuerpo para presionarlo contra su longitud y soltando un leve jadeo por el esfuerzo que mi corto paseo había exigido.

Detrás de mí, mi hija suspiró y sorbió en sueños. Yo suspiré en respuesta, la afilada lanza del amor me atravesó el pecho mientras apartaba una pesada cortina y la anilla de hierro chirrió levemente contra la barra. Una luz incierta atravesó el hueco, tenue e inequívocamente un rayo de madrugada, y me deslicé en el espacio entre la ventana y la cortina para no dejar que la luz se filtrara sobre el rostro de mi hija.

Con los ojos medio cerrados para darles tiempo a adaptarse, extendí las manos y apoyé las palmas sobre el cristal. Sentí el tirón del frío de los delgados cristales de inmediato, los marcos recién pintados no eran defensa contra el invierno inglés.

Abrí los párpados un poco más y encontré una niebla gris presionando con fuerza contra el cristal. La noche se fundía con el amanecer, y llevé la frente hasta la superficie helada para que mi aliento creara su propia neblina. En el espejo hecho de cristal y niebla, mi propio rostro me devolvió la mirada. No podía ver más allá de la ventana, y traté de conjurar la imagen que tanto adoraba: el río, las colinas, el bosque…

Mi rostro se nubló. Levanté la mano para limpiar una vez más mi aliento del cristal, pero luego el reflejo se separó de sí mismo y se dividió. Volví a colocar la mano en la ventana para estabilizarme, temiendo estar a punto de desmayarme, pero mi cuerpo se mantuvo firme, inmóvil y atrapado como si estuviera atado por las manos y la frente. Ante mí, mi rostro retrocedió, retrocedió, pero mi frente seguía presionada contra el cristal.

Ya no era mío.

Mi cabello estaba suelto y lleno de nudos, aunque podía sentir el roce prieto de las trenzas de la señora Noakes. Mis ojos estaban muy abiertos y no había rastro de blanco en ellos. Bajo mis manos, a través del delgado cristal se filtró de repente un calor feroz.

Había otra mano presionando el cristal desde el exterior. Despacio, aunque parecía imposible, comenzó a empujar. Podía sentir el crujido del cristal, y la cara con el pelo suelto y los ojos negros que se había separado de la mía esbozó una amplia sonrisa. Sus dientes eran blancos y simétricos, y tenía tal expresión de malevolencia que el corazón pareció detenérseme en seco en el pecho. Ella estaba allí para hacerme daño, para hacerle daño a mi hija.

Yo también apreté con mis palmas, y su sonrisa se ensanchó aún más. Puso su frente a la altura de la mía, y estaba tan caliente como la de alguien febril. Detecté el olor animal del bosque, a metal y mantillo, y bajo mis manos, el cristal empezó a resquebrajarse, pequeñas fracturas que se astillaron hasta formar telarañas que se extendían por la ventana.

Iba a entrar. Iba a llevarse a mi hija.

Yo me encontraba débil por el parto y el reposo en cama, y presa de las garras de un terror tan completo que apenas podía respirar, pero empujé hacia atrás, igualándola en fuerza. Su sonrisa se hizo imposiblemente amplia, como si fuera a tragarme entera, sus ojos eran dos pozos profundos, su hedor, sofocante, y empujé y empujé, gritando por el esfuerzo. Le sostuve la mirada y apoyé todo mi peso en las manos.

La ventana se hizo añicos y ella rebotó hacia atrás para desaparecer luego en una nube gris. La niebla inundó la habitación y me tambaleé hacia atrás, los pies se me enredaron en las cortinas, la barandilla de hierro se desprendió de la pared y agrietó las tablas de madera junto a mí. Pero no presté atención a nada de eso, con la única intención de alcanzar a mi hija, que ahora lloraba en su cuna.

Apenas registré la apertura de la puerta, el grito de alarma de la señora Noakes, apenas sentí que la habitación se llenaba de un frío helado, apenas noté que mis palmas estaban cortadas y manchadas por el cristal. Acerqué a mi hija a mi pecho, desgarré mi camisón para poder sentir su piel contra la mía, y fueron necesarios tanto el doctor Harman como Richard para liberarla de mi agarre.

EL SEXTO DÍA

—Es imposible —dijo el doctor Harman, alzando la voz en respuesta al siseo de Richard—. Es, en el mejor de los casos, temerario y, en el peor, inseguro tanto para el bebé como para la madre.

—No permitiré que las separen —dijo Richard, su tono idéntico al del médico—. ¿Por qué? ¿Por un accidente?

—¿Cree que fue un accidente, señor?

—Ella dice que fue así, y yo le creo.

—Señor, usted está experimentando esto por primera vez. Todo ello. El matrimonio, los hijos. Yo lo he visto cien veces. Cambia a una mujer. Su estructura mental queda alterada de forma irreparable. Su esposa muestra signos de perturbación grave.

—¿Y cuál es su respuesta para eso? —dijo Richard, casi gritando, de forma que pude separar la oreja de la pared—. ¿Más láudano? ¿Más oscuridad?

—La ciencia lo respalda —dijo el doctor Harman—. Así como la tradición. Su propia madre…

—Y separar a la madre y al bebé, ¿eso es ciencia?

La voz del doctor Harman bajó a un nivel inaudible una vez más. Me giré para recostarme de nuevo sobre las almohadas. Mis manos descansaban en mi regazo, vendadas más allá del reconocimiento, el yodo con el que el doctor Harman las había tratado teñía la tela de amarillo y picaba más que los cortes.

La culpa me estranguló al escuchar a Richard defenderme de esa manera. Pero no podía ni plantearme decirle la verdad. Sabía cómo sonaba, sabía que me quitarían al bebé y me atiborrarían de láudano y, peor aún, tal vez incluso me enviaran lejos, como a mi madre.

Pero también sabía lo que había visto, sentido, olido. Y el hecho era, por improbable que resultara, que la bruja Bright había ido por mi hija, y yo era lo único que se lo había impedido. Me había enzarzado en una lucha por el alma misma de mi hija. La miré, borracha de leche en su cuna, y le prometí por centésima vez que a mi lado estaba a salvo. Era imperativo que no nos separáramos.

Así que le había ofrecido a Richard una explicación lo más cercana posible al sentido común. Que me había despertado confundida por el láudano y había tratado de abrir la ventana, pero había tropezado contra ella con la fuerza suficiente para romper el cristal.

La señora Noakes había barrido los fragmentos que habían caído al suelo, el tintineo había provocado que me dolieran los dientes, y Noakes lo había tapiado todo con gruesos tablones. Se habló de desalojar la habitación carmín, pero se acordó de que eso solo inflamaría aún más mi angustia. Y ahora, mi querido Richard había abogado por que permaneciéramos juntas, y en contra de más láudano. Aquello era igual de bueno. Podía soportar el dolor si era necesario, y necesitaba estar en plena posesión de mis facultades mentales por si la bruja Bright volvía a mi ventana.

El doctor Harman fue expulsado de la casa con deshonor, pero la señora Noakes y el propio Richard acordaron que el confinamiento debía proseguir en el mismo sitio. Richard me permitió tener otra lámpara de gas y accedió a traerme papel y pluma para combatir el aburrimiento, para que pudiera registrar lo que estaba sucediendo en los términos más claros posibles.

El único cambio que no solicité fue que la puerta se mantuviera abierta. Aterrorizada como estaba, no pensé con claridad. Creía que la cerradura era una protección tan buena como cualquier otra contra los avances de la bruja Bright. Ahora sé que ese fue mi error fatal. No hay defensa contra el mal sino el bien. Nadie puede resistir contra el diablo sino Dios.

EL SÉPTIMO DÍA

Para no dormirme, me llevé al borde del dolor. Al redescubrir la horquilla que había tirado entre las sábanas, decidí colocármela en la parte baja de la espalda, así que, si empezaba a hundirme contra las almohadas, me pincharía y me despertaría. Mantuve las lámparas de gas encendidas y nunca apreté el botón del timbre, ya que prefería soportar las molestias cuando alimentaba a mi hija o usaba el orinal en lugar de que la señora Noakes abriera la puerta.

No sé si alguna vez ha pasado un día y una noche sin dormir, pero es lo más cercano a la tortura que puedo imaginar. Mi cabeza pronto tomó una desviación febril, y mi orina seguía saliendo caliente, punzante y sanguinolenta. Descubrí algunas sales viejas y rancias en el tocador y comencé a olerlas hasta el punto de que me sangrara la nariz, lo cual manchó las vendas y la señora Noakes, cuando acudió a llevarme más caldo, pensó que había sangrado y las reemplazó con unas nuevas. Estaba aprendiendo que una mujer era una criatura de sangre, desde las maldiciones mensuales hasta el nacimiento y así sucesivamente. Mi aya me lo había dicho, pero hasta aquel momento no había tenido motivos para creerlo.

Pero el encuentro con la bruja Bright también me había fortalecido en algunos aspectos. Le había devuelto el golpe. Ahora estaba en el séptimo día de mi encierro, y si podía permanecer despierta otros dos días más, entonces mi bebé y yo iríamos a la iglesia y estaríamos a salvo y seguras.

Por supuesto, permanecer despierta no es tan simple. En especial cuando estás débil por la pérdida de sangre, por sobrevivir a base de caldo y en la oscuridad, una suele marchitarse como una flor hambrienta. De ahí la horquilla, las sales aromáticas, la resolución y el conocimiento para registrar todo lo que estaba sucediendo, para recordarme a mí misma que no era un sueño aterrador, sino mi propia realidad aterradora.

EL OCTAVO DÍA

Se acercaban las seis, y Richard me había explicado hacía poco a través de la puerta cerrada con llave que él y el señor Noakes asistirían a la iglesia, ya que se habían perdido varios oficios de Adviento. Le pregunté de nuevo si podía ir con él, pero me dijo no era una posibilidad y que la señora Noakes estaría en la cocina si la necesitaba. Me incliné ligeramente contra la horquilla y dije con mi voz más firme que estaría bien. Nuestra hija estaba mirando el parpadeo de la luz de la lámpara de gas en el techo, y yo la estaba mirando a ella, el brillo húmedo de sus ojos, la longitud de sus pestañas, cuando de repente las lámparas se apagaron.

Entre la hora tardía, la puerta cerrada y la ventana tapiada, la oscuridad era absoluta. Mi hija gimió y la aupé con suavidad, encontrando alivio en la suavidad de su mejilla, el aroma a lavanda de sus pañales. La coloqué sobre la suave caída de mi vientre y la mecí con suavidad con un brazo mientras con el otro buscaba a tientas la lámpara.

Detecté un sonido sibilante y mi temor regresó al instante. Una larga exhalación, ininterrumpida y fuerte, escapando entre unos dientes apretados.

Me giré a ciegas.

—¿Quién está ahí?

No hubo respuesta. Solo ese silbido horrible y antinatural.

Busqué la horquilla entre las sábanas, pero no pude encontrarla. Abrí los ojos todo lo que pude, buscando un resquicio de luz, segura de que vería el terrible rostro de la bruja Bright, su cabello lacio, sus ojos negros... Y luego me llegó un olor. Pero no era el olor del bosque, ni mi propio sudor ni la piel limpia de mi bebé. Era amargo y familiar. Gas, liberado de las lámparas apagadas.

Casi lloré de alivio, todavía con mi hija apretada contra el pecho, y avancé despacio alrededor de la cama hasta la mesita de noche donde estaban las lámparas. Podía sentir su calor residual incluso a través de los vendajes, el cristal emitía calor al aire. Hizo aflorar el recuerdo de sus palmas sobre las mías a través de la ventana y retiré la mano con un grito ahogado para agarrar a mi bebé con ambos brazos. El olor a gas se intensificaba por momentos, y sabía que debía apagar las lámparas para evitar que entrara en nuestros pulmones.

Todavía medio ciega, coloqué a mi hija sobre la cama y con mis torpes manos busqué a tientas los tornillos de metal. Encontré uno y lo giré con alivio, el silbido disminuyó. La cabeza estaba empezando a darme vueltas, y me obligué a no entrar en pánico. Tanteé en busca de la otra lámpara, mis dedos expuestos toparon con el cristal caliente. La piel chisporroteó, pero sentí que se me nublaba la mente y busqué el tornillo.

Al encontrarlo, lo giré con brusquedad y el silbido cesó.

—Ya está —dije, para calmar mi acelerado corazón—. Ya está.

Cuando me volví para volver a levantar en brazos a mi bebé, escuché otro sonido. Una respiración. Provenía del rincón más alejado de la habitación, al lado de la ventana tapiada, pero incluso mientras me quedaba inmóvil, inclinada sobre mi hija, se acercó.

Los dientes empezaron a castañetearme. El olor a tierra sustituyó al del gas, y la respiración se acercó aún más. No hubo pasos, ningún sonido excepto el de su aliento, pesado y deliberado, inconfundible, terrible.

Entonces sentí calor en el cuello, mi bebé gimió y me recuperé. Levanté a mi hija y la estreché contra mí.

—Aléjate —grité—. ¡Aléjate!

Con la otra mano pulsé el botón del timbre, una y otra vez, y mientras el sonido de la respiración y el hedor a cosas enterradas hacía mucho tiempo me inundaban los oídos y la boca, empecé a dar patadas al tiempo que retrocedía hacia la puerta. Golpeé la puerta cerrada con la espalda y los pies, gritando y llorando, y la bruja Bright estaba frente a mí, invisible en la oscuridad, frente a frente contra mí, mi bebé aplastada entre nosotras.

La puerta se abrió y salí dando tumbos. La señora Noakes gritó y fue a enderezarme, pero me alejé de ella.

—¿Señora?

La señora Noakes parecía tan aterrorizada como yo, con los ojos como platos y la boca abierta por la sorpresa. Extendió la mano hacia la bebé, pero detrás de ella, en la semiiluminada habitación carmín, las cortinas se movieron. La bruja Bright se acercaba.

Aparté a la señora Noakes de en medio con un empujón y cerré la puerta.

—¡Cierre! —grité por encima del sonido del llanto de mi hija—. ¡Ciérrela!

—Deme a la niña —dijo, con la voz temblorosa.

La abracé con más fuerza.

—¡Por el amor de Dios, cierre la puerta!

Me abalancé sobre la llave que la señora Noakes llevaba en la cintura, y ella gritó y se alejó de mí, hacia la puerta. La bisagra cedió y la puerta rebotó en el marco, abriéndose de par en par a aquella oscuridad, semejante a la de una boca.

La bruja Bright estaba fuera.

Eché a correr.

Sentía los pechos pesados y doloridos por la leche. La zona entre las piernas me picaba y la sentía tirante. Mis pies estaban hinchados, entumecidos por el desuso, pero corrí con mi bebé en brazos porque de ello dependía nuestra vida, nuestra alma, la de ella y la mía.

—¡Señora Blake!

Detrás de mí, la señora Noakes se estaba poniendo de pie, pero era mayor y estaba magullada, y yo todavía era joven, aunque estuviera débil. El miedo y la furia me habían vuelto salvaje, y nadie haría daño a mi hija mientras me quedara aire en los pulmones.

Me lancé escaleras abajo, los pies descalzos golpeando la madera, y atravesé la casa hasta el porche. Vi que Noakes y Richard habían ido por allí: sus huellas estaban impresas en la nieve recién caída.

No había tiempo para un abrigo. Arriba, escuché pasos, demasiado intencionados y rápidos para pertenecer a la señora Noakes. La cabeza me daba vueltas. ¿Y si estaba poseída? ¿Y si en ese momento estaba en manos de la bruja Bright? Solo había un lugar en el que estaríamos a salvo de ella.

Me adentré en la noche blanca y fría. Los pies me ardían como si caminara a través del fuego, y crucé a toda velocidad el corto trecho hasta la puerta.

—¡Señora Blake, deténgase!

La silueta de la señora Noakes se recortaba en el umbral. Parecía enorme, con el pelo suelto alrededor de la cara y, con una rapidez imposible, me siguió en la noche. Me lancé por la puerta. Las huellas de mi esposo brillaban a la luz de las estrellas, un camino hacia la salvación.

Avancé a trompicones, sin aliento para silenciar a mi niña, sin forma de hacerle entender que ella era el motivo por el que corría en mitad de la noche helada, así que tuve que soportar sus llantos, sus gemidos, cada uno de los cuales me desgarraba el corazón.

—¡Alto!

La bruja Bright ni siquiera disimuló su voz en esa ocasión. Era profunda y horrible, un bramido. Pero no obedecería, no me detendría, salvaría el alma de mi hija, aunque eso significara destrozar mi cuerpo. Me arriesgué a mirar hacia atrás y vi que estaba imposiblemente cerca. A mi derecha, la maldad se propagaba por el bosque, las sombras estaban llenas de almas enterradas, perdidas y errantes.

—No la tendrás —grité—. ¡No te la llevarás!

Más adelante, el trecho final hasta la iglesia estaba bordeado de velas. Un árbol de Navidad cargado de nieve y coronado con una estrella plateada empequeñecía la estructura de piedra. Pero allí estaba: la cruz. La seguridad. Un santuario.

La misa había terminado y la puerta estaba abierta de par en par, dejando escapar así una luz dorada sobre la nieve. Había sombras alineadas en los escalones, y las obligué a apartarse, enviándolas desmadejadas en todas direcciones, y me lancé al otro lado del umbral.

Jadeando, caí de rodillas ante el altar. Vi el rostro del sacerdote petrificado por la conmoción, escuché la voz de Richard decir mi nombre, sentí unas manos fuertes y terriblemente calientes sobre mi piel helada, tratando de quitarme a la niña.

—Por favor —dije, aguantando con la fuerza que me quedaba—. Que Dios la bendiga. Por favor.

El sacerdote se arrodilló ante mí, su cara arrugada era toda amabilidad. Mi cuerpo entero se estremeció de alivio y frío. Puso la mano sobre la cabeza de mi bebé y murmuró una bendición.

Sus gritos se desvanecieron y su rostro desencajado se relajó. Sequé las lágrimas de sus suaves mejillas y la besé en la nariz.

—Ya estás a salvo —susurré—. A salvo.

Sus perfectos párpados rosados se abrieron. Y bajo la luz sagrada, los ojos de mi bebé brillaron negros.

Este registro se encuentra en los archivos del manicomio de Shropshire, en el barrio de Wenlock.

NOTA DE LA AUTORA

La señora Bright está basada en el caso real de la señora Amelia Dyer, la asesina de bebés victoriana. Los síntomas audio-alucinatorios de Catherine Blake están basados en mi propia experiencia con la depresión psicótica y en la investigación sobre psicosis posparto, un problema que hace que, a día de hoy, quienes la padecen sigan siendo maltratadas, incomprendidas y difamadas. Para leer más sobre esta enfermedad, consulte *What have I done?*, de Laura Lee Dockrill.

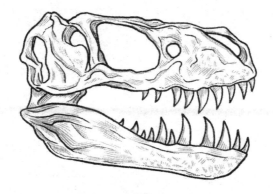

MONSTRUO

Elizabeth Macneal

Lyme Regis, septiembre de 1838

Toda Gran Bretaña, piensa Víctor, está siendo exhumada. En Londres, las uñas de su hermano están cubiertas de tierra, sus invernaderos llenos de pequeños brotes que formarán el arboreto de un nuevo cementerio en Stoke Newington. Su padre supervisó la excavación de las nuevas vías fluviales: líneas rectas y quirúrgicas que dividen la ciudad en dos, ganando, como solía decir, «suficiente dinero para llenar todo Regent's Canal de soberanos de oro». Y aquí está Víctor, el otrora brillante hijo, en este miserable pueblo de Dorset, temblando en su impermeable, mientras un niñito pelirrojo salta por la playa y trata de señalar *piedras de serpiente* y *uñas del diablo*. Por encima de ellos, los acantilados son tan altos como montañas, con bordes irregulares.

—Ahí hay uno —dice el niño, empujando un montón de arena amarillenta.

Víctor mira más de cerca. No puede discernir nada aparte de las piedras y un tornillo viejo. Tal vez este sea un trabajo de mujeres después de todo: sus ojos pequeños y veloces pueden detectar los fósiles, mientras que los hombres como él pueden desenterrarlos y categorizarlos.

—Ahí, *ahí* —repite el niño y una rabia caliente invade a Víctor, que balancea su bastón y lo estrella contra el pequeño nido.

—*Ahí* no hay nada —brama, y el niño retrocede, asustado.

Se apresuran, la lluvia casi horizontal, las nubes tan bajas y negras que podría estar anocheciendo. Podría estar en la posada con su esposa, comiendo un bollo cubierto con crema, sus calcetines secándose junto al fuego. Podría estar en casa, en el Londres civilizado. Odia esa llaga infernal que pasa por pueblo, sus casas encorvadas como una hilera de borrachos, sus colinas lo bastante empinadas como para dejar sin aliento al más ligero de los hombres. La lluvia ha caído en cortinas gruesas todos los días, dejando mojada y húmeda incluso su ropa interior.

Lyme Regis fue idea suya, una promesa susurrada en los primeros días de su noviazgo tras decir Mabel que anhelaba ver el océano. Recordó un artículo que había encontrado hacía poco en White's, sobre Gideon Mantell y su iguanodonte. Había un tramo de costa, recordó, donde se habían desenterrado todo tipo de criaturas curiosas. Se enderezó la corbata.

—Bueno, querida, tu deseo se hará realidad. Un día te llevaré a un pueblecito de la costa de Dorset. Y allí, mientras tú admiras el mar, yo me haré un nombre desenterrando alguna bestia peculiar —añadió con afectación teatral—. Y la llamaré *Prodigium Mabelius*.

Mabel sonrió con timidez, sin mostrar los dientes, y eso lo convenció de que era el espécimen apropiado de feminidad, una persona a la que podría impresionar con facilidad. Se dio cuenta de que allí había una chica que creía en él, y con ese estímulo, ¡vaya, podría lograr cualquier cosa!

Y luego ella lo miró, con esos ojos tan grandes y pálidos.

—He leído que tu hermano ha descubierto hace poco un nuevo tipo de orquídea. Ese monstruo hará que tú seas igual de impresionante.

No había tenido intención de herirlo, se dijo Víctor, pero él se tocó la frente como si lo hubiera golpeado.

De niño había sido brillante. Era el niño de oro, henchido de promesas, el que sobresalía en todo lo que hacía. Cricket, latín, matemáticas: era venerado y temido tanto por profesores como por alumnos. A su lado, su hermano estaba tan pálido como un arbusto marchito y era incapaz de pensar en nada que no fueran las malditas flores. Las prensaba, las catalogaba, las hacía crecer a partir de pequeños bulbos. Víctor lo llamaba «Margarita» y escogía sus orquídeas raras para los ojales. «Solo son *flores*» protestó cuando su hermano lloró. Pero luego los años pasaron y Víctor, la maravilla completa, el mejor estudiante del año, descubrió que su mente era un pájaro en una jaula, nunca satisfecho. Revoloteó contra las rejas de las finanzas, de la política, del comercio, sin detenerse nunca lo suficiente como para asentarse.

Un día, levantó la mirada y se dio cuenta de que su hermano había pasado décadas cultivando su única pasión y se había transformado en un renombrado horticultor. Todo el mundo consultaba a *Margarita* sobre planes de plantación, desde el Palacio de Buckingham hasta la nueva oleada de cementerios. *Margarita* tenía una casa en Mayfair y una casa de campo en Richmond con su propio invernadero. *Margarita* era la comidilla de la ciudad. Una fría certeza se había alojado en el pecho de Víctor, la de que había cometido un grave error y el mundo estaba aplaudiendo al hermano equivocado.

Y luego él y Mabel se casaron, y partieron hacia Lyme Regis en una tormenta de baúles y cajas de sombreros, Mabel aferrada su libro de recortes sobre los spaniels y sus afiladas tijeras plateadas. El chirrido de las cuchillas de Mabel lo irritaba solo un poco, el lametón del bote de pegamento. Le sonrió y no dijo nada. Era un nuevo comienzo, se dijo a sí mismo mientras pasaban rápidamente por pueblos y carreteras de peaje, los campos ya dorados al comienzo del otoño. Cinco días de viaje, de noches en posadas destartaladas. Cuatro noches hasta que reunió el coraje para tocarla por fin, para someter su cuerpo bajo el suyo.

Mientras el carruaje avanzaba, trató de leer los libros que había adquirido sobre el tema de los plesiosaurios y los iguanodontes. Las palabras bailaban y se reacomodaban, pero una expresión brillaba, página tras página. *Royal Society*. Una gran institución, que convertía en oro todo lo que entraba en su órbita. El experimento de la cometa de Benjamin Franklin. El viaje de James Cook a Tahití para rastrear el tránsito de Venus. El *Principia Mathematica* de Isaac Newton. Todos esos informes habían sido publicados dentro de sus muros, todos estos hombres ilustres habían pasado bajo su gran arco de piedra. Pronto, pensó, daría con criaturas fosilizadas, en esas playas llenas de costillas, espinas y cráneos alargados y suaves. Se imaginó el aplauso que recibiría su propio descubrimiento, la comprensión de que, por fin, él, Victor Crisp, era un hombre de ciencia, de renombre, de la más absoluta grandeza...

Cayó hacia delante cuando tomaron una colina empinada, su libro quedó extendido en el suelo.

—Todo en orden —dijo, recomponiéndose, aunque Mabel no había dicho nada. Maldijo, sacudiéndose las manos contra los pantalones—. Todo en orden —repitió.

Tris, tras. Un caniche con un lazo rosa estaba siendo retirado lentamente de un libro infantil ilustrado.

Miró por la ventana.

—Ahí está el mar, como tú querías. Debemos de estar llegando.

Mabel no levantó la vista. Sus muñecas fueron presas de un temblor. Se preguntó, brevemente, si le tenía miedo. El recuerdo de la noche anterior, de sus muslos blancos como la leche, su cuerpo cerrado en banda de golpe y cediendo a duras penas bajo él, ese sorprendente nido de vello oscuro (él había perseverado, a pesar de todo), le provocó una pequeña punzada de remordimiento. Intentó sonreír.

—Ah, aquí estamos —dijo.

Incluso entonces, las lluvias ya estaban empezando. Gotas gordas caían sobre el pavimento como manchas de grasa. Nubes tan espesas como la lana. Las gaviotas chillaban. Víctor salió del carruaje y miró a su alrededor. La posada era un establecimiento más ordinario de lo que le habían hecho creer: una columna delgada y torcida subía por el centro del edificio, donde este se estaba hundiendo lentamente, y comprobó la expresión de Mabel para ver si era de desagrado.

—Esperemos que el techo no se nos caiga encima durante la noche —dijo, con la esperanza de, al menos, hacerla sonreír, pero ella mantuvo la mirada fija en la vereda.

Los recibió el posadero, que tenía dos niños pelirrojos jugando a sus pies. El niño hacía rodar fósiles por el umbral. La niña acunaba un jarrete de res que había envuelto como una muñeca.

—No llores —susurró.

—Bienvenidos —dijo el hombre, acompañándolos al interior del hotel. Había velas de sebo goteando en las paredes, el aire resultaba denso por el hedor a carne cruda. Guadañas y trampas ornamentales colgaban del techo, con los dientes oxidados. Se volvió hacia Víctor con una mirada extraña y entrecerrada—. Debería advertírselo ahora, antes de que sea demasiado tarde.

—¿Para qué?

—Dicen que la posada está encantada.

Víctor se rio y Mabel dijo:

—Oh.

—Igual que en esas novelas que lees —dijo Víctor—. Estoy seguro de que aquí pasa lo mismo. Tumbas profundas, monjes encadenados y todas esas tonterías.

—No —dijo el hombre, guiándolos a través de un estrecho corredor hasta su habitación. Víctor se agachó para pasar bajo una espada baja y roma—. Las cosas tienen la costumbre de ser diferentes de lo que parecen. Se transforman a sí mismas. Como las selkies escocesas, ¿conocen la historia?

Víctor negó con la cabeza.

—Focas que se convierten en mujeres. Mujeres que se convierten en focas. A menudo nos visita el fantasma de una foca que fue atrapada en estas costas y asesinada a palos por un grupo de marineros. Al día siguiente, encontraron el cuerpo de una mujer a la que habían dado una paliza donde la criatura marina había sido enterrada.

El hombre rozó con los dedos la muñeca de Mabel. Víctor notó lo cerca que estaba el posadero de ella, con la cabeza inclinada hacia su cuello. Se fijó en que Mabel no se movió. Él se rio entre dientes; una posada embrujada, un propietario lascivo. ¿Qué sería lo siguiente? ¿Una hueste de pilluelos cantando villancicos?

—Las velas se apagan solas por la noche —continuó el hombre—. Es el soplido de la respiración de las focas.

Víctor sonrió de nuevo.

—A menudo se oye el golpeteo de unos pasos después de medianoche —agregó el niño, siguiéndolos hasta la habitación.

La estancia era chica, las tablas del suelo estaban inclinadas, la ventana era tan pequeña como un ojo entrecerrado. Víctor hubiera preferido compartir cama, pero vio que Mabel tendría su propia habitación justo al lado de la suya, a la que se entraba por una puerta comunicante.

—Estén atentos por si oyen el golpeteo de las aletas —continuó el niño. Emitió un sonido agudo, curiosamente cercano a un gemido de placer femenino—. O si encuentran limo en las sábanas.

—Camas que gimen.

Muy bien, pensó Víctor. Incluso Mabel sabía lo que había detrás de eso, tenía las mejillas sonrojadas.

En ese momento, la cama pareció volverse monstruosa, pareció llenar la habitación. Las colgaduras de color púrpura brillante parecían despojos cortados. Se apreciaba un hundimiento en las almohadas, como si el cráneo de un extraño hubiera creado una abolladura. Todos los fantasmas de los que habían *fornicado* allí antes que ellos. Víctor jugueteó con su pipa, esperando que el hombre y el niño se fueran.

—Aquí la tenemos —dijo el hombre, señalando un pequeño cuadro que colgaba sobre la cómoda—. No tan bella como usted, por supuesto —dijo, y Víctor vio cómo colocaba una mano sobre el hombro de Mabel. Tosió y fingió inspeccionar la pintura.

El arte era tosco, poco más que el trabajo de un niño.

Pero lo cierto era que la imagen lo inquietó. El cuerpo de una foca con el rostro pasivo de una chica, la piel desprendiéndose de sus hombros con tanta pulcritud como una clementina a medio pelar. Había mucha *carne*. Le recordó a los grabados sobre madera que guardaba entre las páginas de su Biblia: mujeres con senos tersos, sus partes pudendas tan suaves y uniformes como el mármol.

—Cielos —dijo Mabel—. Es bastante aterradora.

—Es todo una tontería, querida —dijo Víctor, haciendo un gesto para apartarla de allí.

Pero Mabel no lo siguió. Se inclinó hasta quedar a la altura del niño.

—¿Son fósiles? —le preguntó—. Mi esposo va a encontrar una criatura fantástica y nos hará ricos a los dos. La llamará *Prodigium Mabelius*.

El posadero soltó lo que sonó sospechosamente a un intento de risa reprimida. La mortificación atrajo los ojos de Víctor al suelo. Si alguien que no fuera Mabel lo hubiera dicho, habría pensado que se estaba burlando de él. Pero en lo referente a su esposa, solo deseaba que ella supiera qué mantener en secreto y qué compartir.

—Mi sobrino puede llevarle a los acantilados de Black Ven —dijo el hombre, señalando al niño pelirrojo—. Tiene olfato para eso, como un cerdo para las cerezas. Aunque no es que haya habido hallazgos espectaculares durante años.

—Cuando deje de llover, estaré encantado —dijo Víctor.

—Es más fácil ver los fósiles cuando está mojado. El negro brilla sobre el barro —ceceó el niño. Le faltaban los dos dientes frontales y movía el incisivo inferior con la lengua.

Mabel inclinó la cabeza hacia Víctor.

—¿Verdad que no te asusta un poco de lluvia, querido? —preguntó ella—. Estoy segura de que me encontrarás una bestia maravillosa si te aventuras a salir todos los días.

—Pero...

—Creo que —dijo, haciendo girar sus pequeñas tijeras plateadas en la mano—, de todas tus cualidades, la que más admiro es tu dedicación. *Sé* que puedes hacerlo.

Ella le sonrió y añadió que no podría acompañarlo, no cuando sus pulmones estaban tan débiles después de ese brote de gripe de hacía tres años.

Atrás han quedado sus sueños de gloria, de desenterrar una criatura mítica. Atrás han quedado sus sueños de cualquier cosa excepto una cena a base de caballa fría regada con vino blanco, e incluso entonces teme la decepción de Mabel cuando le diga, una vez más, que no ha encontrado nada. ¡Ocho días y nada más que lluvia! Demasiado exhausto incluso para asistir a los bailes en los salones de actos. Una gota de agua serpentea por su espalda. Los dientes comienzan a castañetearle, tiene los pantalones empapados hasta la rodilla. El niño va tan por delante que Víctor apenas puede verlo con tanta niebla. Se detiene para ver por qué pelean tres gaviotas, sus picos afilados picotean la carne de algo blando. Una medusa varada, sangrando en la arena.

Y luego lo oye. El ruido de un carraspeo, y a continuación el sonido bajo y prolongado de algo fundamental partiéndose en dos. Lo ve de forma vaga, como a través de una ventana empañada; los acantilados ceden, un derrumbe de varias toneladas de tierra.

—¡Por favor! —grita, como si estuviera tratando de contar con alguien, ¿con quién? ¿Con las rocas mismas, con Dios? No tenía ni idea de lo líquidas que podía llegar a sentir las piernas, de la poca definición con la que podía ver. Es consciente de poco, excepto de un dolor en el pecho, del sabor penetrante de los peniques. Intenta correr, pero resbala y vuelve a caer sobre algo blando y húmedo. Se da cuenta de que es la medusa, su baba le cubre las manos, suave y fría. Está paralizado, pegado al suelo, con las piernas pesadas como vigas, esperando que la tierra se lo coma. Es extraño, piensa, cómo no le viene a la cabeza nada particularmente importante: solo Mabel, la noche anterior, sentada frente a él en la cena. La comodidad de la situación. Estaba diseccionando una sardina con un cuchillo de plata, arrancándole las costillas finas como un cabello. *Es mía*, pensó. *Somos el uno del otro.*

¿Qué dirá cuando se entere de la noticia? Se imagina la suave caída de las lágrimas, luego años de constante devoción en su tumba.

Pero, ¿quién más lo llorará? Su funeral solo puede ser tranquilo, modesto, no la gran procesión que una vez imaginó que sería. Treinta años en esta tierra y no tiene nada de lo que presumir. Ni rastro de la riqueza y la fama que sus maestros le atribuían. Han pasado años desde que alguien dijo: «¡Si alguien puede hacerlo, ese es Víctor!». Su nombre, una vez fuente de orgullo, ha comenzado a parecer una burla.

El hedor de los hornos de cal en lo alto del pueblo, a cordita, a tierra recién removida. Es vagamente consciente de que alguien está gritando, aunque no logra discernir las palabras. Tan solo un lamento largo y bajo, el sonido que podrá hacer una bisagra cuando era necesario engrasarla. Y luego, el sonido comienza a remitir. Se golpea las piernas, el costado, los brazos. No hay dolor, nada. Se pone de pie, tembloroso, se sacude la arena de la chaqueta, se limpia las manos en los pantalones. Se siente absurdo, tonto. El deslizamiento se ha detenido. Un grueso trozo de tierra se adentra en el mar. Los acantilados se han venido abajo. Debería irse, correr. Podrían caer más. Toda la costa podría convertirse en meros escombros. Pero se encuentra caminando hacia allí. El cielo es tan nacarado como el interior de una concha, la lluvia es un leve rocío. Se siente como si estuviera solo en el mundo...

El chico, piensa. El niño al que le faltan dos dientes y cuyo nombre no recuerda. Iba delante, su cabello rojo desaparecía en la niebla justo cuando empezó el deslizamiento de tierra.

—Niño —llama, pero sabe que no tiene mucho sentido. El chico está muerto, seguro.

Y luego lo ve, negro y brillante. Brillando bajo la luz gris de la tarde, en lo alto del montículo de tierra. Una forma casi parecida a una calavera. Víctor parpadea, da un paso adelante y luego otro. Corre hacia aquello, el dolor en su tobillo casi ha desaparecido. La euforia canta en su interior. Observa ese momento como si ya lo preparara para la anécdota, para la historia. El momento del descubrimiento, la conmoción de la epifanía. Un hombre alto y empapado, escalando por el derrumbe, lanzándose hacia el avance científico. ¡El barro, tan viscoso! Se aferra a sus muslos, chapotea bajo cada pisada.

Lo supe en cuanto lo vi. Eso es lo que dirá cuando se dirija a su gran audiencia en la Royal Society. *Lo definiría como el instinto del descubrimiento.*

Sus dedos arañan la roca. ¡Qué aspecto tan triunfante debe de tener!

Las manos le duelen del frío, ennegrecidas hasta el codo. Un trueno retumba como un aplauso. Un relámpago bifurcado ilumina la tarde. Una caja torácica. Una aleta. Un monstruo inmaculado. Ha estado durmiendo durante miles de años, a la espera de que él lo descubra.

Todo el mundo cava, piensa de nuevo, su alegría se convierte en breves aullidos de deleite. Su padre por sus canales. Su hermano por sus plantas y cementerios. Y él, Víctor, por una magnífica criatura que, a ciencia cierta, le proporcionará renombre.

Es casi de noche cuando llegan los caballos de tiro. Los huele casi antes de oírlos, es el hedor a pescado podrido de las lámparas de aceite de ballena. Gesticula como un loco. Ahí está el posadero y la niña con su muñeca de hueso, corriendo por la playa. La marea está subiendo, jadea al rodar sobre las piedras.

—¡Aquí! —llama, desde su posición en el montículo—. ¡Aquí! Necesito cuerdas. Palas. Martillos. Tenemos que trabajar rápido para sacarlo.

—Gracias a Dios —grita el posadero, y trepan por la tierra hacia él. El hombre mira a su alrededor, entrecerrando los ojos en la penumbra—. Pero ¿dónde está?

—Ahí —dice Víctor—. ¡Mírelo! El cráneo de hocico largo. Las aletas negras. —Espera su asombro, su envidia.

El hombre mira a su alrededor como un poseso.

—Pero, Wilbur. ¿Dónde está Wilbur?

Víctor se muerde el labio. Se había olvidado por completo del chico, había olvidado que en algún lugar debajo de esta apestosa masa de tierra yace el cuerpo de un niño pequeño.

—Lo siento... —tartamudea Víctor—. No lo ha conseguido, ¡debería haberlo visto! Se ha desmoronado tan rápido...

El posadero da un paso adelante. Por un segundo, Víctor piensa que el hombre está a punto de golpearlo. Pero tiene las manos flojas a los costados, la mandíbula desencajada y hay dolor en su rostro. Víctor se hace a un lado y los observa, al hombre y a la niña, mientras se arrastran sobre la tierra, gritando el nombre del niño, golpeando, pateando, clavando palos. Quiere decirles que es inútil, que, con toda seguridad, el niño está muerto. Mira a su alrededor, observando el movimiento de la marea. ¿Cuánto tiempo tiene? Si nadie lo ayuda, su descubrimiento le será arrebatado por el mar, se perderá para siempre. Un pequeño grito brota de su garganta. Su única oportunidad de alcanzar la fama y la gloria ya se está desvaneciendo.

Busca en su bolsillo una pluma y un papel y agita la promesa de diez o veinte libras ante dos hombres de brazos gruesos. Cambian el peso de un pie a otro, pero al final asienten y lo siguen a donde él los conduce. Los martillos astillan la piedra, las cuerdas crujen y tiran. A medida que la lluvia retira la tierra, Víctor ve que la criatura es perfecta, está más intacta de lo que nunca podría haber imaginado: costillas, columna vertebral, aletas. Clavan estacas, atan más cuerdas, aunque Víctor revolotea a su alrededor, temeroso de que lo partan en dos. Los caballos patean gruesos terrones de barro, las venas tensas, las cabezas ensombrecidas de forma horrible por la luz de la lámpara. Un gemido, humano o animal, no sabría decirlo. El batir de unas olas atronadoras.

—Hay que volver. Las mareas —gritan los hombres, y las aguas ya se arremolinan alrededor de sus tobillos. El posadero y su hija vuelven al pueblo, con las manos vacías y la cabeza gacha. Observa cómo sus lámparas se reducen a finos haces.

Pero Víctor no piensa irse, y agarra por el cuello a uno de los hombres cuando trata de enyugar los caballos. Saca su billetera una vez más, garabatea sumas asquerosas y los hombres golpean con sus látigos a los animales, hasta que por fin, por fin, con un feroz crujido, la criatura se suelta. Víctor baila de un pie a otro mientras la atan al carro, la madera cruje bajo su peso.

—Deprisa —susurra. Luego más fuerte—. ¡Deprisa! —La marea le llega a Víctor por los muslos, la corriente casi lo tira de lado. La espuma truena contra su cintura—. Yo lo ataré —dice a los hombres, y solo ahora ve lo asustados que están, lo inquietos que están los caballos, el brillo en el blanco de sus ojos.

Avanzan contra las olas que rompen en la orilla y Víctor va sentado en el carro, el agua burbujea contra las tablas. La noche es muy negra y fría. Está temblando, todo su cuerpo sufre convulsiones por el frío del mar. Tiene barro en el pelo, en las orejas. Inclina la cabeza y acuna a su criatura como una madre podría abrazar a un niño.

Los cubiertos rechinan contra la porcelana. El pastel de pescado está tibio, con espinas. Víctor se saca una diminuta lanza translúcida de las encías y la coloca en una esquina de su plato. Mabel no lo mira, no habla. Apenas ha hablado desde que él entró, calado hasta los huesos, goteando lodo. Esperaba que acudiera junto a él a ver cómo descargaban a la bestia en la casa de un comerciante justo al lado de la galería, pero ella se ha apartado de él y ha sacudido la cabeza. Ha sido él quien ha estado de pie en las calles mojadas, quien ha hecho un trueque con el propietario, quien ha ordenado a diez hombres que la bajaran hasta el sótano por los mohosos escalones. Si hubiera podido, la habría llevado a su habitación, o habría dormido en el sótano junto a ella.

No deja de mover la rodilla hacia arriba y hacia abajo.

—¿Puedes creerlo? —susurra—. ¡Mi monstruo! Espera hasta que lo veas. Es magnífico. Podría ser el hallazgo más grande desde el *plesiosaurus* de William Conybeare.

—De Mary Anning —dice ella.

—¿Cómo dices?

—Ese *plesiosaurus* lo encontró Mary Anning.

—Una objeción de poca importancia —responde—. Conybeare lo catalogó, ¿no es así? —Toma la mano de ella—. Dentro de unos días, tal vez mañana, llegará la prensa. ¡Los hombres de ciencia! Los paleontólogos. —Respira hondo—. ¡La Royal Society! ¡Ay, cuando se enteren!

—¿Col? —pregunta el posadero, que sostiene una sopera de verduras amarillas y blandas.

Víctor se golpea la frente.

—¿Qué pasa si ese sótano no es seguro? ¿Y si lo venden?

—¿Col? —repite el posadero. Tiene los ojos rojos, las mejillas hundidas.

—Gracias, James —dice Mabel, y mira al hombre con una expresión cercana al afecto. Cuando se mueve para colocarle la col en el plato, sus dedos rozan los de ella. Es sorprendentemente atractivo, observa Víctor con cierta sorpresa.

—Imposible, *James* —dice Víctor, acariciándose el vientre—. Eso será todo.

Con una reverencia, el hombre se da la vuelta y se va. Víctor nota cómo los ojos de Mabel siguen su movimiento por la habitación. Es una criatura de corazón tierno, se dice a sí mismo; solo se compadece de él por la muerte de su sobrino.

—Creo que es una nueva especie en la familia *plesiosaurus*. Si estoy en lo cierto, he decidido llamarlo *Plesiosaurus V. Crispus*.

Víctor espera. Su esposa sigue cortando su comida. Nada, ni siquiera un respingo.

—Sé que prometí que lo llamaría…

—¿Por qué los hombres siempre tienen que cavar? —interrumpe. Nunca antes la ha escuchado hablar en este tono.

—¿Perdón, querida?

—¿Por qué los hombres no pueden dejar las cosas donde están? ¿Por qué siempre tienen que estar recogiendo cosas y…?

Se frota el labio.

—Esto es por el chico, ¿no?

Ella suelta los cubiertos con brusquedad. Él se sorprende al ver lágrimas en las esquinas de sus ojos.

—Es un asunto desagradable, eso te lo concedo. He decidido pagar un funeral magnífico, digno de un caballero. Un cortejo fúnebre, un carruaje negro...

—¿Y eso lo traerá de vuelta?

Él tira de su corbata.

—El deslizamiento no fue culpa mía. Me miras como si fuera una especie de *asesino*. —Se estremece—. Cabe lamentar que el niño se haya visto enredado en esto. Pero cuando hayas pasado un poco de tiempo en el mundo, te darás cuenta de que los seres humanos a menudo son los daños colaterales del progreso. Los hombres mueren al construir grandes puentes, al colonizar nuevas tierras. Son cosas que suceden

Ella tiene la boca apretada, la sangre se le acumula en la comisura de los labios.

Un pensamiento le impacta, y reprime un repentino impulso de reír.

—¿No es apropiado —dice, disfrazando su diversión con una tos—, que el cazador de fósiles se haya convertido en un fósil él mismo? Ahí está, enterrado bajo toda esa tierra. —El mundo se desliza a su alrededor, ve ese extraño techo de guadañas y botes de pinta y trampas y se siente apartado de él, superado por las carcajadas que brotan de su interior—. El niño se ha... —jadea, aleteando por un vaso de agua—. ¡Él mismo se ha fosilizado! ¿Lo... desenterrarán... y...?

Recibe una explosión de agua fría.

—¿Qué diablos...? —empieza a decir, y luego ve el vaso vacío en la mano de Mabel. Sus ojos están tan entrecerrados y fríos que se asusta.

Víctor asiste solo al salón de actos esa noche. Mabel dice que tiene dolor de cabeza, y él la deja con su álbum de recortes, sus tijeras cortan rápido y de forma violenta.

Para cuando sube la colina, se encuentra sin aliento, tiene la vista nublada y siente un dolor agudo en el costado. Las calles no están iluminadas, así que tropieza con escombros (una red vieja, una concha de ostra) y desea haber llevado un farol. Todavía está nublado, no hay luna, una lechuza vuela bajo sobre el pueblo. Se da prisa, más rápido, el sonido de los violines recorre las calles.

Allí, delante de él, el salón resplandece. *Civilización*, piensa, casi corriendo, preguntándose por qué no ha asistido antes. La sala estará llena de veraneantes, de gente a la moda y con buen gusto. Allí, a la luz de mil velas, los ornamentos de carey adornarán los bisoñés. Los huesos de ballena ceñirán las cinturas. Las amonitas brillarán en orejas y gargantas, sin dejar rastro del suelo negro y acre del que una vez fueron arrancadas.

Al principio, nadie se fija en él cuando entra. Y luego, un hombre lo toma de la mano y se la aprieta. Empieza a haber codazos, murmullos cruzados en el descanso entre bailes.

—Fue usted, ¿no es así? —le pregunta un caballero—. Víctor Crisp, ¿verdad? El hombre que descubrió esa magnífica criatura.

Él inclina la cabeza, asiente. Varias copas se levantan en su dirección. Un hombre le entrega un vaso rebosante de ponche. Él lo acepta, toma un sorbo.

—La Royal Society estará encantada de saberlo —dice un caballero—. Apuesto a que es el mayor hallazgo en años.

Víctor asiente.

—La Royal Society —repite, pero su voz suena curiosamente distante. Tiene frío, se percata, pero también calor, tanto que se seca el sudor de la frente—. La Royal Society —repite, más alto, con más énfasis.

El hombre lo mira fijamente.

Víctor se balancea hacia delante sobre los dedos de los pies, tratando de suprimir los escalofríos que se apoderan de él. Alguien le da palmaditas en la espalda. Debería sonreír, aceptar su agradecimiento, tal vez incluso pronunciar un discurso.

Y, sin embargo, ¿por qué se siente tan, tan vacío, tan solo? Sus entrañas se arremolinan como si necesitara vaciar el contenido. En el exterior, el viento aúlla, sacudiendo las ventanas. Se toca la oreja. El aullido se vuelve más fuerte, al igual que el sonido que escuchó en la playa cuando la tierra se inclinó hacia abajo: la criatura, se pregunta, ¿podría ser la criatura gritando o, peor aún, el niño?

Pero nadie más está mirando a su alrededor. Nadie, en este refinado salón de baile, expresa alarma alguna. El sonido, al parecer, truena solo en los oídos de Víctor. Intenta calmar el temblor en sus manos, asintiendo a la habitación en señal de aprecio. Cientos de dientes le devuelven la sonrisa. Una ovación en voz no muy alta, y el vaso se desliza de la mano de Víctor y cae al suelo.

Atraviesa el salón con sus guadañas colgantes, sube las escaleras. Nadie le ha dejado una vela. Su mano busca a tientas la barandilla, las piernas le tiemblan y tropieza con la madera. Arriba, en su habitación, cierra la puerta de golpe, respirando con dificultad. El cuadro lo contempla, la chica medio foca, despojándose de su piel. Qué ojos tan redondos y azules. Un cuento ridículo, piensa; una criatura no puede transformarse en otra. Lo descuelga y lo coloca en el suelo, de cara a la pared. Abre a la fuerza la puerta del pequeño dormitorio de su mujer.

—Gatita —susurra—, mi amor.

Al principio, la engatusa, la adula, le ruega y, sin embargo, se siente complacido cuando ella retrocede, las mejillas sonrojadas por la vergüenza y las rodillas apretadas contra el cuerpo. Solía visitar a una chica en Jermyn Street, a menudo se encontraba atrapado en su nidito de mala muerte por la fuerza de su lujuria: ¡cómo lo excitaba ella, ¡cómo lo horrorizaba! Babette, así se llamaba. Una chica parisina, de Marais. Solía entrar de un salto en su habitación y encontrarse con sus piernas abiertas le producía un placer desenfrenado, sus dedos acariciaban esa *cosa* pequeña y caliente, ella movía las caderas para encontrarse con las de él. Cómo se preparaba ella para el peso de su placer, su necesidad, que dio paso al odio, hasta que él empezó a imaginársela en un pozo, desnuda y retorciéndose, su lengua cubierta de sarro rogando lamer, succionar y tragar.

Qué alivio, pues, descubrir que su esposa puede ser una especie completamente diferente. ¡Pero qué seca y estrecha está, cómo tiene que abrirse paso a la fuerza! No puede mirarla, convencido, contra toda lógica, de que la ha agraviado. Él siente el impulso repentino de detenerse, de decirle que nunca ha amado a nadie tanto como la ama a ella; decir: «Empecemos de nuevo». Pero luego recuerda a su padre, que lo sacudía cuando lloraba porque se había hecho un corte en una rodilla. *Una vez que un hombre pierde el respeto, lo pierde para siempre.*

Durante toda la noche, sus sueños son intermitentes e inestables. Los monstruos se convierten en niños, los niños en monstruos. La ropa de cama se le pega al cuerpo. La luz de debajo de la puerta de su esposa lo perturba, el ruido de sus tijeras, el deslizar del pegamento contra el papel. Antes de que amanezca, escucha el tintineo de unas linternas, la gente del pueblo corre hacia el deslizamiento de tierra ahora que la marea está baja.

Cuando ya no puede soportarlo más, se sienta en su escritorio. Empieza la carta que ya ha compuesto cien veces en su cabeza, tratando de calmar el temblor de sus dedos. Primero escribe la dirección, deleitándose con el bucle de la *R*, la forma en que curva la *S* de Society sobre dos líneas.

Estimados señores: Les escribo con la noticia de un magnífico descubrimiento, en el cual estoy seguro de que su sociedad estará muy interesada...

Con la carta escrita y sellada, pasa a la única correspondencia que ha recibido en la última semana. Como siempre, está llena de tonterías sobre las plantas de su hermano: solo habla de árboles jóvenes y esquejes, y el arboreto del cementerio de Abney, que se plantará en orden alfabético. *Margarita* incluso ha enumerado todos los árboles, como si a Víctor le importara un pimiento: *Zanthoxylum dará el toque final. ¿Sabías que su nombre común es «árbol de dolor de muelas»?*

Toma una hoja nueva y anhela escribir unas sencillas palabras con las que regodearse: *¡Ahora soy un gran hombre, Margarita! La Royal Society enviará a un hombre para verificar mi descubrimiento, y en el futuro aparecerá en todos los libros de historia. ¡Seré el hermano Crisp cuyo nombre resuene a través de los siglos!* Pero sabe que a su hermano no le importaría; la competencia y el resentimiento siempre han corrido en una sola dirección. Lo único que le importa a *Margarita* es su invernadero, su vivero de árboles jóvenes cuidadosamente etiquetados.

Suena un golpe en la puerta. Víctor abre, esperando, por un momento, al niño pelirrojo. Y luego, cuando una chica de cabello negro le frunce el ceño, Víctor recuerda que el chico está muerto. Parpadea, se apoya en el marco de la puerta. Siente la cabeza embotada, como si hubiera una delgada membrana que lo separa del resto del mundo.

—Ah, otra vez arenques ahumados —dice Víctor con falsa jovialidad, mirando la bandeja de plata desportillada. Los cuerpos están flácidos y ve la sombra de la gangrena, tres ojos lechosos lo miran fijamente. Hace un gesto hacia el escritorio—. Déjalo ahí, por favor.

La niña está a punto de escabullirse cuando Víctor extiende la mano.

—Espera —dice, alcanzando su cartera. Saca un fajo grueso—. El niño que murió...

—Wilbur. Mi primo. Lo han encontrado esta mañana. —Ella inclina la cabeza.

—¡Maravilloso! —Se pregunta dónde lo habrán dejado. Con esa primera luz matinal, lo habrán llevado en el mismo carro, le habrán limpiado el barro de la nariz y las orejas.

Los ojos de la chica, ya de por sí pequeños e hinchados por el llanto, parecen entrecerrarse aún más.

—Puede ser un consuelo —dice, rápidamente—, tener un cuerpo que enterrar. —Se aclara la garganta y deposita los billetes en su mano—. Me gustaría contribuir con los costes. Para que no escatiméis en gastos. Contratad mudos para que aguarden en su puerta. Un gran entierro. ¡Que tenga una despedida digna de un duque!

La chica no aparta la vista de él, protege el dinero como haría con una criatura pequeña y preciosa. Cierra los dedos en un puño, da un paso atrás. Víctor escucha cómo sus pasos retroceden a un ritmo constante al principio, y luego aceleran e impactan contra el suelo por toda la pequeña posada.

Víctor se viste a toda prisa y se apresura calle abajo para visitar a su criatura. Hace un día espectacular, las gaviotas revolotean como trozos de encaje. En el aire flota un olor a marisco en descomposición, hay restos de algas marinas rastrilladas en varios montones podridos alrededor de los que zumban las moscas. Las niñas agitan canastas de dedos del diablo y vertebrados.

—Un penique la pieza —gritan, pero Víctor se abre paso a empujones mientras se burla de esas meras bagatelas. No podría haberse imaginado el monstruo que iba a desenterrar, la fama que sería suya. *Plesiosaurius V. Crispus.* Levanta la aldaba, golpea tres veces. Silencio. Siente un pánico repentino de que alguien haya robado su bestia, de que la hayan vendido y hecho pasar como propia. Golpea más fuerte, el puño contra la madera. Oye un ruido.

—Paciencia, amigo mío —dice el hombre. Entonces, lo mira bien—. ¿Se encuentra bien, señor?

Víctor asiente, casi corriendo hacia el sótano. No puede esperar para estar a su lado, para tocar su flanco fresco, para apoyar la cabeza contra su oscura caja torácica. En la penumbra, puede distinguir poco: las ventanas están cerradas, solo hay una vela encendida en la esquina. Tropieza por las escaleras, sus manos rozan los cristales blancos. Gotas de agua caen desde el techo.

—Ahí está —respira. El tendero lo sigue con una vela.

El hombre ha accedido a almacenar a la criatura en su sótano hasta... ¿hasta qué? Si estuvieran en temporada alta, allí habría una gran cantidad de caballeros científicos que le dirían a Víctor qué hacer, que incluso podrían verificar que su criatura es genuina. Pero Víctor no sabe los pasos que debe seguir, solo queda aguardar una respuesta de la Royal Society, el caballero al que inevitablemente enviarán. Y luego, está seguro, organizarán su transporte a Londres, donde podrá empezar el verdadero trabajo.

Víctor pide un balde y un cepillo y, sentado en ese sótano frío y sin ventilación, empieza a limpiar a su criatura. Saca limo antiguo de entre sus dientes, lava la mugre del borde roto de su cráneo. Golpea con un martillo la columna vertebral y retira pedazos de piedra inútiles. El olor a cordita llena la habitación, el esqueleto queda expuesto por primera vez en miles de años. Los huesos están oscuros y pulidos, pero aun así moja un paño en aceite y los frota con movimientos lentos y circulares. Nunca ha tocado a nadie con tanta ternura, con tanta delicadeza. Recuerda cómo se tendió junto a Mabel esa primera noche, la respiración dormida de ella tan constante como el tictac de un reloj. No podía creer que fuera suya, que estuvieran unidos para siempre. Colocó una mano sobre su hombro, anhelando acercarla a él, inhalarla y abrazarla. Pero la lujuria bruta era la única forma que conocía. Por la mañana, volvió a salirse con la suya, su cuerpo chocando contra el de ella con la fuerza de un pistón. Al terminar, se hundió contra el colchón y trató de calmar la vergüenza que latía dentro de él.

A lo largo del día, varios caballeros lo visitan en su bodega. Hombres de ciencia aficionados, un muchacho del periódico local y otro de un periódico de sociedad. Traen compases y reglas, miden dientes, costillas y aletas. Un hombre está de acuerdo en que es un tipo de plesiosaurio, pero de una especie nunca antes vista. Está, coinciden todos, notablemente completo.

—Casi —dice uno—, como si hubiera muerto hace apenas un año. Como si estuviera recién fosilizado.

Víctor asiente. Por primera vez en su vida, se encuentra sin palabras.

—Cielos, ¿tiene frío? —pregunta el hombre—. Está temblando.

—Está bastante caliente —dice Víctor, con el sudor goteándole de la punta de la nariz.

Una risa.

—Qué gracioso. Entonces, ¿señor? ¿Señor Crisp? Sus dientes. Le están castañeteando.

Pega un bote. No estaba bromeando; creía que el hombre se estaba dirigiendo a su criatura. Solo entonces se da cuenta de que el chasquido proviene de sus propios dientes, de que le duele la garganta. Siente el impulso irresistible de subirse a la mesa y acurrucarse junto a su bestia.

—¿Señor?

Las voces se nublan. Lo mira de nuevo. A su *Plesiosaurus V. Crispus*. El nombre le resulta demasiado frío. Necesita algo más personal, un nombre cariñoso. *Wilbur* estalla en su lengua, pero no puede recordar dónde ha oído el nombre antes. Y luego Víctor retrocede, con la mano sobre la boca. ¿Cómo es que no lo había notado antes? El cráneo es pequeño como el de un niño humano, con filamentos de hierro dispersos como cabello enrojecido: ¡tiene manos, dedos diminutos de niño! Piel, de un rosa pálido y...

—¿Qué pasa? —El hombre le toca la manga—. Señor Crisp...

—Tiene un cráneo —susurra—, igual que el de un niño...

Ve al hombre alejarse de él mientras se alisa el traje. Recoge sus pinzas y se dirige a Víctor con cuidado.

—El cráneo —dice, con sorprendente uniformidad en la voz—, tiene la misma forma que el de un cocodrilo. El anterior es claramente triangular. Las fenestras temporales son más estrechas en este espécimen que en otros que hemos descubierto, y los huesos palatinos son gruesos. Hay poco en él... —se aclara la garganta—, podría decirse que nada, que recuerde remotamente al cráneo de un *homo sapiens* joven.

Víctor asiente. El aliento se le queda atrapado en los pulmones, y trata de evitar caer hacia delante.

—Sí, ahora lo veo —jadea—. Me he equivocado. —Se siente como un colegial al que han reprendido. Pasa el dedo por la forma redondeada, tratando de imaginar los dos incisivos que faltan, los dientes permanentes de encima, esperando para descender.

⁓ ≈ ⁓

—¿Estarán aquí pronto? —murmura Víctor.

—¿Quién?

No reconoce la voz.

—Los de la Royal Society. —Se ve interrumpido por un ataque de tos, unos jadeos superficiales que brotan de lo más profundo de él. Está atrapado dentro, agobiado por pesados cobertores y cortinas color carne. Tiene un recuerdo vago de unos hombres llevándolo de vuelta desde la tienda, brazos afilados bajo sus axilas. Se siente como si estuviera atrapado bajo el agua, sus miembros tan pesados como los de un marinero ahogado. Cada bocanada es un esfuerzo. Sus brazos pesan tanto como un par de remos.

Descansa. La voz de nuevo. Abre los ojos. La chica de pelo negro se levanta y se va.

—Espera… —tartamudea, pero es demasiado tarde.

Piensa en la voz de Mabel durante la cena, en que no podía mirarlo a los ojos.

¿Por qué los hombres no pueden dejar las cosas donde están? ¿Por qué siempre tienen que estar recogiendo cosas…?

Ese debería ser el momento en que él diera un paso hacia la luz del sol, el brazo de Mabel en el suyo. Ese debería ser el momento en el que lo invitaran a casas señoriales, a cenas, almuerzos y pícnics a lo largo de la costa. Se le nublan los ojos y las lágrimas se acumulan en sus orejas.

—Mabel —murmura, pero ninguna mano cálida encuentra la suya, ninguna esponja humedece su frente. ¿Dónde está? ¿Por qué no está a su lado? La puerta de su habitación está abierta. Anhela incluso el sonido de sus tijeretazos.

Cuando el sol brilla con fuerza, un gran lamento lo despierta e intenta levantarse. No puede soportar quedarse en la periferia de la vida; necesita ver lo que está pasando. El mundo tañe. En vez de eso, se concentra en una jarra de metal que brilla sobre la mesita de noche. Está suave y fresca al tacto, hay una mosca muerta flotando en el agua. Pone una mueca, toma un largo sorbo y luego vuelve a toser. Alguien ha vuelto a colocar la pintura de la selkie en la pared.

Cree, al principio, que se desmayará cuando se ponga de pie, pero se las arregla para tambalearse hasta su escritorio junto a la ventana. Abajo, un gran carruaje recorre la ciudad. Unas plumas de avestruz se balancean sobre las cabezas de los caballos negros. Han adornado el carruaje con crespón negro rizado y cintas. Los campesinos lo siguen. Pescaderas con manos escamosas relucientes. Cocineras de mejillas sonrosadas y mandiles manchados de sopa. Mayordomos y lacayos con libreas andrajosas. Todo el pueblo ha acudido a llorar al niño.

Ahí están los mudos, tal como él ordenó, con la boca torcida en expresiones de sombría conmiseración, sus ropas oscuras y pulcramente abotonadas. Cada uno de ellos lleva una varita. La visión es incongruente; en una gran casa en Mayfair no parecerían fuera de lugar. Pero ahí, en esta calle torcida, no encajan en absoluto.

¿Cuánto tiempo ha pasado, se pregunta, desde que encontraron al niño? ¿Un día, dos, tres? Se imagina a un caballero de la Royal Society entrando en la ciudad y vislumbrando esta procesión. ¿Qué pensaría entonces? Este espectáculo, este *circo*, solo puede desviar la atención de su criatura. La sospecha se convierte en fría certeza. Pretenden entrelazar al niño con el monstruo, cavila, hasta que nadie pueda pensar en su gran descubrimiento sin el inquietante recuerdo de la muerte de un niño, el dolor crudo de un pueblo de luto. Mientras está allí, sus furiosos resoplidos empañando el cristal, olvida que ese funeral fue idea suya; solo piensa en su plesiosaurio, que duerme en ese sótano húmedo, lentamente eclipsado.

Después de eso, Víctor sabe que él y su criatura deben abandonar el pueblo. No puede seguir esperando una carta de la Royal Society y a un caballero que puede o no acudir. Él les llevará el monstruo; hará los arreglos para que sea transportado en *The Unity* esa misma tarde, metido en el vientre del barco, sujeto con cuerdas. Y si intentan detenerlo, si quieren lustrar a la criatura, pulirla, moldearla en arcilla antes de moverla, bueno, es *suya* para hacer lo que le plazca.

En la calle, el sudor le corre por la espalda, las mejillas. El mundo se mueve y se marea como si estuviera a bordo de un barco. A su alrededor, escucha susurros. Una mujer se oculta en un umbral. La chica que vende fósiles se aleja corriendo de él. Tose saliva espesa en su pañuelo.

Nadie lo mira, todos apartan la mirada, como si fuera un asesino, un monstruo, ¡como si hubiera querido que el niño muriese! Cuando tropieza con un adoquín suelto y recupera el equilibrio, cree ver un susurro de pelo rojo detrás de él. Se gira. La chica de la muñeca de hueso le devuelve la mirada con ojos oscuros y vacíos.

Mañana, se dice, apurándose un poco, se irá. Mañana, él y Mabel estarán sentados en el carruaje, con el golpe de las riendas y el relinchar de los caballos, poniendo distancia entre él y este pueblo dejado de la mano de Dios. Mientras espera que el tendero abra la puerta, se da la vuelta y observa el mar, las olas bailan plagadas de diminutos puntos de luz. Las casillas de madera entran y salen del agua. Se fija en el posadero, que rema en aguas poco profundas y está persuadiendo a una mujer para que baje los escalones. Él la salpica y ella tropieza con el agua y se ríe. Él la atrae hacia él y la besa, dejando marcas suaves y tiernas en su hombro. Víctor sonríe. Por un momento, lo ha impactado la similitud de la mujer con su esposa: ese cabello castaño brillante, esa manera fácil de moverse.

—¿Sí? —pregunta el tendero.

Víctor se vuelve.

—Necesito que haga unos preparativos urgentes. La criatura partirá en el *Unity* de hoy.

—¿Hoy?

—Le pagaré bien —asegura.

En el sótano, ladra órdenes con una seguridad que no siente. Buscan otros trabajadores, hombres brutos que pueden levantar y transportar. Niegan con la cabeza, intercambian miradas, pero le obedecen. Él lo observa todo, demasiado exhausto para ayudar, y los maldice cuando manejan a su criatura con brusquedad. Se imagina unas magulladuras floreciendo donde sus dedos agarran y aprietan, el aliento del monstruo atrapado donde las costillas se fracturan. Su sudario es de lino nuevo, su ataúd, una caja de madera. A estas alturas, el niño ya estará enterrado en el cementerio.

En Londres, no permitirá que nadie lo abra antes de su llegada. Aflojará cada clavo, levantará las tablas de madera. Enrollará la suave tela. La habitación en la que trabajará estará ornamentada y será abovedada, habrá muchos caballeros a su lado. Un candelabro brillará en lo alto. Estarán muy lejos de ese sótano húmedo; muy lejos de ese pueblecito de desviados, de la muerte del niño que anida en cada rincón del lugar. Su monstruo no será salvaje. Será catalogado, nombrado, controlado. Todo será sosegado una vez más, como un toro salvaje cortado en chuletas rosadas.

Dicen que está demasiado débil para irse, que su fiebre todavía es demasiado alta. Que sería una locura emprender un viaje largo cuando sigue tan enfermo. Dicen que necesita una semana de reposo en cama, quizás más, que a menudo se hunde en el delirio, aunque no se dé cuenta en sus momentos de lucidez. Despide a los médicos con un gesto de la mano. La tos lo sacude toda la noche. Se acurruca sobre las sábanas húmedas como una gamba, como un niño que reza. El sueño es furtivo, trepa sobre él, se aleja. Cuando el reloj del pueblo marca las dos, está seguro de que oye pasos cerca: pies descalzos golpeando el suelo de madera. Los aparta de su mente e intenta dormir. Por la mañana, se dice a sí mismo, él y Mabel estarán en el carruaje. Se habrán ido. Londres será su nuevo comienzo.

Un golpe repentino. Una respiración rápida. Chirriante.

Víctor se incorpora. Los escalofríos hacen que le castañeteen los dientes. Recuerda al niño pelirrojo el día que llegaron, su rostro sombrío mientras hablaba de las apariciones.

La respiración de una foca pequeña. El golpe de unas aletas.

Y ahí está, el sonido del que le advirtieron. Cuando Víctor mira la pintura de la selkie, está seguro de que puede ver sus ojos parpadeando, la piel comenzando a desprenderse de su garganta.

Se pone de pie. El sonido, al parecer, proviene de la puerta contigua. Su camisón susurra contra sus piernas. El fuego todavía está encendido, y toma el atizador antes de dirigirse hacia la habitación de Mabel. Las bisagras están engrasadas y la puerta no cruje.

Echa un vistazo por la estrecha ranura, al principio no lo entiende. Una vela parpadea. La boca de su esposa está abierta, brilla, tiene los ojos cerrados. Se le escapa un pequeño gemido. Y luego lo ve: una criatura se mueve sobre su cintura. Tiene las piernas abiertas. Una boca se da un festín con ella, unos dedos agarran su vello oscuro. Es el posadero, se percata, y tiene la cabeza pegada a su *cosa*, la está lamiendo. Las diabólicas mujeres retozando en las xilografías, el cuerpo sedoso de Babette retorciéndose…

Recuerda la primera vez que tomó la mano de Mabel, ¡tan pequeña, pálida e infantil!, cuando ella dejó escapar un pequeño grito ahogado, como sorprendida por tanta intimidad.

Esta no puede ser su esposa, se dice a sí mismo, pero conoce ese hoyuelo en su barbilla, esa boca suave y fruncida. Sabe lo que está viendo, y también sabe lo que ha visto antes: su esposa, en el mar, riéndose con esa… esa *criatura*. Otro hombre entraría a la fuerza en esa habitación, apartaría al posadero por el cuello y arrojaría a su esposa a la calle. Pero Víctor se siente aplastado, abandonado. Siente que se ahoga con la repentina necesidad de llorar. Sus brazos cuelgan flácidos a sus costados. Tropieza hacia atrás, se tambalea. En su escritorio, ve el álbum de recortes de ella. ¡Con qué orgullo se lo mostró una vez! ¡Esos perritos falderos y spaniels que le gustaba recortar! Él le había enviado docenas de tarjetas de terriers y perros lobo, sabiendo cuánto los atesoraría.

Enciende una vela, pasa las gruesas páginas. Hacia la parte final del libro, ve criaturas híbridas, animales cortados. Monstruos. Parpadea, seguro de que sus ojos lo engañan. Una pata de gatito, el pico de un pollo, la cola de un perro, las patas de un pato. Todo en un collage. Lo cierra de golpe, respirando con dificultad. ¿Cómo es posible que ella pueda ser tan diferente de lo que él creía, tan perturbada? ¿Es esta ciudad húmeda y miserable, abriéndose camino bajo su piel, haciéndola enfermar?

Los sonidos se hacen más fuertes, el inconfundible golpeteo de dos cuerpos chocando entre sí. ¡Fornicando, y sin que les importe quién lo oiga! Los ruidos de su mujer cada vez se oyen más, unos sonidos que nunca pensó que saldrían de esa delicada garganta. Víctor toma el cuadro y lo arroja al otro lado de la habitación, luego observa cómo el panel de cristal se rompe y su pie sangra donde le ha caído encima. Se cae hacia atrás, echa a correr. Hacia fuera, escaleras abajo, a través de la trascocina con sus guadañas colgantes. Sus pies descalzos golpean la acera. Por una vez, siente frío. Su camisón revolotea contra él. No hay nadie en las calles. Sobre su cabeza, la luna se hace más clara. *Medio loco*, piensa; y, sin embargo, esto parece lo correcto, lo *único* que puede hacer.

La iglesia es pequeña, el cementerio, poco más grande que un jardín. Piensa en los grandes Valhallas que plantará su hermano, Highgate, Abney Park y Brompton: sus avenidas egipcias, sus bóvedas, sus tumbas excavadas en las laderas, sus amplios senderos con carruajes que giran en círculos.

Ve que la tierra está fresca, amontonada en una gran pila. Todavía no hay una lápida. Se arrodilla como un perro, la tierra sale volando detrás de él, cava, cava, cava. Lo impulsa el instinto, la certeza de que necesita hacer eso, de que es lo correcto. Tiene las manos cortadas y doloridas, una uña medio rota. Los minutos pasan, las lápidas lo rodean como hileras de dientes podridos. Solo se oye la tierra al removerla.

Y luego sus manos lo arañan. Sin caja. Una sábana de lino sucia. Cuando toca los suaves pies del niño, solo siente una aleta dura. Como está herido, la clavícula del niño es una clavícula lisa. Víctor empieza a gemir, a desenrollar y a forcejear. En el casco del barco, que recorre la base del país, está seguro de que habrá el cuerpo de un niño. Llegará a Londres con gran pompa y fanfarria; abrirán la caja y encontrarán un niño pelirrojo dentro. Todo Londres se reirá de él. La Royal Society lo ridiculizará. Será satirizado en *Punch*, convertirán su vida en una broma...

El mundo se desdibuja a través de sus lágrimas. Su esposa, convertida en un demonio. Su gran descubrimiento, arruinado. Lo único que no ha cambiado es su vida lamentable y decepcionante. Recoge a su criatura, la aprieta entre sus manos. Besa la cabeza del niño (su largo cráneo, piensa), sus dedos (sus pequeñas aletas). Es tan pequeño en sus brazos, está tan húmedo y cubierto de tierra; no puede entender cómo la piedra puede ser tan blanda, cómo puede pesar tan poco. Ninguna otra posibilidad entra en su mente. Se tambalea hacia los acantilados, hacia el sonido de las olas al romper. Las zarzas le abren heridas en los pies. Las ortigas le marcan las piernas. Se tambalea hacia delante, solo sabe que necesita devolverlo al mar, que solo así se desharán los últimos días.

¿Por qué los hombres no pueden dejar las cosas donde están?

Focas que se convierten en mujeres. Mujeres que se convirtieron en focas.

No ha amado a nadie como amaba a Mabel. Durante toda su vida, cualquier afecto ha sido cortado en cuanto ha brotado. Su padre lo abofeteó cuando intentó abrazarlo a los cuatro años. Su madre le daba la espalda con la boca apretada y fruncida. Burlas y mofas eran la única manera que conocía de interactuar con su hermano. Querida *Margarita*, las flores eran su debilidad.

En lo alto de los acantilados, el viento es feroz, le muerde la piel de las mejillas, las piernas desnudas. Debajo de él, espera la boca del océano, su lengua chasquea de un lado a otro, sobre las piedras. Víctor se lanza hacia delante, resbala y se desliza por la tierra mojada, sus dedos agarran el suave cabello rojo de la criatura, sus fríos labios azules. Una piedra cae debajo de él y sale volando hacia delante con los brazos extendidos. Sus piernas se agitan en el aire. Momentos antes de llegar a la playa de guijarros, él y el chico muerto están volando, y Víctor solo siente euforia, la sensación de que así es como siempre se suponía que terminaría.

SOBRE LOS AUTORES

Bridget Collins es la galardonada autora de numerosas novelas para adolescentes y dos para adultos: *El encuadernador* y *La traición de Montverre*. *El encuadernador* fue un éxito de ventas del *Sunday Times*, fue preseleccionado para varios premios, incluido el del libro del año de Waterstones, y se convirtió en el debut de ficción más vendido en tapa dura de 2019.

Kiran Millwood Hargrave es poeta, dramaturga y autora de varios libros premiados para niños y jóvenes. Su primera novela para adultos, *Vardø: La isla de las mujeres*, fue un éxito de ventas del *Sunday Times* y ganó un premio Betty Trask. Kiran vive en Oxford con su marido, el artista Tom de Freston, y sus gatos adoptados, Luna y Marly.

Natasha Pulley es una autora cuyas cuatro novelas son éxitos de ventas del *Sunday Times*: *El relojero de Filigree Street*, *The Bedlam Stacks*, *The lost future Pepperharrow* y *The Kingdoms*. Su primera novela ganó un premio Betty Trask y fue un éxito de ventas a nivel internacional. Vive en Bristol y enseña Escritura Creativa.

Jess Kidd se crio en Londres en el seno de una familia numerosa en el condado de Mayo, y es la autora de tres novelas galardonadas: *Himself*, *The Hoarder* y *Things in Jars*. En 2016, Jess ganó el premio Costa Short Story y publicó su primer libro para niños, *Everyday Magic*, en 2021. Su cuarta novela se publica en 2022.

Laura Purcell es exlibrera y autora superventas de cuatro novelas góticas premiadas. Su debut, *Compañías silenciosas*, fue el libro elegido para el club de lectura de Zoe Ball y Radio 2 y ganó el premio

WHSmith Thumping Good Read. Laura vive en Colchester con su esposo y sus cobayas.

Andrew Michael Hurley es el galardonado autor de tres novelas: *The Loney (El Retiro)*, *Devil's Day (El día del diablo)* y *Starve Acre*. *The Loney (El Retiro)* ganó el premio Costa a primera novela, el premio al libro del año en los British Book Awards de 2016 y fue aclamado como un clásico moderno en el *Sunday Telegraph*. Andrew vive y escribe en Lancashire.

Imogen Hermes Gowar es escritora superventas del *Sunday Times*, autora de *La sirena y la señora Hancock*, que ganó un premio Betty Trask, fue preseleccionado para The Women's Prize y obtuvo el premio MsLexia a una novela debut, entre muchos otros premios. Imogen vive y escribe en Bristol.

Elizabeth Macneal es autora de dos éxitos de ventas del *Sunday Times*: *El taller de muñecas*, que ganó el premio 2018 Caledonia Novel y ha sido traducido a veintinueve idiomas, y *El circo de los prodigios*. Isabel también es alfarera y vive en Londres con su familia.